KB050969

조선이 문명함

조선이 문명함 1

초판 1쇄 인쇄일 2023년 2월 10일 | **초판 1쇄 발행일** 2023년 2월 16일

지은이 조휘 | **펴낸이** 곽동현 | **담당편집 팀장** 이범수
편집부 정요한 김승건 조혜진

펴낸곳 (주)조은세상 | 출판등록 제2002-23호
주소 서울특별시 동작구 동작대로1길 27 5층
TEL 02)587-2966 | FAX 02)587-2922
E-mail bukdu@comics21c.co.kr

조휘ⓒ2023
ISBN 979-11-391-1487-4 | ISBN 979-11-391-1486-7(set)
값 9,000원

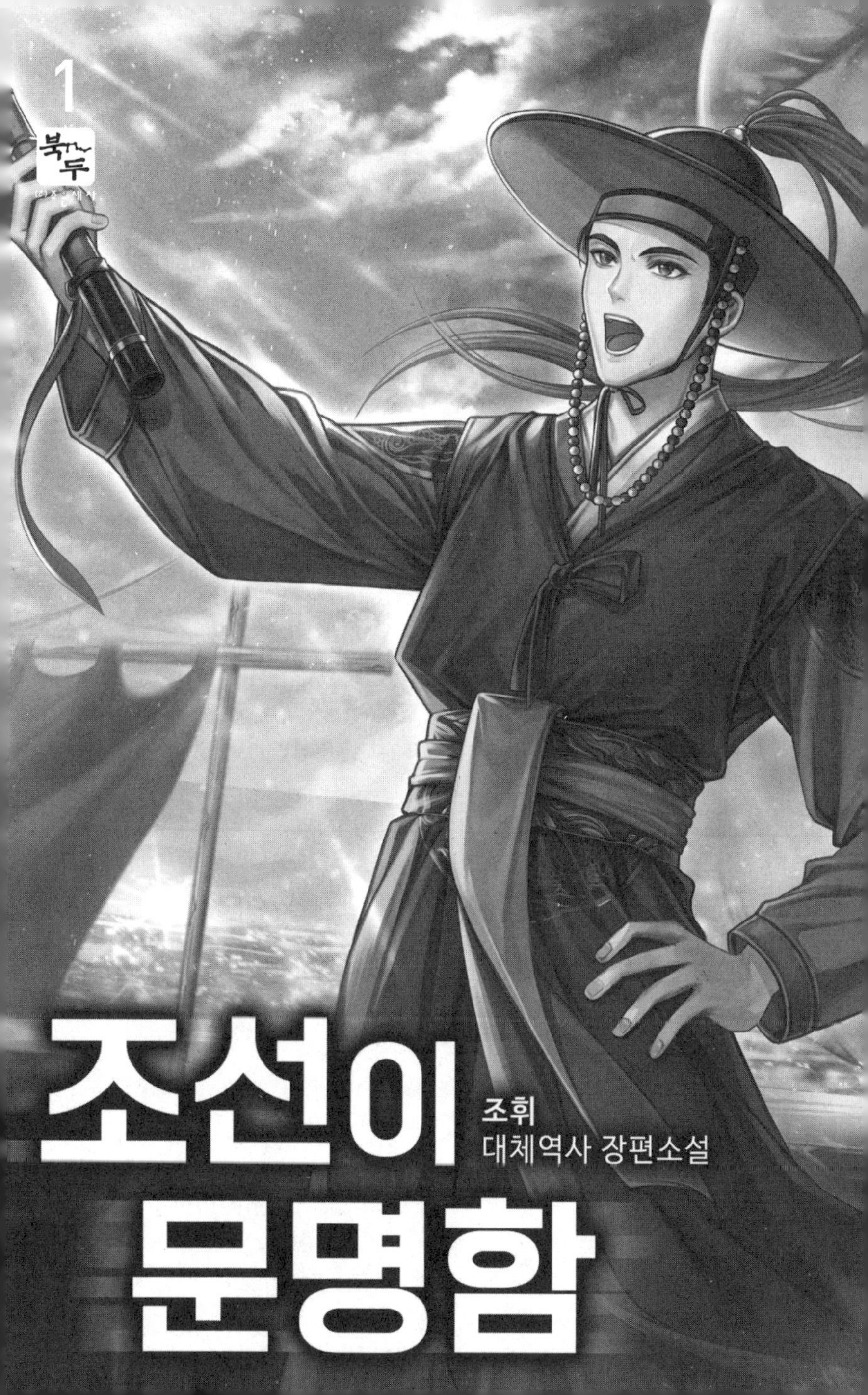
1
북두
조선이
문명함
조휘
대체역사 장편소설

조휘 대체역사 장편소설

NEO ALTERNATIVE HISTORY FICTION

CONTENTS

Prologue. … 7

1장. 나는 왕이다. … 12

2장. 역시 이세계에선 가이드가 필수지. … 24

3장. 저 숫자는 뭘까? … 38

4장. 설마 그건 아니겠지? … 52

5장. 역시 내 짐작은 틀리지 않았어! … 63

6장. 하하, 과찬이시옵니다. … 76

7장. 오오, 드디어! … 89

8장. 확실히 보통 인물은 아니야. … 102

9장. 사실, 이 점이 가장 중요하지. … 113

10장. 어쭈, 이것들 봐라. … 125

11장. 똑바로 걸어 봐라. … 137

12장. 아침부터 일진이 사납구만. … 148

조휘 대체역사 장편소설

NEO ALTERNATIVE HISTORY FICTION

CONTENTS

13장. 아직은 때가 아니야. ··· 159

14장. 그뿐이냐? ··· 171

15장. 이건 또 뭐야? ··· 185

16장. 오, 미친 대박! ··· 198

17장. 하이고, 고생들 많았다. ··· 209

18장. 과인은 조선이란 일국의 왕이다! ··· 220

19장. 과인과 거래를 하나 합시다. ··· 231

20장. 어허, 이놈 봐라. ··· 243

21장. 설마 굶어 죽기야 하겠습니까. ··· 255

22장. 사람 일은 정말 모르는 거요. ··· 268

23장. 이래야 내 학생들이지. ··· 278

24장. 두석아, 과인 쪽으로 등을 대거라. ··· 288

25장. 이, 이거 실화냐? ··· 300

누구나 취미가 있기 마련이다.

없단 사람은 취미를 만들지 않는 게 취미겠지.

암튼 나도 취미가 있다. 게임이다.

그렇다고 장비를 갖춰 놓고 하진 않는다. 프로게이머도 아닌데 장비는 무슨.

AAA급 게임은 요새 잘 안 하는 편이다.

그런 게임은 플레잉 타임이 너무 기니까.

그 바람에 요즘은 인디 게임만 한다.

인디 게임은 장점이 많다.

우선 돈이 많이 안 든다. 기껏해야 전기세 정도?

무슨 게임에 돈을 쓰냐는 사람들도 있을 테지.

그런 사람들에겐 이렇게 말해 주고 싶다.

시험 삼아 가챠 게임 한번 해 봐라. 매 순간 빡치는 신세계를 경험하게 될 것이다.

또 다른 장점으론 남과 경쟁할 필요가 없단 거다.

종일 사람에, 업무에 시달리다가 밤늦게 퇴근하는 나 같은 직장인 중에서 AOS처럼 초경쟁적인 게임을 하는 사람은 그런 점에서 대단하다고 본다.

사설은 이쯤에서 마무리하고. 오늘도 대충 저녁을 때우고 태블릿을 작동시켰다.

물론, 바로 게임부턴 하진 않는다. 여느 때처럼 유튜브 좀 보다가 스토어를 클릭했다.

한참 멍때리며 새로 할 게임을 찾는데.

"뭐지? 인디라지만 이건 너무 성의 없는 거 아냐?"

보이는 거라곤 EHS라 적힌 아이콘뿐.

무심결에 아이콘을 클릭했다. 역시 성의 없긴 마찬가지다. 흔한 소개 문구 하나 없이 달랑 숫자 두 개가 전부.

〈99/100〉

이건 무슨 뜻이지? 내려받으면 100을 채워서 배포를 중단한단 뜻인가? 아니면 게임을 99퍼센트까지 만들었단 뜻?

아, 멀티인가? 인디 게임답게 서버가 작아 100명밖에 못 들어가나?

어쨌든 99란 참 묘한 숫자다.

강박증까진 아니더라도 100으로 만들고 싶어진다.

혹시 나만 그래?

계속 보니까 홈쇼핑 같기도 하다.

꾸물대면 매진될 거라고 교묘히 협박하는.

묘한 호기심에 게임 아이콘을 클릭했다.

게임 하나 받는 건데 별문제 있겠어?

거기다 대기업 스토어잖아?

이미 검증 다 해 보고 올린 거겠지.

결과만 놓고 말하면 문제가 있었다.

그것도 엄청나게 커다란 문제가.

태블릿에서 문자들이 삐져나와 내 눈앞을 떠다녔다.

이건 대체 무슨 시추에이션이냐?

"이거 진짜야?"

홀린 사람처럼 손을 뻗어 문자를 건드렸다.

손가락이 문자를 통과해 그대로 지나간다.

미치겠네!

벌떡 일어나 문자를 조사해 보았다. 이상한 문자네.

그렇게 생각한 이유는 하나다.

문자보단 도형에 더 가까워서다.

삼각형, 사각형, 원통 등이 엮여 문자처럼 보인다.

난 컴퓨터 언어를 잘 모른다.

다만, 한 가지는 확실히 알 수 있다.

제아무리 코딩의 신이라도 저런 문자론 코딩 못 한다.

외계인이라면 또 모르지만.

그나마 숫자는 아라비아 숫자라 다행이다.

0000부터 2022까지 랜덤으로 변하는 숫자였다.

빠르게 변하던 숫자가 갑자기 느려진다.

이윽고 1659에 고정되어 움직이지 않는다.

워낙 힌트가 많아 1659가 1659년임을 바로 알았다.

"1659년이면 조선은 후기로 접어드는 때고 유럽에서는 30년 전쟁이 끝나고 10년쯤 지난 시점인데."

나도 모르게 중얼거리는 순간.

갑자기 도형과 숫자가 사라졌다.

대신, 그 자리에 숫자 10이 튀어나왔다.

"혹시?"

예상이 맞았다. 10은 9로, 9는 8로 바뀌었다.

누가 봐도 카운트다운이다.

뭘 하려고 카운트다운까지 하는 거지?

그 순간. 문득 떠오르는 생각이 하나 있었다.

"아닐 거야. 이게 무슨 소설도 아니고……."

카운트가 1에서 0으로 바뀌는 순간.

고오오오! 세상이 한 점을 중심으로 비틀리며 회전했다.

잠시 후.

한계까지 비틀린 세상이 갑자기 반대로 풀려 나갔다.

조인 나사를 반대로 푸는 느낌이다.

감각이 점차 돌아오면서 세상도 다시 제자리를 찾았다.

물론, 전부 돌아온 건 아니다.

작은 아파트는 한옥 방으로 변해 있고.

내 옷은 저고리와 바지로 각각 바뀌었다.

덮고 있던 이불을 걷어차고 문으로 달려갔다.

근데 몸이 내 몸 같지 않다.

몸에 힘이 없고 다리는 제멋대로 후들거린다.

뭐지? 몸살이라도 걸렸나?

그래도 지금은 그런 걸 따질 때가 아니다.

그보다 더 중요한 일이 있으니까.

난 남은 힘을 쥐어짜 문을 열었다.

문 주위로 몇 사람이 보였지만 신경 쓰지 않았다.

앞에서도 말했지만, 지금은 더 중요한 일이 있으니까.

비틀거리며 앞에 있는 다른 문을 열어젖혔다.

눈앞에 거대한 한옥 전각이 끝없이 펼쳐져 있었다.

구조만 보면 창덕궁이 확실했다.

여러 번 와 봐서 눈에 익다.

문제는 관광객이 보이지 않는단 점이다.

문화재 관리하는 사람도 없긴 마찬가지고.

결정적으로 어딜 봐도 빌딩이 보이지 않는다.

"정, 정말 1659년이야?"

설마가 이번엔 진짜 사람을 잡았다!

1장. 나는 왕이다.

이곳이 정말 1659년임을 확인하는 순간.

오만가지 생각이 파도처럼 몰아닥친다.

내가 미친 건가? 그래서 헛것을 보나?

아니면 꿈인가? 잠을 자고 일어나면 다시 원래대로 돌아올까?

한 가지 확실한 건. 여기에 나만 있는 게 아니란 거다.

나를 쳐다보는 10여 명의 시선이 느껴진다.

나는 떨리는 눈빛으로 그들을 재빨리 훑었다.

그들이 누구인진 대충 짐작이 간다.

옷이 그 사람의 신분을 알려 줄 때도 있으니까.

수염 없는 저 노인이 내관이라면, 비취색 저고리의 저 여인은 상궁일 테지.

그럼 파란색 치마를 입은 여인들은 나인쯤 되겠네.

칼을 찬 자들은 말로만 듣던 금군이 분명하고.

통박으로 맞춘 거긴 하지만 아마 맞을 거다.

안 맞아도 어쩔 수 없고.

이 넷의 공통점은 궁인이란 점이다.

매체에 워낙 많이 소개되어 헷갈릴 일이 없다.

역시 여긴 1659년의 창덕궁이 맞는 거 같군.

그렇다면 나는, 나는 대체 누구지?

다행히 의문은 오래가지 않았다.

그게 다행인진 모르겠지만 아무튼.

궁인들이 일제히 허리가 부러질 정도로 머릴 숙였다.

"상감마마!"

"상감마마!"

"상감마마!"

아, 나는 상감마마구나. 상씨에 감마마란 이름을 쓰나?

아니면 상감씨에 마마란 이름을 쓰는 걸지도.

아니, 이게 아니지. 유체이탈을 시도하는 정신줄을 붙잡고.

일단 상황 파악을 위해 나올 때와 반대로 움직였다.

별일 아니라는 듯 깨어난 방으로 돌아갔다.

"침착하자, 침착하자."

난 상황을 냉정하게 판단하려 애썼다.

EHS란 게임을 스토어에서 내려받은 순간.

도형을 닮은 문자가 시공간을 바꾸었다.

도형 문자가 무슨 뜻인진 나도 모른다.

다만, 날 1659년으로 데려온 수단임에는 분명하다.

말로만 듣던 텔레포트다. 아니, 텔레포트는 아닌가?

텔레포트는 다른 공간으로 이동하는 거잖아?

그럼 이건 소설에 나오는 회귀 같은 거네.

"혹시 문자를 해석하면 돌아갈 수 있을까?"

물론, 그냥 해 본 소리다. 이미 반쯤 체념 상태인 지 오래다.

그렇다면 답은 정해져 있는 거나 마찬가지다.

지금 상황을 인정하고 받아들이는 수밖에.

인간은 재난에 대비해 매뉴얼을 만든다.

그래야 재난이 닥쳐왔을 때, 당황하지 않는다.

당연히 이런 일엔 매뉴얼이 있을 리 없다.

있다고 해도 내가 몰라 별 쓸모도 없고.

즉, 지금부턴 나 하기에 달렸단 뜻이다.

"일단, 방부터 조사하자."

좀 전에 얼핏 본 방을 구석구석 확인했다.

방에 대한 첫인상은 일단 크단 거다.

원룸 세 개를 이어 놓은 규모다.

고개를 좌우로 돌렸다. 왼쪽에는 둥근 창문이 있고.

오른쪽에는 외할머니 집에서 본 자개장이 있다.

마침 자개장 위에 애타게 찾던 물건이 있다. 바로 거울이다.

조심스럽게 걸어가 거울로 얼굴부터 확인했다.

"역시⋯⋯."

거울 속에서 병약한 청년이 놀란 얼굴로 날 바라본다.

얼굴을 움직여 가며 좀 더 자세히 관찰했다.

나이는 10대 후반인 거 같고.

창백한 피부에는 핏기 한 점 보이지 않는다.

듬성듬성 자란 수염도 멋대가리가 전혀 없다.

그나마 마음에 든 건 오밀조밀한 이목구비 정도뿐.

거울을 돌려놓고 자리에 앉아 생각했다.

이곳에 막 왔을 때부터 이상하긴 했지.

기억은 내 기억이 틀림없다.

반면 몸은 왠지 내 것 같지 않았다.

기억만 떨어져 나와 붕 떠 있는 느낌이랄까?

다행히 지금은 동조를 마쳐서인지 크게 불편한 점은 없다.

"외장하드를 빼서 새 컴퓨터에 넣은 거랑 비슷한가."

그럼 이 몸이 가진 기억은 어떻게 된 거지?

내 기억으로 덮어쓰기가 되어 사라졌나?

아니면 내 기억과 바통 터치해서 21세기 내 몸에?

또 유체 이탈을 시도하는 정신줄을 붙잡고.

최대한 지금 현실에 적응하려 애썼다.

"일단, 지금까지 알아낸 사실은 두 개네."

하나는 이곳이 1659년이란 점이고.

다른 하난 내가 임금에게 빙의했단 사실이다.

"1659년이면 현종이 분명한데. 나이를 봐선 초반인 것 같고. 정확한 즉위 연도를 모르니 답답하군."

학교 다닐 때는 국사를 잘했다.

졸업하고선 커뮤니티에서 역덕으로 명성도 좀 얻었고.

하지만 전공자처럼 디테일까지 빠삭하진 않다.

혹시나 싶어 힌트가 될 만한 서류를 찾았지만, 그것도 허사였고. 결국 남은 방법은 다른 이에게 물어보는 것밖에 없다.

"근데 누구에게 물어보지?"

아무나 불러 내가 누구냐고 물으면? 다들 실성한 줄 알 테지.

그것만큼은 무슨 일이 있어도 피해야 한다.

조선은 임금을 두 번이나 갈아치웠다.

둘 다 폭군이긴 했지만 어쨌든 갈았단 점이 중요하다.

실성한 임금은 그런 욕구를 더 샘솟게 만들 테니까.

그래, 가이드가 필요해. 이세계의 정보를 알려 줄 가이드가.

우선 가이드가 가져야 할 덕목을 확인했다.

"입이 무거워야겠지. 똑똑하면 더 좋고."

먼저 내관과 궁녀를 후보로 놓고 저울질했다.

바로 고개가 저어졌다.

"왕족, 대신들과 너무 가까워 패스."

전부 그렇진 않겠지만 위험을 감수할 이유는 없다.

"그렇다면 금군인데……."

좀 전에 금군을 몇 보긴 했다.

다만, 그중에 누가 적합한 후보인지는 알지 못한다.

한창 방법을 고민 중인데.

밖에서 늙수그레한 목소리가 들려왔다.

"마마, 내의원 어의가 왔사옵니다."

난 흠칫해 시선을 문으로 돌렸다.

방금 들려온 목소리로 걱정 하나는 덜었다.

일단, 대궐에서 쓰는 말을 알아듣는단 점이다.

그렇다면 혹시 내가 말하는 것도 가능할까?

"들라 하라."

된다! 말이 안 되지만 내 입에서 17세기 말이 튀어나왔다.

뭐 애초에 이 상황 자체가 말이 안 되긴 하지.

잠시 후. 드르륵! 어의, 의녀 몇 명이 문을 열고 들어왔다.

어의가 바닥만 보고 걸어와 절하고 무릎을 꿇었다.

"용태는 좀 어떠시옵니까?"

뭐지? 내가 병을 앓고 있나? 급히 아픈 데를 찾아보았지만.

엄청나게 피곤할 뿐, 통증이 느껴지진 않는다.

일단 대충 둘러대서 고비를 넘기는 데 집중하자.

"나아진 것 같소."

"엎드려 계시면 소신이 환부를 확인해 보겠사옵니다."

난 시키는 대로 비단 이불 위에 엎드렸다.

어의가 곧 옷을 젖혀 내 목뒤를 확인했다.

"흐음."

"왜 그러시오?"

"종기가 커지고 색도 나빠졌사옵니다."

내 목뒤에 종기가 있다고?

"그럼 어떻게 해야 하오?"

"소신이 환부를 눌러 보겠사옵니다."

"눌러 본다고?"

"눌러서 통증이 심하면 시급히 치료해야 하옵니다."

"그렇게 하시오."

어의가 광목천을 손가락에 감아 내 목뒤를 눌렀다.

처음엔 통증이 없었다.

근데 어느 순간 누른 부위가 갑자기 찌릿했다.

어라, 진짜 종기가 있었네.

하긴 조선 왕들은 대부분 종기를 달고 살았지.

효종은 종기 째다가 죽었고.

현종은 종기 때문에 온천을 드나들었으니까.

"통증이 있소. 약하긴 하지만."

"그럼 우선 침으로 고름부터 빼내겠사옵니다."

난 뭔 소린가 싶어 어의를 노려보았다.

"침으로 고름을 뺀다고?"

"왜, 왜 그러시옵니까?"

"고름을 빼면 얼마 가지 않아 또 찰 텐데 그래서야 무슨 소용이 있겠소? 절개해 뿌리를 없애야지."

"뿌, 뿌리를 제거하란 말씀이시옵니까?"

"뭐야? 당신 돌팔이야?"

"으어억!"

어의가 당황한 나머지 뒤로 벌렁 나자빠졌다.

다른 이들이 급히 어의를 잡아 원상태로 돌려놓았다.

어의가 식은땀을 쏟으며 대답했다.

"침으로 고름을 빼내는 방법이 가장 안전하옵니다."

난 일어나서 손을 내저었다.

"썩 꺼져, 아니 썩 물러가시오!"

"황, 황공하옵니다!"

"황공이고 자시고 간에 썩 물러가시오!"

"알, 알겠사옵니다."

겁을 먹은 어의가 허겁지겁 일어났다.

근데 나가는 일도 그리 쉽지만은 않았다.

"어이쿠."

어의는 뒷걸음질로 나가다가 문틀에 걸려 넘어졌다.

사색이 된 다른 이들이 어의를 질질 끌어냈다.

문이 닫히고 나서야 난 손을 뻗어 목뒤를 만져 보았다.

2~3센티 크기의 물컹거리는 뭔가가 만져졌다.

"설마 이 정도 크기의 종기로 죽기야 하겠어……. 아니, 어쩌면 나도 효종처럼 죽을지도 모르지."

계획 수정이다. 우선 종기부터 해결하고 가이드를 뽑는다.

다행히 해결할 방법이 아예 없진 않다.

목소리를 가다듬고 나서 나름 위엄을 갖춰 외쳤다.

"게 없느냐?"

바로 문이 열리더니.

얼굴에 주름이 가득한 늙은 내관이 들어왔다.

"찾아 계시옵니까?"

좀 전에 어의가 왔다고 통보한 노인이다.

어휴, 포스가 풀풀 풍기는 영감님이네.

아마 이 영감님이 내관들의 보스인 상선인가? 암튼.

"마의 백광현을 데려오시오! 최대한 빨리!"

영감님이 고개를 살짝 들며 물었다.

"마의 백광현 말씀이시옵니까?"

"어허, 과인이 두 번 말해야 어명을 따를 게요?"

영감님의 눈빛이 살짝 변했다. 다행히 빡친 것 같진 않다.

아마 현종은 나처럼 큰소리를 내지 않아 놀란 거겠지.

"어명을 따르겠사옵니다."

상선은 뒷걸음질로 물러나다가 문 앞에서 돌아섰다.

동작이 부드럽게 이어져 거슬리는 점이 전혀 없다.

흠, 짬에서 나오는 바이브가 이런 건가?

드르륵! 곧 문이 센서가 있는 자동문처럼 양쪽으로 열렸다.

물론, 센서도 없고 자동문도 아니다.

나인 두 명이 대기하다가 열어 준 거다.

난 방 안을 돌아다니며 속으로 생각했다.

그동안 까맣게 잊고 있었는데.

어의가 종기 치료법을 설명할 때 갑자기 떠올랐다.

역시 개똥도 다 쓸모가 있다니까.

잠깐 보고 만 드라마가 이렇게 큰 도움을 줄 줄이야.

한때 마의 백광현을 다룬 사극이 인기를 끌었었다.

백광현은 종기 박사다. 현대로 치면 종기 전문의에 가깝겠지.

더 대박은 그가 현종 시대 사람이란 거다.

화를 낸 보람이 있었다.

점심 먹고 꾸벅꾸벅 조는데.

상선이 내가 말한 백광현을 데려왔다.

"가까이 오라."

백광현은 땀을 소나기처럼 흘리며 다가왔다.

아, 괜히 오라 했다. 씻을 여유가 없던 모양이다.

말똥 냄새에 땀 냄새가 칵테일처럼 섞여 엄청났다.

난 상선을 째려보았다.

이 영감이 혹시 소리 좀 질렀다고 날 멕이는 거야?

상선이 노회한 구렁이처럼 몸을 꼬며 물었다.

"명하실 일이 있으시옵니까?"

"흠, 소주……, 흠, 소주 있소?"

"안동에서 진상한 소주가 몇 병 있사옵니다."

"있는 대로 다 가져와 술로 이자를 목욕시켜 주시오."

"소주로 말이옵니까?"

"상선은 되묻는 걸 좋아하는 모양이군."

"아, 아니옵니다. 바로 시행하겠사옵니다."

상선이 백광현을 데리고 나가는 순간.

난 재빨리 방문과 창문을 전부 열고 외쳤다.

"아, 아무나 빨리 들어와서 방 좀 닦아라!"

곧 궁녀들이 방을 쓸고 닦느라 부산을 떨었다.

냄새가 어느 정도 가셨을 무렵.

목욕하고 옷도 갈아입은 백광현이 돌아왔다.

난 얼른 냄새부터 맡았다.

휴우, 이제야 좀 의사다운 냄새가 나는군.

난 익숙한 알코올 냄새를 맡으며 손짓했다.

"가까이 오라."

백광현이 쭈뼛거리며 다가와 무릎을 꿇었다.

두 손은 무릎 위에 올려놓았는데.

몸은 가만히 있는데도 손이 바들바들 떨린다.

혹, 혹시 수전증은 아니겠지?

그래, 그건 아닐 거야.

그냥 너무 긴장해서 그런 거겠지.

그런 고민도 잠시.

막상 백광현을 보니 생각이 복잡해진다.

백광현이 충무공 같은 위인은 아닐지라도.

어쨌든 자기 분야에서 역사에 이름을 남긴 분이다.

거기다 누군가의 소중한 조상이기도 하고.

그런 이를 아랫사람처럼 편하게 대하기가 쉽지 않다.

어떻게 해야 될까 잠깐 혼란스러웠지만.

이참에 아예 다 놓아 버리기로 마음먹었다.

지금부턴 조상이고 나발이고 없다.

난 더 이상 21세기 시민이 아니다.

17세기 조선의 임금 현종. 그것이 지금의 내 정체성이다.

진짜 왕처럼 생각하고 행동하자.

난 염탐하려 드는 상선을 내보내고 물었다.

"종기를 고쳐 본 적 있나?"

"말에 난 종기는 고쳐 보았사옵니다."

"사람 종기는 고쳐 본 적 없단 거지?"

"그, 그렇사옵니다."

"말 종기는 어떻게 고치는데?"

"칼로 환부를 도려내 고름 뿌리를 제거했사옵니다."

"그렇지. 뿌리가 있으면 도지기 마련이니까."

난 이불 위에 엎드렸다.

"과인 목뒤에 종기가 있다. 확인해 봐."

"소, 소인이 말이옵니까?"

"여기 너 말고 누가 있는데?"

"소인은 천한 마의일 뿐이옵니다, 전하."

"그래서?"

"옥, 옥체에는 절대 손댈 순 없사옵니다."

"옥체 주인이 하라는데 넌 뭔 깡으로 버티는 거냐?"

"전, 전하."

"해 지겠어. 빨리 해, 이마."

"알겠사옵니다……."

백광현이 떨리는 손으로 종기를 확인했다.

2장. 역시 이세계에선 가이드가 필수지.

종기를 본 백광현의 몸이 느슨하게 풀어진다.

"초기라 다행이옵니다."

"그럼 뭐 하고 있어? 빨리 치료하지 않고."

백광현의 몸이 다시 긴장으로 뻣뻣해진다.

"지, 지금 말이옵니까?"

"쇠뿔도 단김에 빼라는데 종기도 단숨에 짜 버려야지."

"……."

"아, 넌 말 고치는 의사라 소뿔은 잘 모르나?"

"그, 그게 아니옵고……."

"너도 그 영감님처럼 두 번 말해야 알아들어?"

"그게 아니옵고……."

"아니옵고 저시옵고 간에 빨리 고치라니까."

"알겠사옵니다……."

백광현은 하는 수 없이 종기 치료에 들어갔다.

난 저고리를 벗고 종기에 소주를 덕지덕지 발랐다.

물론, 칼날도 소독했다.

촛불로 달구고 나서 소주로 식혀 세균을 제거했다.

나도 안다. 이렇게 한다고 멸균되진 않는다는 거.

그래도 소독하니까 마음이 한결 편하다.

남은 안동소주를 약간 마시고 나서 명령했다.

"이제 째라."

다행히 백광현은 수전증이 아니었다.

칼날로 살을 째서 고름을 빨아냈다.

그리고 이어서 종기 뿌리까지 떼어 냈다.

시술을 마친 백광현이 상처에 약을 바르려 들었다.

난 화들짝 놀라 얼른 저지했다.

"됐다. 거즈, 아니 솜으로 지혈이나 해 다오."

저게 어떤 약인지도 모르는데.

괜히 엄한 걸 발라 죽고 싶진 않다.

그럴 바에야 차라리 자연 치유력에 기대는 게 낫지.

난 옷을 여미고 앉아 백광현을 보았다.

이마에 땀이 송골송골 맺혀 있다.

12시간 수술한 의사보다 더 지쳐 보이네.

내 시선을 감지한 백광현이 얼른 자세를 고쳐 앉는다.

그래도 큰 짐 덜었단 속마음까지 숨기진 못했지만.

순수한 사람이네.

그래, 이왕 이렇게 된 거 백광현을 이용하자.

난 일단 당근부터 내밀었다.

"넌 이제부터 과인 전담 어의니라."

"소, 소인은 마의라 인체에 대해선 잘 모르옵니다."

"말이나 인간이나 어차피 다 짐승이야."

어의를 제수한단 말에 당황한 걸까?

아니면 인간도 짐승이라는 개똥철학에 기겁한 걸까?

백광현은 입을 벌린 자세로 한동안 가만히 있었다.

"입 닫아라. 파리 들어간다."

"예, 예, 전하."

당황한 백광현이 입을 급히 다물 때.

난 상선을 불러 어명을 내렸다.

"승정원에 백광현을 어의로 제수한다고 전해 주시오."

상선은 백광현을 힐끔 보고 나서 머리를 조아렸다.

"바로 승정원으로 선전관을 보내겠사옵니다."

"이젠 한번 말해도 알아듣는군. 좋소. 나가 보시오."

상선이 나가고 나서. 난 백광현을 좀 더 자세히 관찰했다.

아직 때가 타지 않아 괜찮을 것 같긴 한데.

하지만 이내 고개를 저을 수밖에 없었다.

어의를 자주 만나서 좋을 게 없다.

내가 아프다고 광고하는 거나 같으니까.

임금이 자주 아프면 딴생각하는 놈이 생기기 마련이고.

더욱이 현종은 아직 아들도 없잖아.

아마 경종 때와 비슷한 상황이 펼쳐질 테지.

경종은 자주 아픈 데다 후사도 없었다.

이 틈을 노린 노론은 경종을 협박했고.

경종은 어쩔 수 없이 연잉군을 세제로 삼는다.

그 연잉군이 바로 훗날의 영조다.

내가 그와 같은 전철을 밟을 필요는 없지.

아니, 이젠 그보다 앞선 시대를 살고 있으니 내가 그의 전철이 되는 건가?

아무튼 백광현의 활용법은 분명해졌다.

어의라서 가이드로 쓰진 못한다고 해도 가이드를 스카우트하는 용도로는 쓸 수 있을 테지.

"어의는 내의원에서 가장 높은 벼슬이지. 물론, 도제조 같은 이들이 있지만 어의 중에선 그렇단 말이야."

백광현은 내가 생색내는 줄 안 모양이다.

"그, 그런 높은 자리에 소인같이 천한 마의 놈을 앉혀 주셔서 몸 둘 바를 모르겠사옵니다. 앞, 앞으로 죽을힘을 다해서 전하를 섬기겠사옵니다."

"오, 좋은 자세다. 사람은 은혜를 잊어선 안 되지."

"황공하옵니다."

"높은 자리에 오르려면 반드시 인재를 알아보는 안목이 있어야 한다. 과인을 봐라. 단번에 너 같은 인재를 알아보고 어의로 삼지 않았느냐?"

"망극하옵니다."

"그런고로 과인이 네게도 인재를 알아보는 능력이 있는지 시험해 보겠다. 오면서 금군을 보았겠지?"

"그렇사옵니다."

"그 금군 중에서 똑똑하고 충성심 깊고 무예도 출중한 자를 찾아내 과인에게 최대한 빨리 데려와라."

"분부대로 하겠사옵니다."

백광현은 그날 저녁에 금군 하나를 데려왔다.

물론, 첫 공부터 홈런을 치진 못했다.

그가 데려온 금군은 충성심은 있어 보이지만.

내 마음에 찰 정도로 똑똑하진 않다는 점이 문제였다.

다음 날 아침. 백광현이 다른 금군을 데려왔다.

이번 금군은 마음에 들었다.

똑똑하고 충성심도 깊고 무예도 쓸 만했다.

그래서 가이드로 삼았냐고? 결론은 아니었다.

두 번째 금군에겐 크나큰 결격 사유가 있었으니까.

친척 어르신이 조정에서 잘나가는 대신이란다.

백광현도 승부욕이 생긴 모양이다.

그날 해가 다 지기도 전에 세 번째 금군을 데려왔다.

이번 금군은 독특했다.

오히려 너무 독특해 헛웃음이 날 지경이다.

군대 가면 머리에 맞는 군모를 지급받는다.

그리고 그중에서 가장 큰 사이즈가 65호다.

근데 이놈은 그 65호조차 모자랄 정도다.

문제는 그뿐만이 아니었다.

원래 머리가 크면 목과 몸통이 굵기 마련이다.

그래야 크고 무거운 머리를 떠받치니까.

세 번째 금군은 이런 내 상식을 완전히 박살 냈다.

머리가 엄청나게 큰 데 비해 목은 가늘고 몸통은 비쩍 말랐다.

그를 보고 처음 든 생각은.

어떻게 목이 안 부러지고 붙어 있는 거지?

두 번째로 든 생각. 엄마가 그를 낳을 때 엄청 고생했겠네.

누군지도 모르는 금군 엄마에게 위로의 말을 전했다.

쓸데없는 생각은 그만하고 면접이나 보자.

백광현을 내보내고 나서. 난 금군에게 손짓했다.

"가까이 와라."

금군은 내 예상을 또 한 번 박살 냈다.

움직임이 고양이처럼 날렵했기 때문이다.

문젠 다가올수록 머리가 점점 커져 부담스럽단 거고.

야구장에서 주는 버블헤드 같군.

난 고개를 저어 머리에 관한 생각을 가까스로 지웠다.

"이름이 뭐야?"

"두석이옵니다."

"흐음, 두석이라. 성은?"

"왕가이옵니다."

난 고개를 갸웃거렸다.

조선 초에는 왕씨를 다 때려잡았단 말을 들었는데.

17세기에는 좀 풀어 주고 그랬나?

"그럼 이름이 왕두석이야?"

"그렇사옵니다."

"성격이 유쾌한 부모를 두었군."

"소관도 그렇게 생각하옵니다."

"현재 소속과 직위는?"

"내삼청 우림위 갑사이옵니다."

"직계나 친척 중에 벼슬하는 이가 있어?"

"없사옵니다."

"글은 읽고 쓸 줄 알겠지?"

"그렇사옵니다."

"사서는 어디까지 배웠어?"

"소학과 대학을 배웠사옵니다."

"무예는 잘해?"

"전하 앞에서 선보일 정돈 아니옵니다."

"그건 겸손이야? 아니면 실제로 못한단 거야?"

"……."

"쯧쯧, 이건 네 인생이 걸린 면접이야. 다른 놈들처럼 쥐똥만 한 능력도 부풀려서 홍보하지는 못할망정, 있는 능력마저 감춰서 어떻게 성공하겠어?"

왕두석이 벌떡 일어나 머리를 조아렸다.

어휴, 깜짝이야. 하마터면 머리가 떨어지는 줄 알고 식겁했네.

"왜 일어났어?"

"박투술을 잠시 보여 드리겠사옵니다."

"해 봐."

왕두석은 비장한 얼굴로 주먹질과 발길질을 하였다.

주먹과 발이 움직일 때마다 파공음이 들렸다.

입에서 나는 바람 소리가 아니라면 대단한 실력이다.

물론, 내가 보기에 그렇단 거다.

전문가는 나와 의견이 다를 수도 있겠지.

아무튼 지금까진 그가 마음에 들었다.

시연을 마친 왕두석이 옷매무시를 가다듬고 앉았다.

"못난 실력으로 전하의 눈을 어지럽혀 드린 것 같아 소관
은 그저 용안을 뵈옵기 황송할 따름이옵니다."

"진짜 황송한 거냐? 아니면 겸손이냐?"

"이번엔 겸손이옵니다."

"오호, 그래?"

"무예로는 우림위에서 세 손가락에 들 수 있사옵니다."

"그건 오만이 아니리 자신감의 발로겠지?"

"물론이옵니다."

난 일어나서 왕두석 주위를 천천히 돌았다.

당황한 왕두석이 같이 일어나려 할 때.

"아냐, 넌 앉아 있어."

"전하께서 서 계신데 소관이 어찌 감히……."

"앉아 있으라면 앉아 있어."

"명을 따르겠사옵니다."

난 왕두석 뒤에 서서 조용히 속삭였다.

"과인의 기억에 문제가 생겼다."

"……."

"하여 옆에서 과인을 도와줄 수하가 필요하다."

"……."

"야, 듣고 있어?"

움찔한 왕두석이 얼른 대답했다.

"듣고 있사옵니다."

"난 또 내 말이 지루해서 조는 줄 알았지."

"절, 절대로 졸지 않았사옵니다."

"그래, 그래. 믿어 주마. 다시 좀 전으로 돌아가서. 과인을 도와줄 수하는 대궐에 쌔고 쎴지만 그중 진짜 충성스러운 수하는 찾기가 힘들다. 넌 과인이 충성스러운 수하를 원하는 이유를 알고 있느냐?"

사실, 이건 마지막 시험이다.

왕두석은 주저하지 않고 바로 대답했다.

"이러한 사실을 아무도 몰라야 하기 때문이옵니다."

"바로 그렇다."

"황공하옵니다."

"넌 과인에게 그런 충성심을 보여 줄 자신 있느냐?"

"여부가 있겠사옵니까."

왕두석이 대답하며 머리를 조아렸다.

저러다가 머리가 무거워서 못 일어나면 어떡하지?

내가 뒤에서 들어 줘야 하나?

아, 이게 아니지. 다시 면접 모드로.

"그 '아무도'란 말엔 너도 포함된다. 아느냐?"

"각오하고 있사옵니다."

"이번 일은 조선이 망할 때까지 철저히 비밀에 부쳐져야 한다. 실록에 과인이 기억 상실에 걸려 실성했다고 나오면 절대 안 되니까. 과인이 비록 그땐 죽고 없을지라도 쪽팔린 건 어디 가지 않으니까."

"지, 지당하신 말씀이옵니다."

"넌 비밀을 지키는 가장 완벽한 방법이 뭔지 아느냐?"

"비밀을 아는 자를 모두 죽이는 것이옵니다."

"죽인단 말은 너무 상스럽구나. '처단한다'로 고치자."

"비밀을 아는 자를 모두 처단하는 것이옵니다."

"다행히 기억을 전부 되찾은 과인이 이러한 비밀을 지키기 위해 토사구팽하듯이 너를 죽이려 한다면?"

"방금 처단으로 바꾸기로……."

"하, 까탈스럽네."

"……"

"과인이 비밀을 지키기 위해 너를 죽이려 한다면?"

"명하시기 전에 소관이 스스로 목숨을 끊겠사옵니다."

"빈말이라도 고맙구나."

"빈말이 아니옵니다. 소관이 비록 미관말직이긴 하나 명예를 아는 무인이옵니다. 조선과 왕실을 위해서면 하찮은 목숨 따윈 언제든 버릴 수 있사옵니다."

"누구의 목숨도 하찮지 않다."

"황송하옵니다."

"그래도 알아서 그래 주면 난 좋지."

"……."

"아무튼 면접에 통과했다."

"성은이 망극하옵니다."

난 상선을 불러 다시 어명을 내렸다.

"왕석두, 아니 왕두석을 선전관에 제수하겠소."

상선이 눈을 번쩍 뜨며 물었다.

"왕 갑사를 선전관으로 말이옵니까?"

"그게 뭐 어려운 거라고 되묻는 거요?"

"어명을 바로 승정원에 전하겠사옵니다."

상선이 물러가고 나서.

난 왕두석 앞에 앉아 책상에 턱을 괴었다.

"우선 조정이 어찌 돌아가는지 말해 봐."

"예, 전하. 한 달 전에 선왕께서 승하하시고 나서……."

"선왕의 묘호는 정해졌어?"

"효종대왕이라 들었사옵니다."

예상대로군.

효종 아들인 난 당연히 현종일 테고.

물론, 현종도 묘호다.

이런 건 대충 넘어가자.

한 달 전에 효종이 승하했으면 올해가 즉위한 해네.

현종에 관한 기억은 많지 않다.

병약함, 예송논쟁, 공처가, 대기근 등등.

그 순간.

따당!

촌스러운 BGM이 들리더니.

눈앞에 도형 문자가 다시 나타났다.

물론, 이번엔 약간 달랐다.

도형 문자가 내가 읽을 수 있는 글자로 변했으니까.

메인 퀘스트 1

내가 누구인지 알아내라!

-유저는 새로운 세상에서 본인이 누구인지 알아내야 합니다. 이 메인 퀘스트를 클리어하지 못할 시에는 게임이 정상적으로 진행되지 않습니다.

클리어 유무· 클리어

보상: 개인 기본 스탯 개방

뭐지?

난 고개를 들어 앞에 앉은 왕두석을 보았다.

표정에 변화가 전혀 없다.

그의 눈엔 도형 문자가 안 보이는 모양이다.

그래도 혹시 몰라 물어봤다.

"뭐 보이는 거 없어?"

"어떤 걸 말씀하시는 것인지 모르겠사옵니다."

"막 글자같이 생긴 게 눈앞에 떠다니지 않아?"

"어, 어의를 불러오겠사옵니다."

"됐다."

"하오나!"

"잠시 물러가 있어. 다시 부를 테니 멀리 가진 말고."

"정, 정말 괜찮겠사옵니까?"

"물러가라면 좀 물러가."

"알겠사옵니다."

왕두석이 황망히 떠나고 나서.

난 황당한 표정으로 퀘스트 메시지를 다시 확인했다.

퀘스트가 있었어?

그럼 EHS가 진짜 게임이란 거네.

그건 그렇고 이런 건 빨리 알려 줘야 하는 거 아냐?

쌍, 뭐가 이렇게 불친절해!

아, 하긴 대뜸 17세기로 보내는 놈들인데 오죽할까.

난 메시지를 보며 기다렸지만 요지부동이다.

"보상을 준다며? 왜 안 줘? 나랑 장난 까냐?"

그 순간.

머릿속을 번득 스쳐 가는 생각이 있었다.

"잠깐, 이게 게임이라 이거지? 그렇다면 나도 게임 하는 거처럼 행동해야 보상이 받아지는 건가? 그동안 퀘스트 보상받을 때 보통 어떻게 했더라?"

난 입에서 나오는 대로 지껄였다.

"수락, 확인, 받겠음, 액셉트, 오케이, 예스……."

아는 단어를 총동원했음에도 요지부동이다.

"잠깐, 이미 보상받은 게 아닐까?"

그렇다면 방법을 달리해야지.

난 숨을 가다듬고 나서 외쳤다.

"스탯!"

찰칵!

전과 다른 BGM이 울리고 나서 스탯 창이 나타났다.

이연 (+5,530)

레벨: 0

무력: 5 지력: 43 체력: 2 매력: 21 행운: 19

레벨 0은 그렇다 쳐도. 무력 5? 체력 2?

이 정도면 살아 있는 쪽이 더 이상한 거 아냐?

그나마 지력은 43이나 되네. 세자를 오래 해서 그런가?

매력과 행운은 아직 뭔지 모르겠고.

게임이라면 인재 등용이나 도박 성공과 관계있겠지.

스탯 창을 조사하다가 신경 쓰이는 숫자를 발견했다.

바로 +5,530였다.

이름 옆에 붙어 있는 걸로 봐선 중요한 수치 같다.

다만, 문제는 감이 안 잡힌단 거다.

일단 지금은 넘어가자. 신경 써야 할 다른 문제도 많다.

"퀘스트."

반응이 없었다.

"완료한 퀘스트."

역시 반응이 없었다.

"메인 퀘스트."

반응이 없긴 매한가지다.

흠, 퀘스트는 끝까지 비공개인 건가?

이번엔 앞에 떠 있는 스탯 창을 없애 보기로 했다.

"스탯."

주문을 외운 것처럼 스탯 창이 바로 자취를 감추었다.

잠깐! 스탯 창을 보고 싶을 때마다 스탯이라 외쳐야 하나?

그럼 다른 사람 앞에선 볼 수 없는데.

설마 EHS가 그 정도로 허접하진 않겠지.

난 속으로 스탯이라 외쳐 보았다.

사라진 스탯 창이 다시 나타났다.

"혹시 이런 것도 되나?"

난 머릿속으로 스탯 창을 떠올렸고.

그와 동시에 스탯 창이 자취를 감추었다.

"시험 안 해 봤으면 어쩔 뻔했냐."

어쨌든 메인 퀘스트를 클리어했고.

보상이라던 개인 스탯도 확인했다.

그렇다면 이젠 이것을 활용해 진행해야 한다.

"이게 정말 게임이면 초반 공략대로 가는 게 맞겠지."

내 게임 초반 스타일은 언제나 비슷하다.

레벨업을 하면서 게임 스타일을 파악한다.

"원래 초반에는 레벨을 올리기가 쉬우니까."

난 무력, 체력으로 레벨업할 계획을 세웠다.

물론, 오늘은 이미 다른 계획이 있어 미뤄야겠지만.

밖에서 대기하던 왕두석을 불러 가벼운 질문부터 던졌다.

"이곳은 어디지?"

"창덕궁 희정당이옵니다."

"왜 오늘은 아무도 과인을 찾지 않는 거지?"

"올 초에 심하게 앓으시던 학질이 이달 초에 국상을 치르면서 다시 발병한 탓에 당분간은 아무도 만나지 않겠단 어명을 내리신 것으로 아옵니다."

흠, 학질이면 말라리아를 말하는 건데.

그래서 체력이 2를 찍은 건가?

난 손을 들어 이마를 만져 보았다.

열이 날 낌새는 없다. 설사가 나올 낌새도 없고.

다행히 말라리아는 다 나은 모양이네.

"학질은 다 나은 건가?"

"새벽에 고열을 심하게 앓으신 후부터 갑자기 좋아지셨다고 어의가 말하는 걸 옆에서 들었사옵니다."

"언제 새벽?"

"오늘 새벽이옵니다."

새벽이라? 내가 17세기로 온 시점과 비슷한데.

혹시 둘이 무슨 관계가 있나? 아직은 잘 모르겠군.

"과인의 가족관계는 어떻게 되지?"

"윗전으로 대왕대비마마와 왕대비마마 두 분이 계시고 전
하의 형제분으로는 숙안, 숙명, 숙휘, 숙정, 숙경, 의순공주가
있사옵니다."

숙안, 숙명은 누나고. 나머진 다 동생이다.

의순공주는 효종 양녀라 엄밀히 따지면 친형제는 아니지만.

잠깐, 뭔가 하나 빠진 것 같은데?

"중전은?"

"그게……."

거침없이 대답하던 왕두석이 처음으로 머뭇거린다.

"왜?"

"아뢰옵기 황공하오나 중전마마께서는 며칠 전부터 학질
과 원인 모를 가슴 병을 심하게 앓는 바람에 대조전에 마련한
병상에 줄곧 누워 계시옵니다."

저리 말하는 걸 보면 위독한 모양이네.

미간이 절로 찌푸려졌다.

현종은 엄청난 공처가다.

그것이 중전의 드센 기운에 눌려 후궁조차 들이지 못함으

로써 만들어진 이미지라는 말도 있었지만.

어쨌든 이 몸의 주인은 애틋한 감정을 갖고 있을 것이다.

반면 난 당연히 별 감정 없다.

중전과는 생면부지나 마찬가지니까.

그럼에도 중전의 건강 악화에 당황한 이유는 하나뿐이다.

중전인 명성왕후가 숙종의 모후란 사실 때문이다.

여기서 중전이 죽으면 숙종도 없는 거고.

역사는 궤도에서 벗어나 다른 선로를 달리게 된다.

이 문제는 하늘에 맡기는 수밖에 없겠네.

학질을 앓던 내가 가 봐야 부담만 줄 뿐이지.

병을 고치는 건 어의가 할 일이고.

"요즘 조정의 최대 화젯거리는 뭐지?"

"크게 보면 세 가지일 것이옵니다."

"말해 봐."

"첫째는 선대왕마마의 능 자리를 정하는 일이옵니다."

"둘째는?"

"홍여하의 상소로 송시열 대감이 사직한 일이옵니다."

송시열이 사직했다고? 설마 상복 문제가 지나간 건가?

그러면 당분간 신경 쓸 것도 없고 개꿀인데.

"마지막은?"

"대왕대비마마의 상복 문제이옵니다."

젠장, 좋다 말았네.

현종 즉위 초반에 상복 문제가 안 나올 리 없겠지.

"홍여하의 상소에 대해 자세히 말해 봐."

"홍여하는 영남 남인의 거두이옵니다. 한데 전하께 치세에 관한 상소를 올리며 서인 이후원을 비판하는 내용을 몇 자 적은 것으로 알고 있사옵니다."

그다음은 뻔했다.

이후원은 양송, 즉 송시열, 송준길을 천거한 자다.

자연스럽게 홍여하가 올린 상소가 이후원 뒤에 있는 서인의 거대 권력인 양송을 비판하는 양상이 되어 송시열이 먼저 사직하는 사태가 벌어진 거다.

지금은 서인, 남인이 양강 체제인 시절이다.

인조를 옥좌에 앉힌 서인이 현대로 치면 여당이고.

쪽수에서 밀리는 남인이 야당쯤 되겠지.

"상복 문제는 쟁점이 뭐야?"

"영의정 정태화 대감이 대왕대비마마가 이번 선대왕마마의 국상에서 어떤 상복을 입어야 하는지를 놓고 조정 여러 대신에게 의견을 물었사옵니다."

"의견이 모였나?"

"처음엔 갈렸사옵니다."

"어떻게?"

"정태화 대감, 이시백 대감 같은 서인 쪽에서는 경국대전에 나온 대로 장남이든 차남이든 상관없이 아들이 죽으면 그 부모는 1년 상의 상복인 기년복을 입는 게 예법에 맞다고 하였사옵니다."

"남인은 생각이 달랐나?"

"그렇사옵니다. 남인 윤휴 대감이 나서서 의례에 나온 내용을 토대로 이유야 어찌 되었든 간에 적통을 이은 아들이 상을 당했으니 부모는 3년 상에 해당하는 참최복을 입어야 한다고 했사옵니다."

"두 당은 아직도 상복 문제로 싸우는 중이고?"

"며칠 전, 참다못한 정태화 대감이 예학에 밝은 송시열 대감의 조언을 적극적으로 받아들여 1년 상인 기년복을 입기로 정했단 말을 들었사옵니다."

"송시열이 기년복으로 정한 근거는 뭐였어?"

"의례 사종지설에서 장자가 아닌 아들이 죽으면 부모는 1년 상의 상복인 기년복을 입어야 한다는 내용을 근거로 삼았다고 들었사옵니다. 윤휴 대감이 예로 든 의례를 이용해 반박한 셈이지요."

흠, 이건 역사대로네.

그놈의 사종지설 때문에 개판이 나는 거다.

기년복을 벗게 되는 지금으로부터 1년 후에 말이지.

가만, 이걸 잘만 활용하면 관심을 내게서 돌릴 수 있겠는데?

난 준비할 시간이 필요하다.

여기서 상복 문제가 정리되면 관심이 내게 쏠린다.

아마 사방에서 잔소리 폭탄이 쏟아지겠지.

조회에 출석해라.

경연에 참석해라.

상소에 비답을 내려 달라.

미안하지만 지금 내겐 그럴 시간이 없다고!

난 왕두석을 돌려보내기 전에 마지막으로 물었다.

"근데 넌 조정 소식을 어떻게 그리 잘 아나?"

"그래선 안 되는 일이긴 하오나……."

"하오나?"

"금군과 선전관이 정보를 주고받사옵니다."

"안 될 거 없다. 넌 계속 정보를 모아 가져와라."

"예, 전하."

"가서 쉬어라. 오늘 고생 많았다."

왕두석이 돌아가고 나서. 난 금침에 벌렁 드러누웠다.

"그래, 일단 몇 가지 기본 계획을 세워 놓고 그에 따라 움직이자. 이게 게임이든 아니든 상관없이 조선을 변화시킬 엄청난 기회임은 분명하니까."

머릿속으로 계획을 세우고 부수길 반복했다.

그러다 잠이 든 듯 의식이 흐려졌는데.

"상감마마."

누군가 속삭이는 소리가 들려 눈이 번쩍 뜨였다.

급히 상체를 세우고 일어나 옆을 보았다.

방 중간에 허리가 구부정한 노인의 실루엣이 있었다.

왠지 놀려 주고 싶은 생각이 들어 의뭉을 떨며 물었다.

"지객이오?"

노인네의 허리가 살짝 경직되었다가 풀렸다.

"농, 농이 과하시옵니다, 마마."

대답한 상선이 다가와 등잔에 불을 붙였다.

난 눈을 비비며 물었다.

"몇 시요?"

"축시이옵니다."

"무슨 일로 깨웠소?"

"……."

"불이 났소? 아니면 지붕에 비가 새나?"

"중전마마의 환후가 위독하단 전갈을 받았사옵니다."

"흐음."

난 일어나서 궁녀의 도움을 받아 상복을 다시 걸쳤다.

"상선은 가서 왕석두를 데려오시오."

"왕두석이옵니다, 마마."

"아무튼 가서 머리 큰 놈을 데려오시오."

"예, 마마."

얼마 후. 난 내관, 궁녀, 금군을 이끌고 처음으로 외출했다.

내관이 등불을 밝혀 길을 안내하는 사이.

궁녀 부대가 뒤에 꼬리처럼 따라붙고.

금군은 외곽에서 행차를 호위하며 이동했다.

단, 왕두석은 달랐다. 그는 내 뒤에 바짝 붙어 따라왔다.

난 그의 귀에 대고 속삭였다.

"사람 잘못 봐서 어색한 상황 일어나지 않게 조심해."

"명, 명심하겠사옵니다."

희정당에서 대조전은 금방이라 얼마 걸리지 않았다.

다만, 체력을 계산 못 한 건 실수다.

벌써 숨이 차서 체력 스탯이 2임을 여실히 증명했다.

대조전 앞에는 왕실 식구들이 모여 있었다.

물론, 그들은 거의 다 여자다.

현재 인조의 직계 중에 남자는 나 하나다.

인평대군은 얼마 전에 죽었고.

소현세자 아들은 투명 인간 취급이다.

인평대군 자식들이야 이제 방계로 쳐야 하고.

등롱을 들고 앞장서던 목청 큰 내관이 외쳤다.

"선전관 당도요!"

왜 내가 아니라 선전관이 왔다고 통보하는 거지?

왕보다 선전관 끗발이 더 세나?

난 왕두석을 불러 속삭였다.

"왜 과인이 아니라 선전관이 왔다고 외치는 거야?"

"궁인이나 관원이 전하께서 납셨다고 직접적으로 통보하는 행동은 전하의 체통을 떨어트리는 짓이라고 배웠사옵니다. 하여 전하의 곁에 항시 붙어 있는 선전관이 당도했다고 말하게 히여 다른 이들이 진하의 딩도를 일게 하는 것이옵니다."

하, 이건 또 몰랐던 거네. 복잡하기도 하다.

무엇보다 폼이 안 난다.

역시 왕이 등장할 땐 '상감마마 납시요!'가 세격이시.

난 상선에게 다음부턴 내가 왔다고 알리게 하였다.

멀뚱멀뚱 쳐다보던 상선이 고개를 숙이며 대답했다.

"알겠사옵니다."

어라? 방금 상선이 고개 숙이면서 한숨 쉰 거 나만 봤어?

막 한 소리 하려는데. 내관의 외침을 듣기 무섭게.

대조전에 모인 모든 이가 일제히 예를 표했다.

난 이쪽으로 다가오는 두 여인을 보고 물었다.

"누구야?"

뒤에서 왕두석이 소곤거렸다.

"대왕대비마마와 왕대비마마이옵니다."

대왕대비면 할머니고 왕대비면 모친이란 소리잖아.

그럼 나이 많은 분이 대왕대비겠네.

난 나이가 많은 분에게 먼저 걸어갔다.

할머니에게 먼저 인사하는 게 조선 국룰이지.

"반대이옵니다."

왕두석이 놀라서 소곤대는 소리에 내가 급히 물었다.

"반대라고?"

"예, 전하."

흠, 족보를 안드로메다에서 써 왔나?

나이 많은 쪽이 엄마고 적은 쪽이 할머니라고?

아, 조선의 왕들이시여!

대체 무슨 짓을 벌이신 것이옵니까?

이게 웬 개족보인가 싶지만 다 사정이 있다.

인조가 무슨 생각으로 그랬는진 모르겠지만 암튼 다 늙어서 말년에 계비를 들였는데, 그게 장렬왕후다.

그 바람에 시어머니는 한창인 30대 중반인데 며느리가 40대 초반인 이상한 족보가 만들어진 거고.

장렬왕후는 인조가 죽어 왕대비가 되었고.

의붓아들인 효종이 죽고 나서는 대왕대비가 되었다.

예송 문제로 자주 소환되는 자의대비가 이 대왕대비다.

졸지에 난 엄마보다 젊은 할머니를 모시게 된 거고.

그래도 정조보단 낫지.

그는 일곱 살 많은 정순왕후를 할머니로 모셨으니까.

난 슬쩍 방향을 틀어 젊은 여인 쪽으로 걸어갔다.

"소손이 대왕대비마마를 뵙습니다."

대왕대비가 내 손을 잡고 걱정을 드러냈다.

"주상, 병도 다 낫지 않은 몸으로 어찌 직접 오셨소?"

"중전이 위독하다는 말에 안 와 볼 수가 없어서요."

난 고개를 돌려 왕대비에게 물었다.

"어마마마도 소식을 듣고 오신 겁니까?"

"그렇습니다, 주상."

왕대비가 이어 내 손을 잡고 탄식했다.

"올해는 어찌 된 게 대궐에 흉사가 끊이질 않습니다."

"다 소자가 부덕한 탓이겠지요."

"허허, 그게 어디 주상의 탓이랍니까. 주상도 너무 자책하지 마세요. 그렇지 않아도 병약해서서 이 이미의 마음이 찢어지는 듯 아픈데 마음의 병까지 얻으시면 정말 이 어민 살기가

49

싫습니다."

영혼과 몸 주인이 다른 탓에 두 분 마마를 보면서 혈육의
정 같은 건 느끼지 못했지만.

그래도 적당히 대화를 나누며 안면을 쌓았다.

잠시 후 두 분 마마와 대조전으로 들어가려는데.

"중전마마!"

"중전마마!"

대조전 안에서 통곡 소리가 들려왔다.

아, 내가 너무 늦었구나.

난 바로 대조전으로 들어가 중전을 만났다.

이미 천을 씌워 놓아 얼굴은 보지 못했다.

조용히 눈을 감고 망자의 가는 길에 심심한 위로를 전했다.

난 당신을 모르지만. 이 몸 주인은 그렇지 않을 테지요.

어쨌든 이 몸 주인을 대신해 고인의 명복을 빕니다.

대조전을 잠시 지키다가 희정당으로 돌아갔다.

괜히 돌아다니다가 찬바람 쐬면 큰일이라면서 왕실과 조
정 양쪽에서 간곡히 부탁해 어쩔 수 없었다.

하긴, 임금까지 같이 잃고 싶진 않겠지.

난 희정당에 돌아와 이른 아침을 먹었다.

뭐 아침이라기보단 새벽 간식이란 표현이 더 맞겠지.

해도 뜨기 전에 아침을 먹는 사람은 거의 없으니까.

실제로 죽에 반찬 몇 개가 다다.

상을 물리고 나서 잠시 죽은 중전에 대해 생각했다.

중전이 죽으면서 이제는 확실히 역사가 바뀌었다.

숙종이 태어나는 일은 없을 테니까.

후손들은 드라마 소재거리가 사라져 아쉬울지 모른다.

송시열을 죽이고 강력한 왕권을 구축했다며 태종처럼 평가하는 이들도 아쉬워할 테고.

하지만 조선 역사 전체로 보면 숙종은 없는 편이 백번 낫다.

쪽수가 많은 서인을 여당으로 보고, 북인이란 파트너를 상실한 남인을 야당으로 보자면.

숙종은 여당, 야당을 갈라치다가 도를 넘었다.

야당인 남인이 결국 맛이 가서 서인 독재로 흐르니까.

즉, 숙종이 친 깽판의 후유증이 사실상 조선의 숨통을 끊은 거다.

그런 숙종이 사라졌기에 다행이라며 기뻐할 일이지만, 마냥 좋아하기에도 문제가 있었다. 숙종이 없어졌다는 말은 곧 영, 정조도 역사에서 사라졌단 뜻이 되니까.

뭐 아쉬워해 봐야 어쩌겠나.

이미 벌어진 일을 주워 담을 수도 없고.

소화도 시킬 겸 방 안을 걸으며 생각하는데.

"마마, 삼정승과 도승지 대감이 알현을 청하옵니다."

청하지 않은 손님이 찾아왔다.

처음으로 이 시대 대신을 대면하는 자리다.

이거 왠지 긴장되는데.

4장. 설마 그건 아니겠지?

난 왕두석을 불러 옆에 앉혀 놓고 외쳤다.

"들라 하시오!"

곧 문이 드르륵 열리고.

영감 세 명과 중년 사내 한 명이 들어왔다.

왕두석이 속삭였다.

"얼굴색이 붉은 노인이 영상 정태화 대감이옵니다."

왕두석은 역시 이세계 가이드의 재능이 뛰어났다.

가이드 올림픽이 있다면 동메달 정돈 딸 거다.

역시 내가 사람 보는 눈이 있다니까.

왕두석의 족집게 설명에 따르면.

수염이 뻗쳐 장비처럼 생긴 영감은 좌상 원두표였다.

어휴, 인상 한번 참.

훈장님처럼 깐깐해 보이는 영감은 우상 정유성이고.

왠지 얽히면 재미 못 볼 인상이군.

마지막으로 잘생긴 아저씨는 도승지 김수항이었다.

김수항이 내 옆으로 오다가 왕두석을 보고 물었다.

"전하, 금군 따위가 어찌 이 자리에 있는 것이옵니까?"

얼굴이 붉어진 왕두석이 얼른 머리를 숙였다.

"전하, 소관은 이만 나가 보겠사옵니다."

"아니다. 넌 계속 앉아 있거라."

난 고개를 돌려 김수항을 쏘아보았다.

"이자는 과인을 보필하는 왕두석 선전관이오."

"금군이 아니라 선전관이었사옵니까?"

김수항은 여전히 못마땅한 표정이다.

하, 그렇게 나온다 이거지?

이 몸 주인은 착해 빠진 호구였는지 몰라도 난 아니야!

어디 내 더러운 성깔 맛 좀 봐라.

"왕 선전관은 과인이 병약하여 언제 쓰러질지 모르니 항상 희정당에서 대기하다가 날 둘리업고 내의원으로 달려가는 임무를 맡았소. 도승지는 과인이 혼자 있다가 쓰러져도 괜찮다고 보는 거요?"

김수항이 그 자리에 철퍼덕 주저앉았다.

"신이 어찌 그런 불경한 생각을 품을 수 있겠사옵니까?"

"그런 생각이 아니라면 인제 그만 앉으시오."

김수항은 기어서 왕두석 옆자리에 앉았다.

영감들이야 김수항이 당하는 걸 봐서 조용히 있었고.

그저 원두표만 수염을 쓰다듬으며 헛기침할 뿐이다.

정태화가 먼저 머리를 숙이며 중전의 일을 위로했다.

다른 두 정승과 도승지도 따라 머리를 숙였다.

난 위로에 답하고 나서 물었다.

"그래, 무슨 일이오?"

정태화가 대표로 대답했다.

"전하께서 아직 환후에서 완쾌되지 않으셨단 말은 들었으나 시급히 용안을 뵈옵고 윤허를 청할 사안이 몇 가지 있어 급히 알현을 청했사옵니다."

"말해 보시오."

"우선 선대왕마마의 능과 관련한 일이옵니다."

"능 자리가 정해졌소?"

"처음에는 수원 방면을 능 자리로 고려하였으나 산릉도감에서 재정과 인력이 많이 든다는 보고가 올라와 구리 동구릉에 조성하기로 했사옵니다."

"그렇게 하시오."

이번엔 원두표가 걸걸한 목소리로 말했다.

"중전마마의 국장은 국조오례의 절차대로 하시지요."

이건 뭐 거의 통보네.

뭐 알아서 하겠다는데 굳이 태클 걸 필요는 없겠지.

"그리하시오."

정유성도 뒤질세라 얼른 한마디 하였다.

"홍여하의 상소로 인한 폐단이 심해 시급히 바로잡아야 하옵니다. 특히, 송시열이 이번에 올린 사직 상소는 반드시 반려해야 하옵니다. 신이 옆에서 지켜본 바에 따르면 송시열은 몸가짐을 늘 바로 해 거리낄 일이 전혀 없는 훌륭한 선비이옵니다."

정태화, 원두표가 거들었다.

"신의 생각도 같사옵니다."

"송시열은 예학에 밝아 조정에 꼭 필요한 인물이지요."

이에 추진력을 얻은 정유성이 목소리를 더 높였다.

"그런데도 조정에서 그런 상소가 나온 일에 부끄러움을 느끼고 벼슬을 내놓았으니 이 어찌 충신이라 하지 않을 수 있겠사옵니까? 비록 전하께서 송시열의 사직을 윤허하셨다고는 하나 인제 그만 벼슬을 돌려주는 게 마땅한 줄 아뢰옵니다."

그 말이 끝나기 무섭게 원두표가 덧붙였다.

"근거도 없이 충신의 이름을 더럽힌 홍여하를 유배에 처하시고 송시열을 다시 불러들여 조정의 기강이 아직 멀쩡히 살아 있음을 알리셔야 합니다."

잠깐만! 아니, 내가 파직시긴 깃도 아니고.

송시열이 기분 나쁘다고 버린 벼슬을 돌려주란 건가?

이건 뭐 거절하면 내가 사정이라도 해야 할 분위기네.

하여튼 시발! 벼슬 반납이 무슨 전가의 보도도 아니고 말이야.

툭하면 벼슬을 반납하네, 마네 지랄들이야.

일도 제대로 안 하는 것들이.

이참에 정신 좀 바짝 차리게 해 줘야겠는데.

어디 한번 너네도 당해 봐라.

난 고개를 홱 돌려 김수항을 보았다.

"대왕대비마마의 상복 문제는 어떻게 결론이 났소?"

김수항이 정태화와 눈빛을 교환하고 대답했다.

"선대왕께서 차남이시기에 기년복으로 정했사옵니다."

"왜 과인은 그 말을 처음 듣는 거요?"

"승정원은 의정부가 아뢴 줄 알았사옵니다."

난 다시 고개를 홱 돌려 정태화를 노려보았다.

"의정부는 왜 아뢰지 않았소?"

"학질을 앓으시는 바람에 아뢸 틈이 없었사옵니다."

"그럼 오늘은 왜 과인이 묻기 전까지 아뢰지 않았소?"

"그건……."

원두표가 편대 윙맨처럼 쩔쩔매는 정태화를 도왔다.

"전하, 이번 일로 영상을 탓하시면 안 됩니다. 대왕대비마마의 상복 입는 문제가 어찌 선왕의 능을 결정하는 문제나 중전마마의 국상을 처리하는 문제보다 중하겠습니까? 부디 유념해 주시옵소서."

이건 뭐 확실한 팀킬이네.

"하, 그게 별거 아니라고?"

"왜 그러시옵니까?"

"혹 뭔가 찔리는 거라도 있는 거요?"

팀킬당한 당사자인 정태화가 보다 못해 나섰다.

"전하, 화를 가라앉히시옵소서. 이번 일로 옥체가 상할까 염려되옵니다. 그리고 좌상도 언사가 너무 지나쳤소. 좌상, 어서 전하께 용서를 비시오."

원두표가 떨떠름한 얼굴로 머리를 숙이려 할 때.

내가 전투기 기총 쏘듯이 질문을 마구 던졌다.

"윤휴는 설령 적장자가 아니더라도 적통을 이었으면 장자와 다름없다며 대왕대비마마가 선대왕마마의 상에 마땅히 참최복을 입어야 한다고 주장했다는데 의정부는 왜 기년복으로 정한 거요?"

정태화가 놀라 대답했다.

"여러 대신들의 의견을 취합한 결과……."

"송시열 대감이 김장생의 수제자로 현재 조선에서 예학에 가장 밝다는 말을 들었소. 의정부는 송시열 대감에게도 의견을 구했소? 그가 뭐라 했소?"

정유성이 식은땀을 흘리며 대답했다.

"송시열도 기년복이 맞는다고 하였사옵니다."

"그럼 송시열이 기년복이 맞다고 댄 논거는 뭐요?"

정태화와 정유성의 말문이 동시에 막혔을 때.

편대 윙맨 원두표가 다시 나섰다.

"의례에 나온 사종지설을 근거로……."

잡았다, 락 온 FIRE!

"과인도 의례를 읽어 봤는데 사종지설에 장남이 아니면 참최복을 입어서는 안 된다고 하더군. 그럼 효종대왕은 인조대왕의 적통을 이었지만, 장남은 아니라서 참최복을 입지 못한다는 말인 거요?"

이젠 심상치 않음을 감지한 원두표도 식은땀을 흘렸다.

"그게 아니라……."

이젠 확인 사살이다, FIRE!

"맞소. 과인의 선친이신 효종대왕은 엄밀히 따지면 차남이지, 장자가 아니라. 그렇다면 효종대왕께서는 형을 밀어내고 옥좌를 차지했단 뜻이오? 그렇다면 그 아들인 과인은 백부, 혹은 사촌에게 가야 할 옥좌를 빼앗았다고 봐도 무방하겠구려."

"……."

흥, 딜이 제대로 박힌 모양이네.

삼정승은 물론이고 김수항도 숨소리조차 크게 내지 못했다.

물론, 난 아직 멈출 생각이 없었고.

"백부는 이미 오래전에 돌아가셨지만 사촌은 아직 살아 있는 걸로 아는데, 과인이 송시열 대감의 의견에 따라 옥좌를 양보해야 맞는 거요? 아니면 내가 상왕으로 물러나는 게 예학에 맞는 거요?"

딜 미터기가 터져 나가는 순간.

정태화 등이 일제히 머리를 바닥에 박았다.

"전하, 어찌 그런 듣기에도 황망한 말씀을 다 하시옵니까! 신들은 추호도 그런 삿된 마음을 품은 적이 없사옵니다! 바로 조정 회의를 재개해 상복 문제를 다시 논의할 터이니 분노를 가라앉혀 주시옵소서. 옥체가 상할까 심히 두렵사옵니다."

"통촉하여 주시옵소서!"

"통촉하여 주시옵소서!"

"다들 보기 싫소! 썩 돌아가시오!"

난 일어나서 일부러 찬바람이 나게 홱 돌아섰다.

이런 연기가 유치해 보여도 통할 땐 통한다고.

저, 봐봐. 다들 얼굴이 하얘져 돌아가잖아.

삼정승과 도승지가 줄행랑치기 무섭게.

난 이불에 드러누워 거친 숨을 몰아쉬었다.

이놈의 심장은 조금 흥분했다고 이렇게 맛이 가나?

왕두석이 걱정이 담긴 목소리로 물었다.

"어의를 데려올까요?"

"되었다."

"그래도……."

"그보다 넌 가서 조정 분위기나 좀 살펴보고 와라."

"서인 쪽을 살펴봐야 하옵니까?"

"그냥 전반적인 분위기를 살펴봐."

"후딱 다녀오겠사옵니다."

왕두석이 희성당을 나가고 나서. 난 드러누워 곰곰이 생각했다.

오늘 사건은 인간 트위터들이 알아서 퍼 나르겠지.

난 그 틈에 이 빌어먹을 몸부터 건사 좀 해야겠네.

최소한 사람답게 움직일 순 있어야 할 거 아냐.

막 간단한 홈트를 시도해 보려는 순간.

따당!

메인 퀘스트 2

왕도 직업이다!

-유저는 일국의 지존인 왕입니다. 꿔다 놓은 보릿자루가
되고 싶지 않다면 국가 정책을 주도하세요.

클리어 유무: 클리어

보상: 국가 기본 스탯 개방

오오오! 또 퀘스트를 깼네. 그나저나 겁나 불친절하네.

퀘스트가 뭔지 알아야 패스하든지 도전하든지 하지.

암튼 국가 기본 스탯이 열렸다 이거지?

난 속으로 국가 스탯을 떠올렸다.

그 순간. 찰칵!

조선 (+91,706)

레벨: 1

정치: 45 경제: 17 국방: 38

경제는 바닥이고 국방은 좀 낫네.

효종이 북벌론을 추진해 그런가?

근데 정치는 저게 맞아? 45나 된다고?

너무 높게 잡은 거 같은데.

그나저나 이번에도 이름 옆에 숫자가 있네.

91,706이라? 9만 단위 숫자가 뭐가 있지?

쌀 생산량? 보유한 병력? 아니면 혹시 날짜?

흠, 1년은 365일이고 10년은 3,650일이지.

그럼 100년은 36,500일쯤 되나?

그럼 9만은 250년을 날짜로 계산한 거와 비슷하네.

지금으로부터 250년 후라?

아, 그러고 보니 조선-대한제국이 1910년에 망하지.

그러면 조선이 망할 때까지 남은 시간이네.

그렇게 계산하면 얼추 맞겠…….

잠깐? 그렇다는 건? 설, 설마 아니겠지?

난 심호흡 하고 나서 개인 스탯을 불러냈다.

이연 (+5,529)

레벨: 0

무력: 5 지력: 44(↑1) 체력: 4(↑2) 매력: 24(↑3) 행운:
20(↑1)

진짜다! 이젠 5,530이었으니까 정확히 하루 줄었어.

맙소사, 저 5,529가 내가 앞으로 살날이야!

제길, 처음 봤을 때부터 뭔가 찜찜하더라니.

그나저나 매력, 체력, 지력, 행운이 조금씩 올랐네.

이로써 스탯이 실시간으로 변한단 게 확인된 건가?

그렇단 말은 반대로 떨어질 수도 있다는 뜻일 테고.

하, 쫄리는데 이거.

그래도 숫자가 뭔지 알아냈으니 그거 하난 다행이네.

5,529일이면 몇 년이나 되려나?

난 속으로 재빨리 암산했다.

대충 14년 정도 나오네.

하하, 내 산수 실력이 썩진 않았나 보네.

지금 웃음이 나오냐, 멍충아!

저건 내가 14년밖에 못 산단 뜻이라고!

햇수로 계산하니 이게 사람 환장하게 하네.

내가 14년 후에 죽는다고?

이 몸으로 14년 후면 30대 초중반 아냐?

맙소사, 요절이네, 요절이야.

잠깐! 개인 스탯이 고정이 아니듯 수명도 고정이 아니라면?

어떻게 행동하느냐에 따라 바뀔 여지가 있지 않을까?

일단, 수명을 늘리기 위해 뭐라도 해 보자.

난 바로 홈트를 시작했다.

아, 저주받은 몸뚱이 같으니라고.

푸시업을 하기 위해 팔로 바닥을 짚는 순간.

팔이 미친년 널뛰듯 흔들리더니.

급기야 바닥에 머리까지 쿵 박았다.

아, 쪽팔려. 부탁이니까 제발 다들 모른 척해 줘.

상선이 문밖에서 조심스레 물었다.

"상감마마, 괜찮으시옵니까?"

왠지 비꼬는 것 같아 한마디 하려다가 그만두었다.

괜히 상선에게 화풀이할 필요 없겠지.

지금 가장 친해져야 할 사람이 상선이니까.

"당분간 이상한 소리가 나더라도 들어오지 마시오."

"예, 마마."

난 앉아서 곰곰이 생각했다. 엎드려서 하는 게 안 된다면?

포기하지 말고 서서라도 해 봐야지.

난 일어나서 벽에 팔을 짚고 푸시업을 하였다.

확실히 이번엔 좀 낫네.

그렇게 땀으로 샤워해 가며 10분쯤 했을 때.

팔에 근력이 약간 붙었다. 정말 약간.

점심 먹고 대조전에 가서 중전의 장례 절차를 살폈다.

그래도 명색이 남편인데, 얼굴을 자주 보여야 오해를 안 할 테지.

잠깐 둘러보고 돌아와 이번에는 엎드려 푸시업했다.

"하나……, 두우울……, 젠장."

세 번은 못 하고 결국 두 번 만에 팔이 무너졌다.

그래도 이게 어디냐?

전혀 안 되던 푸시업을 두 개나 했는데.

인간 승리다. 아니, 조선 왕실의 승리다.

그런 식으로 열흘쯤 했을 때.

마침내 쉬지 않고 푸시업 열 개가 가능해졌다.

난 땀을 닦으면서 왕두석에게 보고받았다.

"조정이 어떻다고?"

"전하께서 얼마 전에 의례 사종지설로 삼정승과 도승지를 박살 냈다는 소문을 들은 남인이 곧장 허목, 윤휴, 윤선도를 내세워 반격했고 서인은 삼정승과 양송을 중심으로 방어에 나섰사옵니다."

난 책상 옆에 쌓인 상소를 힐끗 보았다.

"확실히 전면전에 들어간 모양이군. 서인, 남인 둘 다 이놈을 파직시켜 달라느니, 저놈을 유배에 처해 달라느니 졸라 대는 탓에 골이 빠개질 지경이야."

물론, 싸움을 붙인 건 나지만.

이건 복싱이지, 골목길에서 벌이는 개싸움이 아니다.

복싱에는 엄연히 룰이 있고.

이번 싸움에선 피를 보지 않는 게 내가 정한 룰이다.

다들 이를 명심하는 게 좋을 거야!

난 창밖을 보면서 왕두석에게 물었다.

"요즘 비가 많이 오던데 홍수 피해는 없나?"

"그렇지 않아도 홍수 피해를 알리는 장계가 올라오는 중이란 말을 승정원 쪽 금군에게 들었사옵니다."

"흠, 그렇단 말이지."

난 요즘 수명을 늘리기 위해 발악하고.

서인과 남인은 내가 던진 뼈다귀를 놓고 싸워 댔다.

그 바람에 중요한 문제가 무시되었는데.

바로 백성의 안위와 밀접한 민생이다.

이참에 비스마르크 같은 재상을 구해야겠어.

"가서 이경석 대감을 조용히 모셔 와라."

"영돈녕부사 이경석 대감 말이옵니까?"

영돈녕부사? 그건 또 뭐야?

암튼 벼슬 이름이 거창하니 맞겠지.

"맞다. 그 이경석 대감을 모셔 와라."

왕두석은 금방 이경석을 데려왔다.

알고 보니 영돈녕부사는 돈녕부 장관이고.

돈녕부는 이씨가 아닌 왕족을 관리하는 관청이었다.

현대로 치면 민정수석이랑 비슷하려나?

민정수석이 대통령 친인척을 관리하니까.

물론, 파워야 민정수석이 훨씬 세겠지.

영돈녕부사는 정승이 말년에 맡는 명예직 같은 거니까.

이씨가 아닌 왕족 대표는 당연히 중전이다.

그런 중전이 상을 당해 장례를 치러야 하니 영돈녕부사인 이경석도 일찌감치 입궐해 있었을 테지.

아이고, 노인네가 고생이 많네.

이경석은 백발에 허리가 구부정한 전형적인 노인이다.

"부르셨사옵니까, 전하."

"가까이 와 앉으시오."

"황송하옵니다."

이경석은 앉은뱅이책상 앞에 앉아 머리를 조아렸다.

"중전마마께서 그리되시어 유감이옵니다."

"과인도 유감이오. 그건 그렇고 바쁜 대감을 희정당으로 부른 이유는 물어볼 일이 하나 있어서요."

"하문하시옵소서."

"단도직입적으로 묻지. 경은 서인이오?"

"허허, 세상은 신을 서인으로 생각할지 모르오나……."

"모르오나?"

"이는 세상이 신을 모르기 때문에 그럴 것이옵니다."

"그럼 남인과 더 맞는 거요?"

"이 세상을 어찌 흑백으로만 나눌 수 있겠사옵니까?"

하, 영감님이 자꾸 능구렁이 코스프레를 하려 드네.

노인네 페이스에 말려들기 전에 빨리 손을 써야겠어.

"경은 얼마나 더 살 거 같소?"

"천수야 하늘이 정해 주지 않겠사옵니까?"

"넉넉잡아 한 10년 남았다고 칩시다. 그 10년을 과인에게 전부 파시오. 그럼 경이 죽었을 때, 과인이 곡도 하고 상여도 직접 메겠소. 아마 그 정도 정성이면 경도 그리 밑지는 장사는 아닐 거요."

내 제안이 충격이긴 했나 보다.

이경석이 갑자기 사레가 들려 컥컥댔다.

"허허, 나이도 많은 양반이 조심 좀 하지."

난 직접 찻잔에 물을 따라 건넸다.

이경석이 물을 마시고 나서 고개를 들었다.

"한 잔 더 주실 수 있겠사옵니까?"

"알겠소."

"물이 아주 맛있사옵니다."

"물이 입맛에 맞다니 다행이오."

"마지막으로 물 한 잔만 더 주실 수 있겠사옵니까?"

"여기 있소."

그는 세 번째 물잔을 비우고 나서야 잔을 내려놓았다.

이침을 찌게 먹었니? 노인이 찌게 먹으면 안 좋은데.

난 웃으면서 물었다.

"목이 많이 말랐나 보오?"

이경석은 대답 대신에 무릎을 꿇고 머리를 조아렸다.

"신이 죽더라도 전하께선 곡을 하실 필요도, 상여를 메실 필요도 없사옵니다. 오늘 내리신 물 석 잔이면 신의 10년 목숨을 갈음하기에 충분하옵니다."

난 왕두석에게 손짓해 그를 내보냈다.

왕두석이 조용히 문을 닫고 나가고 나서.

난 앉은뱅이책상을 치우고 이경석 앞에 가서 앉았다.

"경은 이제부터 서인, 남인 양쪽 모두와 거리를 두고 과인만을 섬기는 왕인(王人)이 되어야 하오."

이경석의 주름진 눈이 번쩍 뜨였다.

"붕당에 참여하지 말라는 말씀이시옵니까?"

"그렇소. 그리고 지금부터 경의 머릿속에 있는 공자도 죽이고 주자도 죽이시오. 과인이 원하는 왕인은 근사록이나 줄줄 외워 대는 쓸모없는 유학자 나부랭이가 아니라, 일할 줄 아는 행정 관료니까."

이경석의 표정이 여러 차례 바뀌었다.

유학자에게 평생 배운 지식을 다 버리라고 한 거다.

당연히 충격을 받았겠지.

아니, 어쩌면 충격이 지나쳐 날 혐오하게 됐을지도.

한참이 지나서야 이경석이 어렵게 입을 뗐다.

"전하의 분부 받잡겠사옵니다."

"좋소. 바로 승정원에 일러 경을 좌찬성에 제수할 거요. 삼정승이 후배라 좀 껄끄럽긴 할 테지만 실권이 있으면 별문제 없을 거요. 대감이 병을 앓고 있는 과인을 대신해 당분간 백성을 돌봐 주시오. 이번에 비가 많이 내리면서 홍수가 난 고을이 있단 보고를 받았소. 구휼미를 풀고 관과 군을 동원해 수재민부터 빨리 지원하도록 하시오."

"예, 전하."

"삼정승, 양송, 허목, 윤휴, 윤선도 같은 서인, 남인 쪽 대신들은 과인이 던져 준 상복 문제를 붙잡고 계속 싸울 거요. 대감은 그 틈에 실무에 밝고 능력이 있는 젊은 관료를 찾아내 왕인으로 만드시오."

"젊은이들이 패도로 흐르지 않게 옆에서 이끌어 줄 노련한 대신이 있어야 할 것이옵니다."

이경석은 역시 내 말을 찰떡같이 알아듣는군.

짬에서 나오는 진정한 바이브가 이런 거겠지.

젊은 관료만 모으면 패기가 지나쳐 사달이 날 수 있다.

중종 때 조광조가 그 예시다.

이경석은 그런 후환을 사전에 없앨 계책을 내놓은 거다.

"주변에 경을 도와서 왕인을 이끌어 줄 만한 대신이 있소? 당쟁의 중심에서 한 발 떨어져 있고 능력이 있으며 조정과 세상 돌아가는 이치도 잘 아는?"

"이시백, 권시, 조경 등이 있사옵니다."

"좋소. 그들을 최대한 포섭해 보시오."

이경석이 돌아가고 나서.

난 흥분에 겨워 주먹을 움켜쥐었다.

도박이 통했어!

유학자 중에는 왕보다 주자를 섬기는 놈이 더 많다.

조선 중, 후기 성리학은 종교에 가까우니까.

종교적 논리가 왕실이나 민족보다 우선하는 거다.

사실 성리학 교조화는 단정 짓기 힘든 문제긴 하다.

성리학 이념 논쟁에서 노론만 생존한 거다!

교조화는 조선과 송시열을 후려치려고 나온 주장이다!

송시열만 교조화 전범이 아니다!

송시열이 유명해서 그런 취급을 당하는 것일 뿐, 사실 당시 각 당 영수는 다 교조화에 지분이 있다!

윤휴, 허목, 윤선도 등은 사문난적 취급당할 만했다!

송시열도 알고 보면 수구 꼴통은 아니었다!

개방적인 학풍에 백성을 위한 정책에도 적극적이었다!

이처럼 여러 논란들이 많지만, 나야 역사학자가 아니니 이 문젠 넘어가고. 분명히 하고자 하는 바는 이거 하나다.

내가 필요로 하는 이는 종교인이 아니라는 것.

지금은 민족주의자를 훨씬 더 요하는 시기다.

여기서 누군가는 의문을 자아낼 거다.

이경석도 명성을 떨친 유학자 중 하나가 아니냐고.

나 역시 동의한다.

다만, 그는 다른 이들과 결이 약간 다른데.

이것이 내가 그를 선택한 가장 큰 이유다.

할 수 있으면 밑줄이라도 쳐 놓자.

이경석은 진짜 애국자라는 점이다.

여기서 애국자란 말이 중요하다.

그가 바로 그 삼전도비 비문을 적은 장본인이니까.

병자호란 당시.

막판까지 몰린 인조는 홍타이지에게 바칠 항복 문서를 쓰기 위해 글 잘하는 신하들을 불러 모았다.

당연히 그중에는 문장가로 이름난 이경석도 있었고.

거기서 이경석의 대단한 점이 드러났다.

나중에 무슨 꼴을 당할지 안 다른 놈들은 대충 써냈다.

당시에도 이게 두고두고 까일 일임을 알았던 거겠지.

오랑캐에 져 항복한 것도 미치고 팔짝 뛸 일인데 청나라 황제를 빨아 주기까지 해야 하니 오죽했을까.

그렇게 다들 어떻게든 빠져나갈 궁리만 하는 와중에.

이경석은 갈등하면서도 끝내 제대로 써서 제출했다.

명분론에 미쳐 날뛰는 자들이 옥쇄를 주장할 때 오직 그와 몇몇 소수만이 현실을 제대로 본 기다.

희생의 대가는 치욕적이었다.

송시열 등에게 삼전도비 일로 조리돌림당했으니까.

심지어 양송을 적극적으로 천거한 이가 그였음에도.

후, 내가 다 빡치네.

이는 백성을 사랑하지 않으면 쉽게 못 하는 일이다.

효종이 북벌론을 추진했을 때도 마찬가지다.

김자점이 조선에 북벌을 추진하는 이들이 있단 사실을 청에 이르는 바람에 나라 전체가 위기에 처했다.

당시 영의정이던 이경석은 또 한 번 자신을 희생했다.

스스로 모든 죄를 뒤집어쓰고 백마산성 감옥에 갇혔다.

오오, 이 어찌 만고의 충신이 아니겠는가.

백헌 이경석 만세다!

눈물을 찔끔 쏟은 난 김수항을 불러 어명을 내렸다.

"과인은 지금 이 시간부로 영돈녕부사 이경석을 현재 비어 있는 의정부 좌찬성에 제수하겠소. 승정원은 이를 속히 시행해 국정에 차질이 없게 하시오."

"어명을 따르겠사옵니다."

그러면서 김수항이 엷은 미소를 지었다.

돌아가는 김수항을 보며 난 피식 웃었다.

도승지는 내가 이번 인사를 통해 각을 세우던 서인 쪽에 화해의 신호를 보낸 거로 오해한 모양이네.

이경석은 누가 봐도 진성 서인이니까.

그렇게 믿고 싶다면 계속 믿게 놔둬야지.

암튼 지금 순간을 열심히 즐기라고.

지금이 다시 오지 않을 리즈 시절일 테니까.

때가 되면 깡그리 모아 한곳에 다 처박아 버려야지.

그 순간.

따당!

서브 퀘스트 1

늙은 생강이 더 매운 법!

-유저는 이제 막 초보 딱지를 뗀 군왕입니다. 경험 많은 신하를 옆에 두고 최대한 많이 배우십시오.

클리어 유무: 클리어

보상: 수명 365일 증가

오, 서브 퀘스트도 있었네?

가만, 퀘스트 보상이 수명 1년 증가? 대박인데.

찰칵!

이연 (+5,900)

레벨: 0

무력: 6(↑1) 지력: 45(↑1) 체력: 10(↑6) 매력: 26(↑2) 행운: 21(↑1)

와, 수명은 대량으로 늘어나고.

개인 스탯도 자잘하게 많이 늘었네.

근데 푸시업 그거 했다고 체력이 저렇게 오른 거야?

다른 긴 몰라도 체력이 쓰레기였단 거 하난 알겠네.

난 확인을 마치고 스탯 창을 돌려보내려 했다.

내 시원치 않은 산수 실력이 도움을 주기 전까지는.

가만? 저번에 봤을 때는 수명이 5,529였지.

거기서 열흘이 지난 오늘은 5,519여야 되고.

5,519에 보상으로 받은 365를 더하면?

5,884!

근데 수명이 5,884가 아니라 5,900이네?

역시 내 짐작은 틀리지 않았어!

몸이 건강해지면 수명도 늘어나는 거야.

휴, 이제야 조금 안심이네.

이제 수명을 늘리는 방법은 두 가지인가?

하나는 운동으로 늘리는 거고.

다른 하나는 퀘스트 클리어로 늘리는 거지.

레벨을 어떻게 올리는지만 알면 스탯은 클리어인가?

방법을 찾아낸 난 홈트에 더 힘을 쏟았다.

푸시업 숫자를 천천히 늘려 가는 한편.

윗몸일으키기를 처음으로 시도했다.

당연히 처음엔 푸시업처럼 몇 개 못 했다.

그래도 포기하지 않고 계속 시도한 결과.

윗몸일으키기도 실력이 빠르게 늘었다.

자신감이 생긴 난 왕두석을 불렀다.

"두석아."

"예, 전하."

"가서 쇠로 이렇게 생긴 물건을 만들어 와라."

내가 건넨 그림을 보고.

왕두석이 그 큰 머리를 좌우로 갸웃거렸다.

"이게 무엇이옵니까?"

"너 지금 과인이 그림 못 그린다고 까는 거냐?"

"그, 그럴 리가 있겠사옵니까?"

슬그머니 시선을 돌리는 게 맞나 본데.

"너처럼 큰 머리가 하나 더 있다고 상상해 보자고. 물론, 끔찍한 상상이겠지. 암튼 그 머리 두 개 사이에 쇠로 만든 봉을 끼우면 그게 그림에 나온 물건이 되는 거다. 유식한 말로 아령이라 하지."

놀란 왕두석이 얼른 손으로 자기 머리를 보호했다.

물론, 손 두 개로는 택도 없었다.

머리가 커도 웬만큼 커야 말이지.

난 혀를 찼다.

"인마, 누가 네 머리로 만든대? 쇠로 만들어 오라고."

"바, 바로 만들어 오겠사옵니다."

다음 날.

왕두석은 아령을 제대로 만들어 가져왔다.

녀석, 수완 한빈 좋네.

역시 내가 사람 보는 눈이 기가 막힌다니까.

어쨌든 도구도 있으니 나도 이제 헬창 한번 돼 보자.

6장. 하하, 과찬이시옵니다.

난 아령의 무게를 가늠하며 물었다.

"어디서 만들었어?"

"군기시에서 만들었사옵니다."

"군기시?"

"조선 최고의 장인들이 있는 곳이옵니다."

"나도 알아, 인마. 군기시. 임진왜란 때 대포랑 포탄 같은 무기 만든 데 아냐? 암튼 그림대로 잘 만들어 왔네. 그립감도 훌륭하고 무게도 적당하고."

왕두석은 고개를 갸웃거렸다.

인마, 머리 흔들지 마.

부러질까 봐 괜히 보는 사람 쫄리잖아.

왕두석이 순진무구한 눈으로 물었다.

"그립이 무엇이옵니까?"

"요즘 저잣거리에서 유행하는 말이야."

"저잣거리에서 유행하는 말도 아시옵니까?"

"왜? 과인은 유행을 선도하면 안 되는 거야?"

"아, 아니옵니다."

"거기 뻘쭘하게 서서 구경만 하지 말고 너도 이참에 운동 좀 해라. 목에 살점이라도 붙여 놓든지 해야지 원, 보는 사람이 불안해서 못 쳐다보겠네."

난 아령을 몇 개 던져 주고 운동에 들어갔다.

한창 이두박근을 단련 중에 소리가 들려 돌아보니.

왕두석이 아령을 몽둥이처럼 휘두르고 있었다.

아령으로 누굴 때려죽이려고?

"뭐 해?"

"이렇게 하는 게 아니옵니까?"

"잘 봐."

난 아령 두 개를 양손에 들고 번갈아서 들어 올렸다.

"이게 기본 동작이야. 이건 바리에이션이고."

이어 팔을 귀에 붙이고 아령을 들어 올렸다.

"그리고 이런 것도 있지."

똑바로 서서 팔을 내밀고 아령을 위아래로 움직였다.

분하지만 운동 능력은 확실히 왕두석이 위다.

아니, 솔직히 말해 몇 배 위다.

금방 아령을 활용해 몸짱이 되어 갔다.

아서라. 학질 앓던 몸으로 이 정도면 기적이지.

하루도 빼먹지 않고 푸시업, 윗몸일으키기, 아령, 스쿼트 등 맨몸과 간단한 장비로 홈트에서 할 수 있는 거의 모든 운동을 빠르게 섭렵해 나갔다.

그러다 보니 어느새 신성한 희정당에 책과 상소보다 쇳덩이가 더 많이 굴러다니는 지경에 이르렀다.

누가 보면 헬스클럽인 줄 알겠네.

뭐 지금은 헬스클럽이긴 하지.

운동을 꾸준히 하면 당연히 식욕이 폭발한다.

수라간에 매일 고기 요리를 만들어 올리라고 했다.

몸을 불리는 덴 역시 고단백이 최고니까.

국상에 고기 먹는다고 태클 거는 인간도 전혀 없다.

다들 내가 뭐라도 먹고 건강해지길 바라니까.

그들도 부자를 같이 땅에 묻고 싶진 않겠지.

암튼 그렇게 한 달이 지났을 무렵.

난 체중이 부쩍 늘어 정상인에 가까워졌다.

홈트로 땀을 빼고 나서 거울에 상체를 비춰 보았다.

"에잉."

뼈다귀에 살점 붙은 수준이군.

그래도 이게 어디냐? 한 달 전에는 뼈다귀만 있었는데.

난 내가 너무 자랑스러워 미칠 듯했다.

물론, 저 머리 큰 놈 땜에 김이 약간 새긴 했지만.

왕두석은 마른 체질과 거리가 멀었다.

지금까진 잘 먹지 못해 면봉 체형을 유지했던 거고.

애초에 뼈마디가 굵게 태어난 놈은 운동과 식단을 병행한 지 고작 한 달 만에 벌크업에 성공했다.

보디빌더처럼 내가 있는 쪽으로 알통을 만들어 보이는 놈이 왠지 밉상처럼 느껴졌지만 뭐 어쩌겠나.

이것도 다 내 업보인 것을.

"그래, 니 알통 굵다."

"한 달 만에 이렇게 될 줄은 소관도 몰랐사옵니다."

"그만하고 이리 와 앉아 봐라."

"예, 전하."

"이경석 대감은 요즘 어떻게 지내시냐?"

"정신없이 바쁘다고 들었사옵니다."

"그래?"

"홍수가 크게 난 삼남에 즉시 구휼미를 풀어 굶주린 백성부터 살리고 나서 군과 승려들을 동원해 무너진 제방과 성채를 복구하는 중이라 하옵니다. 이건 이경석 대감이 어제 올린 차자이옵니다."

왕두석이 상소 더미에서 차자 하나를 빼 내밀었다.

"뭐라 적혀 있어?"

"북방에 기근이 크게 들었으니 호소가 보유한 녹화를 대거 풀어 백성을 구제하자는 내용이옵니다."

"호조를 담당하는 좌승지를 찾아가 차자를 전해 주고 과인이 이대로 시행하랬다고 전해. 그럼 좌승지가 호조판서를 삶든 굽든 알아서 하겠지."

"예, 전하."

"좌승지가 지랄하면 바로 과인한테 보내고."

"설마 그러기야 하겠사옵니까."

"암튼 빨리 가서 처리해."

"알겠사옵니다."

왕두석이 승정원으로 달려가고 나서. 난 속으로 생각했다.

이경석이 원로라도 혼자서는 무리다.

즉, 내가 이경석 뒤를 단단히 받쳐 줘야 한단 거지.

바람을 쐴 겸 희정당 문을 열어 놓고 쉬는데.

왕두석이 머리를 흔들며 협양문을 넘는 모습이 보였다.

협양문은 희정당 정문이다.

금방 돌아온 걸 보니 잘됐나 보네.

근데 가만 보니 놈 혼자가 아니다.

뒤에 전에 보지 못한 이상한 혹을 하나 달고 왔다.

꼬리를 밟힌 거야? 아니면 꼬리를 내준 거야?

암튼 왕두석이 달고 온 혹은 처음 보는 영감님이다.

나이는 이경석과 별 차이 없어 보이는데.

허리가 곧고 걸음도 아주 힘차다. 무관 쪽 노신인가?

난 왕두석에게 누구냐 묻지 않았다.

기다리면 누군지 알려 줄 사람이 있으니까.

"상감마마, 연양부원군 이시백 대감 입시이옵니다!"

상선이 카랑카랑한 목소리로 외치기 무섭게.

난 고개를 끄덕였다.

인상이 범상치 않더니 이귀 아들 이시백 대감이었군.

이시백은 임진왜란, 정묘호란, 병자호란을 전부 겪은 몇 안 되는 인물로 역전의 용사나 다름없다.

병장 제대 군인으로 참전 베테랑을 홀대할 순 없지.

"어서 안으로 뫼시게."

곧 이시백이 들어와 읍을 하고 물었다.

"환후는 요즘 어떠시옵니까?"

"경이 걱정해 준 덕분에 많이 좋아졌소."

"나라와 왕실의 큰 경사이옵니다."

"어서 앉으시오. 과인보다 경이 먼저 쓰러지겠소."

"황송하옵니다."

이시백이 겸양하고 나서 앉았다.

"그래, 무슨 일로 과인을 찾아왔소?"

"조정의 분란을 중재할 수 있는 분은 오직 전하, 한 분뿐이옵니다. 분란이 분쟁으로 변해서 피를 보기 전에 대왕대비마마의 상복 문제를 결정하심이 어떻겠사옵니까? 부디 통촉해 주시옵소서."

에이, 난 또 이경석이 보낸 줄 알았네.

애써 실망을 삼키며 바로 직구부터 던졌다.

"경은 과인의 정통성 문제가 하찮게 보이나 보오?"

직구가 타자 안쪽을 제대로 파고든 모양이다.

아니, 머리를 스친 빈볼쯤 되겠지.

이시백의 노구가 흠칫했다.

"신이 어찌 감히 그런 망령된 생각을 하겠사옵니까."

빈볼을 하나 더 던져야겠네.

"경은 과인에게 정통성이 없다고 대놓고 조롱한 서인을 다 죽이고 남인을 대거 등용하길 원하시오? 아니면 성현의 가르침대로 군주일수록 더 겸손하게 처신해 서인의 결정을 따르고 남인은 쓸데없는 걸로 발목 잡는다며 쳐 내길 원하시오?"

"……."

"과인의 결정이란 그런 건데 경은 이를 감당할 자신 있소? 물론, 경이야 대표적인 반정공신이며 서인 영수인 이귀 공의 아들이니 서인 편을 들겠지."

빈볼에 당황한 이시백은 바로 항복했다.

"신이 죽을죄를 지었사옵니다."

그래도 거물 타자가 타석에 섰는데.

예의상 공 세 개는 던져 주고 끝내야지.

세 번째 공은 안쪽 강한 직구다.

그럼 빈볼에 겁먹은 타자는 배트를 내밀지 못한다.

타자가 아무리 용감해도 어쩔 수 없다.

이건 인간의 본능이다.

"경은 돌아가서 조정에 똑똑히 전하시오. 기간을 1년 줄 테니 합당한 논리로 상대를 이겨 보라고. 그럼 과인은 두말하지 않고 결정에 따를 테니."

"……."

"결론이 기년복으로 나면 그날로 바로 상복을 벗고, 참최복으로 결정되면 상복을 바꿔 2년 더 입으면 문제없는 거 아니오? 설마 의례에 기년복을 입다가 참최복으로 2년 더 입으면 재수가 없어서 그 집안이 망한다는 소리는 없을 거 아니오?"

"그, 그렇사옵니다."

"이왕 온 김에 딱딱한 얘긴 그만하고 병자년 때 남한산성에서 무슨 일이 있었는지 얘기나 해 주시오."

이런 얘긴 참전한 군인에게 듣는 게 최고지.

남한산성 일이 PTSD로 남은 모양이다.

이시백도 처음에는 말하기를 꺼렸다. 그래도 다 방법이 있지.

"경이 갑옷도 입지 않은 몸으로 오랑캐 놈들에게 화살을 쏘았다는 말을 들었소. 병사들도 두려워 성첩 밖으로 고개를 내밀지 못하는데 오히려 문관인 경이 용감히 나서서 화살을 쏜 덕분에 병사의 사기가 올라 오랑캐 수천 놈을 죽였다지 아마."

칭찬은 고래도 탭댄스를 추게 한다.

더구나 추억을 곱씹으며 말년을 보내는 노인 아닌가.

비로 리떼 이즈 홀스기 나왔다.

"허허, 그날 성벽을 기어오르던 오랑캐를 꽤 죽이긴 했사오나 수천은 누군가의 과장일 것이옵니다. 신은 그날 아주 큰 교훈을 하나 얻었사옵니다."

"어떤 교훈이었소?"

"전투에선 갑옷을 꼭 입어야 한단 교훈이었사옵니다. 그날 오랑캐가 갑자기 야습을 가하는 바람에 급한 대로 활을 들어 화살부터 쏘았으나 그 바람에 화살을 두 대나 맞았지요. 물론, 신은 화살에 맞은 걸 숨기고 계속해서 화살을 쏘았지만요."

"바다에 충무공이 있었다면 육지에는 경이 있었구려."

"하하, 과찬이시옵니다."

과찬이라면서도 얼굴에 미소가 떠나지 않는다.

그다음은 일사천리다.

내가 묻기도 전에 먼저 얘길 꺼냈다.

청군 기병이 압록강을 넘어 진군한 얘기.

그 바람에 백마산성에 있다가 패싱당한 임경업 얘기.

당시 총사령관이던 김자점의 삽질.

끔찍했던 강화도 전투.

김경징을 거론할 땐 허공에 삿대질까지 하며 욕했다.

물론, 나도 뒤질세라 같이 욕했고.

이어 남한산성의 추위와 굶주림 쪽으로 넘어갔는데.

당시 상황이 참으로 지독했던 모양이다.

철석간담의 사내도 눈물을 감추지 못했다.

"……지금도 몸서리치게 추운 날에는 남한산성에서 보낸 겨울이 떠오르지요. 동상에 뜯겨 나가는 손가락, 발가락. 식량이 다 떨어져 어쩔 수 없이 잡아먹었던 말과 소들. 오랑캐가 쏜 화포 소리."

물론, 삼배구고두 얘기는 서로 익스큐즈했다.

난 그다지 감상적인 성격은 아니었다.

그런데도 듣고 있으니 절로 울컥해진다.

"조선의 임금으로서 당시 경과 함께 남한산성에서 분투한 모든 장졸에게 경의를 표하는 바요. 물론, 이런 게 죽고 다친 이들에게 무슨 소용이 있겠소. 그래도 경 얘기 덕에 교훈 한 가지는 얻었소."

이시백은 관복 소매로 눈가를 훔치며 물었다.

"어떤 교훈이옵니까?"

"다시는 외적에게 당하면 안 되겠다는 교훈이오. 우리가 쳐들어가면 쳐들어갔지, 안방을 적에게 다 내주고 농성이나 하고 있어야겠소? 그러려면 당연히 국방을 미리 튼튼하게 해 놔야 할 테지만."

"신도 국방이 나라의 근본이라 생각하옵니다."

이시백이 고개를 끄덕이며 긍정했다.

좋았어! 빌드업은 이만하면 충분한 것 같군.

이제 골을 넣어야지.

난 책상 옆에 쌓인 문서를 꺼내 건넸다.

"그래서 하는 말인데, 이걸 좀 읽어 보시오."

이시백은 내가 건넨 서류를 눈앞까지 가저가 읽있다.

노안인 모양이군. 하긴 나이가 나이이니.

한참 만에야 서류를 손에서 놓은 이시백이 물었다.

"이건 병력 편제가 아니옵니까?"

"맞소. 과인도 명색이 임금인데 나라에 쌀은 얼마나 있는지,

또 외적이 쳐들어오면 싸울 병산 있는지 궁금하지 않겠소?"

"당연히 그렇겠지요."

"그래서 병조판서에게 병력 편제를 조사해 올리라 했소. 이게 그 결과요. 과인은 그걸 세 번이나 읽었음에도 당최 이게 병력이 얼마나 있다는 건지 모르겠소. 경은 과인이 멍청해 이해 못 하는 거 같소? 아니면 편제가 개판이라 그런 거 같소?"

"전, 전하께서 우둔하실 리가 있겠사옵니까?"

흠, 더듬는 걸 보니 확신은 못 한다는 거군. 아무튼.

"훈련도감, 어영청, 수어청, 총융청, 금군, 향군에 상번, 하번, 6번, 8번, 보인 등등. 경은 군의 편제가 쓸데없이 복잡하단 생각 안 드오?"

"편제가 이토록 복잡해진 이유는 조선이 100년 사이에 세 차례나 전쟁을 치렀기 때문이옵니다. 쓸모가 없진 않사옵니다."

역시 호락호락 넘어오진 않는군.

좋아. 한번 떠보자고.

"좋소. 과인이 예를 하나 들겠소. 오랑캐 군대 하나가 북한산성을 급습한 바람에 북한산성을 지키던 총융청이 급히 지원을 요청했소. 그리고 또 다른 오랑캐 군대 하나는 어가의 퇴로를 차단하기 위해 남한산성을 공성하는 중이오. 마찬가지로 남한산성을 지키던 수어청도 급히 지원을 요청했고. 이때, 도성에 있는 어영청은 어디로 지원 가는 게 맞겠소?"

"당연히 어가의 퇴로를 열기 위해 남한산성으로 가야 하옵니다."

"한데 문제가 하나 있소. 총융청 대장은 서인이 밀어준 인사고 수어청 대장은 남인이 밀어준 인사요. 그리고 어영청의 대장은 부인이 서인 정승의 딸이고. 이러면 어떻게 될 것 같소?"

자세를 고친 이시백이 주름진 눈을 빛내며 물었다.

"전하께서는 무관도 당파에 휩쓸릴 거라 보시옵니까?"

"당연하지 않겠소? 무관도 출세하려면 어디든 끈을 잡아야 할 거 아니오? 아무튼 진짜 문제는 남인, 서인이 아니오. 진짜 문제는 따로 있는데 경은 그게 무엇인지 알 수 있겠소?"

"군령이 한곳에서 나오지 않았사옵니다."

"맞소. 그럼 군령은 누가 가져야 하오?"

"당연히 전하께서 갖고 계셔야 하옵니다."

"과인은 전쟁이나 전투를 잘 모르오만."

"능력 있는 신하에게 군령을 대리하게 하시면 될 줄로 아옵니다."

"경의 말대로 능력 있는 신하에게 군령을 대리하게 하였소. 근데 말빨이 안 먹히오. 훈련도감, 수어청, 어영청, 총융총, 향군, 금군이 다 따로 노는 거요. 다 조선군에서 자기가 최고라 이거지. 군령을 가진 장수가 말 안 듣는 놈 잡다 목을 베 군문에 걸었음에도 말을 안 들어 처먹는 서요."

그제야 내가 무슨 말을 하는지 이해한 이시백이 미간을 찌푸렸다.

"부대를 통합해 군령권을 가진 자가 평소에도 농솔한다면 그런 일은 없을 것이옵니다. 물론, 여기엔 함정이 있사옵니다."

"맞소. 함정이 있지. 군령권을 가진 장수가 반란을 일으키면 과인은 손쓸 틈도 없이 옥좌에서 쫓겨나고 말 테니까."

"차마 듣고 있기 민망한 말씀이옵니다."

"아마 인조대왕, 효종대왕께서 편제를 복잡하게 만드신 연유도 한 개인에게 무력이 집중되길 원치 않으셨기 때문일 거요."

"……."

"뭐 이괄이란 훌륭한 예시도 있지 않소? 군왕이 전투에서 연승하는 장수를 보며 불안해하는 것도 그런 이유일 테고. 그 장수가 칼끝을 적에게만 겨누라는 법은 없는 거잖소."

"……."

역시 이시백은 노련해.

입을 다물어야 할 때를 기가 막히게 잘 아네.

중국 혹은 세계로 영역을 넓히면 이런 예는 수없이 많다.

범위를 조선으로 확 좁히면?

두 명이 오락실 너구리처럼 바로 튀어나온다.

하나는 위화도에서 회군한 이성계고.

다른 하나는 이순신 장군을 의심한 선조다.

둘 다 건드리면 위험한 인물이어서 이시백은 입을 다물었다.

이제 썰은 풀 만큼 풀었으니 결론으로 가 보자고.

이시백은 한참 만에야 입을 뗐다.

"그럼 전하께서는 그런 폐단을 방지할 복안이 있으시옵니까?"

"과인이 신도 아니고 그런 복안이 어디 있겠소. 매일 희정당 뜰에 나가 정화수라도 떠 놓고 '제발 그놈이 배신하지 않게 해 주세요.'라고 기도라도 해야 할 판인데. 아무튼 과인은 위험을 감수하고서라도 개판인 병력 편제를 바꿔 나갈 생각이오."

"어떻게 말이옵니까?"

"과인은 단순, 명료야말로 진리라 생각하오. 상비군은 훈련 도감 하나면 되고 지방군은 속오군으로 통일해야 한다고 보오."

"병력은 얼마나 생각하고 계시옵니까?"

"율곡이 전에 10만 어쩌고 했다는데 10만이면 전쟁이 일어나기도 전에 녹봉으로 줄 쌀이 모자라 먼저 나자빠질 거요. 재정이 얼마나 감당할 수 있을지는 연구해 봐야 알지 않겠소?"

"하오면?"

"적임자가 있는데 과인이 왜 그런 일까지 하겠소."

"조정에 이런 수준의 개혁 작업을 진행할 만한 인사가 있사옵니까?"

아, 할배 모르는 척하는 거야? 아님, 날 떠보는 거야?

"과인은 경에게 시킬 거요. 문관이면서도 국방 업무에 훤하니 조정에 경보다 더 적격인 인사는 없을 거요."

"신의 나이 이제 여든을 바라보옵니다. 언제 죽을지 모르는 신이 감당하기엔 너무 큰 일이옵니다. 통촉하여 주시옵서."

"그럼 죽기 전까지 완성해 올리시오. 그럼 경이 죽고 나서 과인이 상갓집에 찾아가 곡도 하고 상여도 직접 메겠소. 어떻소?"

재탕이면 어떤가? 한 번 통했으면 또 써먹어야지.

"전하!"

"이경석 대감은 한다는데 경은 왜 못한단 거요? 늙으면 나라를 사랑하는 마음과 과인에 대한 충정이 녹스는 거요?"

"그, 그럴 리가 있겠사옵니까?"

"그럼 남은 생을 여기에 다 쏟아부어 보시오. 훗날 역사가와 장수들이 추운 겨울에 화로 앞에 모여 군밤을 까먹으면서 조선 군대는 이시백이 다 만들었다고 주장하게 해 보란 거요."

난 그 자리에서 도승지를 불러 이시백을 우찬성에 제수했다.

이어 병조판서에게는 이시백을 도우란 어명도 내렸고.

일이 이렇게 흘러가니 이시백도 더는 빼지 못했다.

이쯤이면 소리가 들릴 법도 한데. 아니나 다를까.

따당!

서브 퀘스트 2

과로사는 내 사전에 없다.

-유저가 모든 정책을 추진할 순 없습니다. 능력 있는 신하에게 업무를 분담시켜 일에서 오는 스트레스를 줄여야 합니다.

클리어 유무: 클리어

보상: 개인 기본 스탯 5포인트를 지정해서 추가 가능

이어 자동으로 스탯 창이 나타났다.

이연 (+5,933)

레벨: 0

무력: 8(↑2) 지력: 46(↑1) 체력: 15(↑5) 매력: 30(↑4) 행운: 22(↑1)

진여 스탯 포인트: 5

오, 퀘스트 보상이 수명 증가만은 아니었구나. 5포인트라.

음, 일단 지금 가장 중요한 체력에 몰빵하사.

언제까지고 희정당에 짱박혀 있을 수만은 없으니까.

막 체력에 5포인트를 추가하려는데.

무력 8이 계속 눈에 거슬린다.

아, 다 두 자린데 저거만 계속 한 자리네.

그래, 통 크게 무력에도 두 개 추가하자.

왕인 나한테 무력이 왜 필요한진 모르겠다만.

난 머릿속으로 포인트를 나눠 배정했다. 그 순간.

빠바바밤!

브라질 쌈바 축제의 BGM 같은 노래가 흘러나오더니.

황금빛 물결이 시야를 가득 채웠다.

이, 이건 또 무슨 시추에이션이냐.

황금빛은 곧 점점 축소되다가 어느 순간.

갑자기 폭발하며 문자와 숫자로 변환되었다.

이연 (+5,933)

레벨: 1 (NEW)

무력: 10(↑2) 지력: 46 체력: 18(↑3) 매력: 30 행운: 22

1레벨? 오오, 드디어!

근데 레벨이 어떻게 오른 거지?

보자, 보자.

달라진 건 무력이 8에서 10으로 오르며 앞자리가 바뀐 거 하난데.

그럼 스탯 다섯 개가 10 이상이어서 1레벨이 된 건가?

그 말은 2레벨이 되려면 10대인 무력과 체력을 올려야 한
단 거네.

잠깐, 레벨이 오르면 뭐가 좋은 거지?

스탯 상승도 없고 다른 것도 변한 게 없잖아.

그 순간. 스탯 창 밑에 금빛 글씨가 천천히 아로새겨졌다.

장인이 뒤에서 한 땀 한 땀 새기고 있나, 왜 이렇게 느려 터
졌어?

무슨 챔피언스리그 트로피야?

난 숨죽이며 금빛 글씨가 완성되길 기다렸다.

첫 레벨업 특전

개인 스킬 개방

패시브 스킬

1. 세종대왕을 경배하라! (NEW)

2. 없음

3. 없음

오, 뭐가 많이 떴는데.

개인 스킬 개방과 패시브 스킬인가.

슬롯이 세 개뿐인 걸 보면 세 개까지 장착할 수 있나 보네.

패시브가 있단 건 액티브도 있단 거겠지?

이런 식이면 아마 액티브는 다음 레벨업 때 열리겠군.

그나저나 세종대왕을 경배하라?

그 양반이 하도 많은 걸 해 놔서 감이 안 잡히네.

세종대왕을 경배하라! (SSS)

한글을 만든 세종대왕의 피가 흐르는 조선 왕실만의 특성
이다.

※스킬 첫 개방 특전으로 모든 하부 스킬이 레벨 1로 시작함.

읽기 레벨: 1

독해 레벨: 1

쓰기 레벨: 1

오오, SSS다!

이게 게임에서 흔한 D, C, B, A, S, SS, SSS 체계라면?

으하하하, 그냥 미치는 거지.

나중에 4S, 5S 같은 사기급만 안 나오면 끝판왕인 거 아냐?

난 옆에 산처럼 쌓인 상소를 아무거나 가져와 읽어 봤다.

오, 드디어 읽힌다.

내가 똑똑한 건 맞지만 그렇다고 한자를 알면 얼마나 알겠어?

한문 세대도 아닌데.

그 바람에 지금까지는 왕두석이 내 오디오북 플레이어였다.

왕두석이 상소를 읽으면 듣고 이해하는 식이다.

근데 드디어 그렇게 할 필요가 없어졌다.

세종대왕을 경배하라 스킬 덕에 이제는 읽고 쓰고 다 된다.

물론, 가장 중요한 이해까지.

줄줄 읽을 줄만 알면 뭐 해?

행간에 담긴 의미까지 정확히 알아내야 그게 이해하는 거지.

더구나 패시브 스킬이라 그런지 읽는 속도도 엄청나네.

눈으로 읽고 뇌가 아, 이건 이런 뜻이야 알려 주는 게 아니다.

그냥 눈에서 뇌의 저장장치로 다이렉트다.

프로세스가 중간에 사라져 버린 느낌이다.

끝내주네!

이거 들고 현대에 갔으면 폰 노이만도 찜 쪄 먹겠어.

읽는 데 재미가 붙으니 멈출 수가 없다.

상소를 다 읽고 나서 책이란 책은 다 가져오게 했다.

덕분에 지력도 오르고 스킬 레벨도 같이 올랐다.

기록 덕후인 조선답게 대궐에 널린 게 책이다.

오히려 시간이 부족해 다 읽지 못할 뿐이다.

그러던 중 우연히 어떤 자료를 하나 발견했다.

난 그 자리에서 무릎을 탁! 치고 일어나 힘껏 욕을 쏟아 냈다.

"이런 씨바랄!"

옆에서 가져온 책을 정리하던 왕두석의 눈이 휘둥그레졌다.

난 그런 왕두석을 보며 물었다.

"왜? 왕은 욕하면 안 된단 법이라도 있어?"

"소, 소관은 아무 말도 안 했사옵니다."

"말은 안 했지만, 눈으론 욕했지. 과인이 모를 거 같냐?"

"죽, 죽여 주시옵소서."

"그럼 정말 눈으로 욕했단 거네?"

"그, 그럴 리가 있겠사옵니까."

"암튼 오늘은 기쁜 날이다. 기념으로 네가 춤이라도 춰 보거라."

"예? 소관이 말이옵니까?"

"그럼 과인보고 추라는 거냐?"

"해 보라고 하셔서 하는 건데 마음에 드실진 모르겠사옵니다."

쭈뼛거리며 일어난 왕두석이 주먹을 휘두르고 다리를 뻗었다.

"그건 뭔 춤이냐? 무슨 막대기가 추는 춤 같구나."

"소관이 익힌 무예이옵니다. 아는 동작이 이런 거뿐이라서……."

"근데 그런 걸 익힌다고 적과 싸울 때 도움이 되나? 좀 알아보니까 그냥 닥치는 대로 찌르고 베고 휘두르기만 하던데."

"실전이면 누구나 다 그럴 것이옵니다. 그러나 제대로 익히면 긴장을 덜 수 있을 뿐만 아니라, 체력을 최대한 아끼면서 적에게 치명상을 입힐 수 있사옵니다. 일반 병사들이 쉽게 지치는 이유가 바로 마구잡이로 싸우기 때문이옵니다."

흠, 팩트로 날 조지는군.

무예를 익히면 당연히 일반 병사보단 덜 쫄겠지.

칼 같은 흉기를 처음 접하면 누구라도 덜덜 떤다.

그래도 진검으로 훈련하면 좀 익숙해지지 않을까?

체력 문제도 비슷하고.

훈련한답시고 무거운 칼을 계속 휘두르는데 당연히 좋아지지.

또, 자연스럽게 어디를 어떻게 베야 죽는지도 알게 될 거고.

투구 쓴 적 대가리를 연타한다고 상대가 한 큐에 가겠어?

그나마 칼이 좀 들어가는 부분을 찾아 베야지.

그 와중에 자연스레 약점이나 급소를 찾아내게 되는 걸 테고.

아, 나도 무예나 배워 볼까?

체력을 어느 정도 길렀으니 무예를 병행하는 거지.

아, 그래!

헬스도 하고 무예도 익히면 레벨링이 더 쉽지 않을까?

무예 시연을 마친 왕두석을 보았다.

이참에 멀티태스킹을 얼마나 잘하는지 시험해 봐야겠네.

"지금부터 너에게 두 가지 과제를 주마."

"명을 내려 주시옵소서."

"하나는 빈 전각에 그동안 사용한 운동기구들을 배치해 과인이 언제든 운동할 수 있는 환경을 만드는 거다."

"두 번째는 무엇이옵니까?"

"다른 하난 박연이란 서역인이 있다. 그자를 찾아 데려와라."

왕두석은 군례를 취하고 나서 서둘러 희정당을 나섰다.

난 좀 전에 읽던 책을 다시 훑었다.

"휴, 하마터면 잊고 지나갈 뻔했네."

책은 제주에 불시착한 하멜 일행을 조사한 보고서다.

헨드릭 하멜을 포함한 VOC 소속 선원 36명은 나가사키로 항해하던 도중, 태풍을 만나 표류하다가 제주 남쪽에 상륙했다.

VOC는 네덜란드 동인도회사 약자다.

사고를 보고받은 조정은 박연을 보내 이들을 심문했다.

박연 또한 1627년에 제주에 상륙했다가 잡힌 VOC 선원이기 때문이다.

물론, 헨드릭 하멜 일행은 진짜 선원이고.

박연은 VOC가 운용하던 해적에 더 가깝지만 말이다.

대해적시대는 카리브에만 있던 게 아니니까.

조선은 박연의 통역 덕에 하멜 일행의 정보를 알아냈다.

소속, 이름, 원래 가려던 목적지, 제주까지 표류한 이유 등등.

근데 조선은 그들을 나가사키로 보내지 않았다.

이유는 정확히 몰랐다.

타국에 조선의 정보를 알려 줄 수 있다고 의심했을 수도 있고.

좌초한 범선에서 건진 물건을 돌려주기 싫어서일 수도 있다.

실제로 하멜은 탈출해서 도쿠가와 막부 취조에 성실히 임했다.

아는 정보를 다 까발린 거다.

아무튼 난 하늘을 보며 진심으로 기도했다.

"손, 손, 손아무개 선생님 덕에 살았습니다. 욕해서 죄송해요."

숙제로 하멜 표류기 독후감을 써 오라던 분이 손 선생님이다.

그땐 재미없는 책 읽느라 속으로 선생님 욕 엄청나게 했는데.

그게 이런 대박이 되어 돌아올 줄이야.

역시 사람은 책을 읽어야 한다니까.

책은 마음의 양식이 아니라, 생존의 양식이다.

어쨌든 그 덕에 하멜이 몇 년 뒤에 도망간단 사실이 기억났다.

그 외에도 책에서 읽은 중요한 정보가 몇 개 떠올라 절로 안도의 숨이 쉬어졌다.

박연은 다행히 도성 근처에 있었나 보다.

다음 날, 왕두석이 군복을 차려입은 박연을 데려왔다.

내가 봐도 신기하긴 하네.

붉은 수염 난 서양 할배가 조선 구군복을 입은 모습이라니!

그나저나 이 할배 몇 살이지?

왜 이렇게 정정해?

난 박연에게 손짓했다.

"가까이 오라."

"예, 전하."

"20년 넘게 조선인과 부대끼며 살아 그런지 말이 유창하구나."

"황송하옵니다."

"편하게 앉아라."

"예, 전하."

"너무 편하게 앉았구나."

"황, 황공하옵니다."

"어디서 오는 길인고?"

"훈련도감에서 번을 서고 있었사옵니다."

"거기서 무슨 임무를 맡고 있지?"

"포수들을 훈련시키고 있사옵니다."

"조선인 여자와 혼인했다고 들었는데 자녀는 있는가?"

"1남 1녀를 두었사옵니다."

"지금도 화란으로 돌아가고 싶은가?"

청산유수처럼 대답하던 박연이 처음으로 흠칫했다.

"아니옵니다. 이젠 마음을 접었사옵니다."

"과인이 부른 이유가 궁금할 테지?"

"그렇사옵니다."

"그댄 바다 사나이지?"

"그렇사옵니다."

"동인도회사에 있었고?"

박연은 잠시 생각하고 나서 대답했다.

"VOC를 풀이하면 동인도회사가 맞을 것이옵니다."

"과인은 동인도회사와 맞짱 뜰 서유럽회사를 세울 생각이야."

"서, 서유럽회사면 유럽과 교역을 하신단 말씀이옵니까?"

"그렇겠지. 약자로 VWC가 되는 건가?"

"……."

"왜 철자가 틀렸어?"

"그, 그게 아니옵고……."

"아니옵고 저니옵고 간에 암튼 서유럽회사를 만들 거야. 유럽 놈들만 회사 차리라는 법 있나? 아시아도 다 할 수 있다고."

내가 너무 당당하게 말했나?

박연의 눈동자가 희정당 천장과 바닥을 오르내렸다.

한참 만에야 눈의 포커스를 다시 맞춘 박연이 대답했다.

"전하, 아뢰옵기 황송하오나 그건 쉽지 않은 일일 것이옵니다."

"누가 쉽대?"

"예? 아, 예."

"연이 자네가 잘 모르나 본데, 우리 조선이 배 하나는 기가 막히게 만든다니까. 과인이 산 중인이야, 중인. 거기다 손재주는 또 얼마나 좋은지, 어휴, 내 입으로 말하기 민망하네."

박연이 자기 입으로 다 말해 놓고 왜 민망하냔 표정으로 말했다.

"조, 조선은 현재 가장 중요한 두 가지가 없사옵니다."

"과인도 알아. 범선하고 선원이 없단 거잖아."

이건 뭐 밥하는 데 쌀하고 물이 없단 소리처럼 들리네.

아니, 밥통도 없는 건가?

박연이 열심히 고개를 끄덕였다.

"그, 그렇사옵니다."

"그래서 과인이 자넬 불렀지, 흐흐."

박연은 뭔가 나쁜 상상을 한 듯 침을 꿀꺽 삼켰다.

난 이쪽에서 당근을 제시했다.

"서유럽회사 이사를 시켜 주면 어때? 할 맘 있어?"

"소, 소관이 이사란 말이옵니까?"

"그래, 연이가 이사, 과인은 회장. 우리 둘이 다 해 먹는 거지."

박연은 군마를 닮아 그런지 당근을 거부하지 못했다.

"소관이 할 수 있을지는 모르겠으나 최선을 다해 보겠사옵니다."

이게 얼마나 중요한 사업인지 감을 못 잡는 느낌인데.

좀 더 갈궈야겠어.

"회사가 학교야? 최선을 다하는 건 누구나 하는 거잖아. 옆에 있는 이 머리 큰 놈을 시켜도 최선은 다할걸. 성과가 안 나올 뿐이지. 반드시 서유럽회사를 성공시키겠다고 해야지."

"반, 반드시 성공시키겠사옵니다."

"좋아, 자세가 됐군. 그럼 어떻게 시작해야 하는지도 알겠지?"

"유배 간 헨드릭 하멜 일행을 불러와야 하옵니다."

"맞아, 바로 그거야. 우선 헨드릭 하멜 일행을 여기로 데려와."

"알겠사옵니다."

"아마 그 선원들은 제물포에서 일하게 될 거야. 제물포에 범선이 정박할 수 있는 쓸 만한 항구가 있을 테니까. 자네와 하멜 일행이 머물 집과 일할 상관을 구하기 전까진 관아를 사용하게 해 줄게. 물론, 직급에 맞는 녹봉도 지급할 거고."

"성은이 망극하옵니다."

"이건 옥쇄가 찍힌 과인의 신표야. 필요한 물자나 인원이 있을 때마다 근처 관아에 보여 주고 지원받으라고. 물론, 지원하는 시늉만 하는 놈도 있을 거야. 그런 놈은 과인한테 보내. 아주 살점을 조각조각 발라서 돼지 밥으로 줄라니까."

헉 하고 신음을 삼킨 박연이 떨리는 손으로 신표를 받았다.

난 그 모습을 흐뭇하게 바라보았다.

"두석아."

"예, 전하."

"과인의 지시 사항을 적어라."

왕두석이 바로 문방사우를 가져와 글을 직을 준비를 마쳤다.

"박 이사님 배고프겠다. 수라간에 말해서 거나하게 한 상차려 주도록 해라. 그리고 돌아갈 때는 거마비로 비단 열 필을 상으로 내리고. 또, 훈련도감에는 쓸 만한 놈을 몇 추려 옆에서 박 이사 일을 돕게 하라고 해라. 이건 과인이 특별히 신경 쓰는 일이다. 추호도 태만이 있어선 안 된다."

"다 적었사옵니다."

"그럼 갔다 오거라."

"예, 전하."

왕두석이 박연을 데리고 나간 지 얼마 안 되었을 무렵.

"상감마마, 영의정 정태화, 좌의정 심지원, 우의정 정유성, 좌참찬 송시열, 이조판서 송준길이 알현을 청하고 있사옵니다!"

상선의 보고에 난 잠시 움찔했다.

뭐지? 양송이 왔다고? 상복 문제로 온 건가?

아, 쫄리는데 그냥 가라고 할까?

아니야, 내가 임금인데 그래도 만나는 봐야지.

설마 임금한테 대놓고 욕하겠어? 어, 어쩌면 할지도 모르지.

"안으로 뫼시게!"

"예, 마마."

잠시 후. 문이 열리고 대신 다섯 명이 차례로 들어왔다.

정태화와 정유성은 저번에 봐서 삼정승 중엔 심지원만 초면이다. 삽질한 원두표가 쫓겨난 자리를 심지원이 차지했다.

심지원은 왕실 사돈이란 거 외엔 특별한 점이 없다.

문제는 바로 나란히 걸어 들어온 저 양송이다!

체격 좋은 송시열은 시골 서당 훈장님처럼 구수하게 생겼고,

그 옆의 송준길은 뻣뻣해 마른 대나무 같다.

전엔 이조판서이던 송시열이 오늘은 좌참찬이 되어 나타났다. 송시열을 다시 불러들이란 상소가 하도 빗발쳐 방법이 없었다.

난 앉으라는 손짓을 하고 나서 물었다.

"그래, 공사다망하신 대신들께서 무슨 일로 알현을 청하였소?"

부산을 떨며 자리에 앉던 대신들이 흠칫했다.

원래 이런 자리는 스몰토크부터 하기 마련이다.

건강은 어떠냐, 무슨 책을 읽느냐, 자식은 공부 좀 하냐 같은.

근데 난 다짜고짜 용건부터 물었다.

이는 확실히 내 성격을 드러내는 태도였다.

대신들은 어찌 대처해야 할지 서로 눈치만 보는 형국이었다.

그래도 영의정인 정태화가 가장 먼저 감을 잡았다.

"몇 가지 주청할 사안이 있어 알현을 청하였사옵니다."

"경청하겠소."

"신 대신에 좌참찬과 이조판서가 말씀드릴 것이옵니다."

이에 송시열이 눈에 힘을 주며 단호한 목소리로 포문을 열었다.

"신은 이 사리서 네 가지를 주청하고자 하옵니다."

네 가지나? 어휴, 많기도 하다.

그래도 상복 문제는 아닌가 보네.

"경청하겠소."

"조선 초기부터 사대부는 충과 더불어 효를 가장 중요하게 여겨 왔사옵니다. 이는 사대부의 으뜸인 군왕 역시 마찬가지였사옵니다. 간신이 넘쳐나면 나라가 망할 뿐이지만, 효가 무너지면 사회 자체가 더는 존속할 수가 없기 때문이옵니다."

아, 초반부터 뼈를 때리는데. 확실히 난 불효자긴 하지.

송시열의 팩트 폭격은 계속 이어졌다.

"아뢰기 황공하옵게도 전하께서는 병에서 쾌차하시어 외출할 수 있음에도 두 분 대비마마의 문안을 여쭙지 않으니 이 어찌 사대부를 이끄는 군왕의 적법한 행동이라 하겠사옵니까."

난 두 손을 들어 항복했다.

"맞는 말이오. 과인이 학질을 앓은 탓에 요 몇 달 윗전께 문안 인사를 소홀히 하였소. 처음엔 과인이 몸이 좋지 않아 갈 수 없었고 나아진 후에는 학질을 윗전께 옮길까 염려되어 가지 않았소. 물론, 변명에 불과하단 것도 잘 아오. 이제부터라도 충신의 고언에 따라 문안 인사를 빼먹지 않겠소."

잠시 희정당에 침묵이 흘렀다. 왜지? 너무 빨리 수긍했나?

송시열의 관자놀이 혈관이 튀어나와 보이는 건 내 착각이겠지.

좋아, 계속해 보라고.

송시열은 이내 뼈 타작에 몽둥이를 꺼내 들었다.

"전하께서 이제부터라도 문안 인사를 소홀히 하지 않으시겠다니 신은 참으로 망극할 뿐이옵니다. 두 번째로 주청할……."

두 번째는 조회를 열지 않는 나를 꾸중하는 거였다.

세 번째도 마찬가지다.

경연을 계속 패싱하는 문제로 조곤조곤 갈궜다.

그래도 이건 항복 못 하지.

둘 다 하다간 내가 진짜로 미쳐 버릴 거라고.

몸에 힘을 쭉 빼고 대신들을 둘러보며 힘없이 말했다.

"과인이 잔병치레가 많다는 건 왕실과 조정이 다 아는 사실이오. 과인은 그런 무리한 일정을 소화할 여력이 없소. 둘 중 하나만 주청하시오. 그럼 그건 과인이 어떻게든 참석해 보겠소."

삼정승과 양송이 속닥거리더니 정태화가 대답했다.

"조회를 여심이 옳은 줄 아뢰옵니다."

"좋소. 조회를 열겠소."

네 번째부턴 송준길이 바통을 이어받았다.

"신 이조판서 송준길이 아뢰옵니다. 어명은 모름지기 절차를 밟아 행해져야 하는 법이옵니다. 조선이 오랑캐도 아닌데 어찌하여 어명이 의정부를 무시하고 바로 승정원과 육조에 바로 전해진단 말이옵니까? 이는 전하의 어명에 담긴 어지를 승정원과 육조에서 오해할 여지가 있사옵니다. 바라옵건대 어명을 내리기 전에 의정부와 먼저 상의해 주시옵소서."

흠, 이건 절대 양보 못 하지.

영감늘이 참견하기 시작하면 될 것도 안 된다고.

"과인은 좌찬성 이경석 대감, 우찬성 이시백 대감과 긴히 상의하여 어명을 내리고 있소. 좌찬성과 우찬성이 과인이 모르는 사이에 육조나 비변사로 옮겨 간 게 아니라면 의정부와 상의하지 않는단 이판 대감의 말은 이치에 맞지 않는 게 아니오? 아니면 이경석 대감과 이시백 대감이 여기 있는 삼정승보다 학식, 연륜, 경험이 떨어져 미덥지 못하다는 거요?"

정태화 등 삼정승이 헛기침하였다.

이 중에 이경석이나 이시백을 무시할 짬을 가진 대신은 없지.

송준길이 머뭇거릴 때.

송시열이 바통을 강제로 빼앗았다.

"대신 중에 누가 두 대감을 무시할 수 있겠사옵니까? 하오나 그렇게 하면 신은 삼정승이 의정부에서 허수아비보다 못한 존재로 전락할까 두렵사옵니다. 그럴 바에야 이경석, 이시백 두 대감을 영의정과 좌의정으로 제수하심이 어떻사옵니까?"

아, 끈질기네.

슬슬 짜증 나는데 또 한 번 전가의 보도를 꺼내야겠어.

"과인이 언제 삼정승을 허수아비로 만들었소? 삼정승은 현재 과인의 정통성에 관한 문제로 조정의 논의를 취합하는 중이지 않소? 설마 이보다 더 중요한 현안이 있다고 보시오?"

송시열이 기다렸다는 듯 대꾸했다.

"그럼 대왕대비마마의 상복을 참최복으로 하시고 삼정승은 다시 조정을 조율하는 업무로 복귀시키심이 어떻사옵니까?"

지, 지금 뭐라고 한 거야?

저 송시열이 상복 문제에서 물러서겠다고 한 거야?

흠, 이거 크게 한 방 먹었는데. 확실히 보통 인물이 아니야.

"기년복은 경이 대표로 주장한 거 아니오?"

"예학을 평생 익혀 온 신은 예학이야말로 국체를 지키는 최선의 수단이라 생각하옵니다. 하오나 상복을 몇 년 입는가로 국가의 중대한 현안이 뒤로 밀린다면 이보다 더 큰 손실은 없을 것이옵니다. 부디 신의 간곡한 청을 들어주시옵소서."

지금처럼 삼정승이 패싱당하면 그게 더 위험하단 생각인가?

하지만 삼정승은 정승이 세 명이란 뜻이라고.

영조만 쌍거호대 탕평책하란 법 있나?

"좋소. 과인은 이 자리에서 참최복으로 결정하겠소. 의정부 삼정승은 다시 어명과 조정을 조율하는 업무를 맡도록 하시오."

삼정승과 양송의 입가에 엷은 미소가 지어졌다.

오늘 알현을 청한 목적을 이루었단 뜻이겠지.

난 책상을 꽝 치고 나서 대신들을 둘러보았다.

"참최복으로 결정하는 데 공을 세운 대신들을 치하하지 않는다면 그건 논공행상 신상필벌이 제대로 되고 있지 않단 뜻일 거요. 부호군 조경을 좌의정에, 장령 허목을 이조참판에, 참의 윤선도를 호조참판에, 지평 윤휴를 우승지에 제수하겠소. 의정부와 이조는 이번 인사를 속히 시행토록 하시오."

정태화가 깜짝 놀라 멱살을 잡을 것처럼 달려들었다.

"전하, 대신은 그런 식으로 제수하는 게 아니옵니다. 의정부와 이조에서 후보를 추려 올리면 전하께서 고르시는……."

난 정태화의 말을 칼같이 끊고 지시했다.

"상복 문제를 기한보다 빨리 마무리 지은 만큼 앞으로 조정이 협력해 실행해야 할 현안이 많소. 의정부와 육조를 포함한 조정의 당상관 이상 모든 대신은 대동법, 호포제, 화폐 개혁, 홍수나 가뭄과 같은 자연재해 대비, 북방과 남방의 국방 문제를 해결할 방안을 연구해 각자 차자를 제출하시오."

갑자기 쏟아진 숙제 더미에 대신들이 정신을 못 차렸다.

아직 안 끝났다고!

"또한, 3년 안에 극심한 추위로 인해 전례 없는 기근이 들어 수십만 백성이 아사 위기에 처한다고 가정했을 때, 조정이 어떻게 해야 이를 슬기롭게 극복할 수 있는지 각자 해결 방안을 궁리해 차자로 올리도록 하시오. 누구도 예외 없소."

난 상선을 불러 대신들을 쫓아냈다.

대신들이 자리를 비우고도 난 흥분을 주체 못 했다.

난 지금 대가리가 빠개질 것 같은데 효, 충, 조회, 경연?

웃기고 앉았네. 내가 미래를 알기 때문에 이런 거라고?

개소리!

지금도 매년 작황이 줄어든단 보고가 이어지고.

기상 이변이 보고되는 횟수 역시 급속도로 증가 중이다.

기상 이변은 절정을 향해 치닫다가 마침내 괴물로 변신한다.

몇 년 후에 조선을 아귀 지옥으로 만들 괴물로!

"휴우, 흥분하지 말자. 저들은 곧 닥쳐올 미래를 모르니 그런 거지. 저들이 백성을 사랑하지 않아서 그런 건 아닐 거야."

지금은 저들의 세를 인정하고 참아야 한다.

내 기반이 아직 취약한 탓이다.

특히, 무력적인 기반이 취약하다.

불과 36년 전에 저들은 임금을 폐위한 전력이 있다.

나라고 그런 전철을 밟지 말란 법이 없다.

날 쫓아내고 인평대군의 아들 중 하나를 올리면 되겠지.

그래, 대항하기 전에 힘부터 먼저 손에 넣어야 한다!

누구도 넘보지 못할 강력한 힘을!

따당! 이젠 왠지 기다려지는 배경음이 울리며 창이 떠올랐다.

서브 퀘스트 3

얕보이지 마라!

-유저가 가진 가장 큰 무기는 왕이란 지위가 가진 권위입니다.

신하들을 권위로 찍어 눌러 도전을 허용하지 마십시오.

클리어 유무: 클리어

보상: 개인 스킬 중에 하나를 지정해 1레벨 상승 가능.

이번엔 보상이 스킬 레벨 상승인가?

수명, 포인트, 스킬 이런 식으로 돌아가는 건가?

찰칵!

패시브 스킬

1. 세종대왕을 경배하라!

2. 없음

3. 없음

스킬 잔여 포인트: 1

찰칵!

세종대왕을 경배하라! (SSS)

한글을 만든 세종대왕의 피가 흐르는 조선 왕실만의 특성
이다.

※스킬 첫 개방 특전으로 모든 하부 스킬이 레벨 1로 시작함.

읽기 레벨: 2(↑1)

독해 레벨: 1

쓰기 레벨: 1

오, 그동안 닥치는 대로 읽었더니 읽기가 하나 올랐네.

그럼 이번 포인트는 독해에 써서 22로 가야겠어.

난 포인트를 분배하고 스킬 창을 확인했다.

이제 읽기와 독해는 2레벨, 쓰기는 1레벨이다.

됐네.

난 레벨이 올라간 읽기와 독해 능력으로 독서 삼매경에 빠
졌다.

그로부터 며칠 후.

왕두석이 날 창덕궁 후원으로 안내했다.

헬스클럽을 완성한 모양이군.

좋아, 어디 얼마나 잘 꾸며 놨는지 확인해 볼까?

창덕궁 후원 애련지.

연꽃이 만발한 연못 구석에 누각 한 채가 그림처럼 서 있다.

"누각 이름이 뭐라고?"

"관우정이옵니다."

왕두석의 대답에 피식 웃었다.

"왠지 여기서 훈련하면 화웅의 목이라도 벨 수 있을 것 같은데."

데운 술이 식기 전에 말이지.

왕두석이 큰 머리를 이리저리 갸웃거렸다.

"화웅 말이옵니까? 삼국지에 나오는?"

"역시 그런 쪽은 빠삭하네."

왕두석이 머리를 긁적였다.

"경전과 달리, 삼국지는 재밌어서 소싯적에 자주 읽었사옵니다."

"어휴, 여기에 복숭아나무라도 한 그루 있었으면 식겁할 뻔했네. 그럼 네가 과인과 의형제 하자고 막 들이댔을 거 아니냐."

"그, 그럴 리가 있겠사옵니까?"

"암튼 위치는 좋구나. 조용하니."

난 열린 문을 통해 관우정 안으로 들어갔다.

너른 공간에 철봉, 벤치프레스, 바벨 같은 기구가 가득했다.

모두 군기시를 통해 조달한 운동 장비다.

여기에 거울하고 샤워실만 있으면 딱 헬스클럽인데 말이야.

응? 못할 건 또 뭐야?

내가 왕인데.

"두석아, 두석아."

"예, 전하."

"선공감에 가서 제일 실력 쩌는 장인을 찾아 데려와라."

단어를 해석하던 왕두석이 눈알을 좌우로 굴리다가 대답했다.

"알겠사옵니다."

"눈썹이 휘날리도록 뛰어갔다 오너라."

"알, 알겠사옵니다."

왕두석은 정말 눈썹이 휘날리도록 뛰어갔다.

근데 생각보다 엄청 빠르네.

머리가 무게추처럼 앞에서 당겨 주는 건가?

잠시 쓸데없는 생각을 하다가 주위를 둘러보았다.

아름다운 후원이 오솔길을 따라 깊은 숲으로 이어진다.

캬, 경치 죽이네.

조깅을 하려면 이런 데서 해야 하는데 말이야.

아주 피톤치드로 샤워해도 되겠어.

고개를 뒤로 돌리니.

내관과 궁녀들이 땡볕을 받으며 서 있다.

"어허, 그늘에 들어가 있으래도!"

"황공하옵니다."

"근데 상선 영감은 어디 갔어?"

그 순간.

나무 그늘 쪽에서 상선이 쑥스러운 표정으로 나왔다.

"하, 역시 궁궐 짬을 오래 잡수셔서 그런가, 아주 노련하구만."

"찾, 찾아 계시옵니까?"

"훈련대장 이완 장군을 불러오시오."

"예, 마마."

상신은 바로 선전관을 불러 지시를 전했고.

선전관은 왕두석을 따라 하려는 듯 뭐 빠지게 달렸다.

물론, 왕두석만큼 민첩하진 못해 튀어나온 돌부리에 걸렸
지만.

"어이쿠."

넘어진 선전관은 아무 일 없었다는 듯 벌떡 일어나 다시 달렸다.

그래, 아픈 것보다 쪽팔린 게 더 대미지가 크지.

나도 경험해 봐 안다고.

그나저나 누가 먼저 오려나?

정답은 조정에 등청해 있던 이완이다.

이완의 외모를 한마디로 표현하자면 짱짱했다.

키는 160이 넘지 않는데 몸통은 드럼통처럼 굵다.

포스도 쩔어 내가 그의 부하가 되는 상상을 하니 오금이 다 저린다.

커리어는 더 죽이지.

이완은 효종의 한신 같은 장수다.

훈련도감 대장, 포도대장 겸직에 지금은 한성판윤까지 맡고 있다.

이건 뭐 문무겸전 수준이 아닌데.

현대로 치면 그 의미를 더 알기 쉽다.

7군단장, 경찰청장, 서울시장이 한 명인 거니까.

독재자가 아들에게나 줄 법한 자린데 이완은 왕족도 아니다.

이완이 한쪽 무릎을 꿇고 쩌렁쩌렁한 목소리로 외쳤다.

"찾아 계시옵니까?"

기차 화통 같은 외침에 놀란 새들이 부산을 떨며 달아났다.

난 귀를 후벼 파며 심드렁하게 대꾸했다.

"아아, 과인 귀 안 먹었소."

"황송하옵니다."

"경은 장군으로 불러 주는 게 좋소? 아니면 대감마님이 좋소?"

"장군이 좋사옵니다."

"그럼 앞으로 훈련도감 훈련대장만 하시오."

이완이 눈을 내리깔았다가 다시 떴다.

"알겠사옵니다."

"이유는 안 물어보시오?"

"소장도 겸직이 많아 벅차던 차였사옵니다."

거기서 만족하면 어떻게 해?

이유가 중요한데.

하, 하는 수 없지.

"그럼 이유를 과인이 말해 주겠소. 앞으로 훈련도감은 조선 최강, 최대의 부대로 재편될 거요. 수어청, 총융청, 어영청 다 훈련도감에 흡수될 거란 얘기지. 어떻소? 마음에 드시오?"

"마음에 드옵니다."

"그러나 종묘사직을 이 약한 몸뚱이로 떠받쳐야 하는 과인으로선 염려하지 않을 수가 없다오. 장군이 훈련도감을 냅다 먹고 튀어 버리면 과인은 옥좌 밑으로 굴러떨어지지 않겠소?"

그러면서 상복 소맷자락으로 눈가를 훔쳤다.

몸을 흠칫 떤 이완이 세우고 있던 다리 하나를 마저 꿇었다.

쿵!

아아, 무릎 부러지겠소.

살살 하시오.

이완이 머리를 흙바닥에 쿵쿵 받았다.

"소장 이완, 문신처럼 유식하진 못해도 충과 의리는 이 조선 천지에서 소장과 견줄 자가 없다고 생각하옵니다. 선왕의 총애를 한 몸에 받은 소장이 어찌 그런 불경한 생각을 품겠사옵니까? 만에 하나 그렇다면 소장은 죽어서도 선왕을 뵐 낯이 없어 지옥 불구덩이에 몸을 던져야 할 것이옵니다."

진심인지 아닌진 모르겠지만, 진정성 하난 쩌는구만.

흥분하면 효종 앞에서도 깽판을 쳤다는데 연기는 아니겠지?

난 이완을 일으켜 세웠다.

"과인은 장군만 믿겠소."

"성은이 망극하옵니다."

"하여 부탁이 하나 있소."

"어찌 부탁이라 하시옵니까? 무엇이든 분부를 내려 주시옵소서."

"훈련도감 정예 중의 정예 100명을 선발해 주시오."

"금군을 보충하기 위함이옵니까?"

"아니오. 그보다는 국가의 만년 대계를 위해 필요한 병력이오. 장군은 군영에 오래 있었으니 실력이 뛰어난 병사들을 많이 만나 봤을 게 아니오? 신분 혹은 비슷한 다른 이유로 실력과 재능에 맞는 마땅한 대우를 받지 못한 자들 말이오."

"소장도 거론하신 그런 자들을 많이 봐 왔사옵니다."

"그런 실력자 100명을 선발하시오. 물론, 조건이 몇 가지 있소."

"어떤 조건이옵니까?"

"첫 번째는 당연히 과인에게 충성하고 조선을 지극히 사랑하는 마음이 있어야 한단 거요. 사실, 이 점이 가장 중요하지."

"명심하겠사옵니다."

"두 번째는 뱃멀미하지 않아야 한단 거고, 세 번째는 임기응변에 강해야 한단 거요. 마지막 네 번째는 외국말을 익힐 정도로 머리가 뛰어나야 하오. 과인도 아오. 이런 자들을 찾기가 힘들다는 거. 하지만 조선이 이 혹독하고 비정한 세상에서 살아남으려면 꼭 필요하오. 장군은 알아들었소?"

이완이 군에서 먹은 짬이 내가 평생 먹은 짬보다 많다.

곧 내가 무슨 짓을 하려는지 알아낸 이완이 물었다.

"수군에서 뽑는 편이 더 낫지 않겠사옵니까?"

"수군에서도 뽑을 거요."

"알아들었사옵니다."

"그럼 온 김에 저거나 한번 들어 보고 가시오."

"예에?"

이완은 내가 가리킨 바벨을 보면서 눈을 끔뻑거렸다.

잠시 후.

이완은 타고난 헬창, 아니 헬스인이었다.

"으랏차차차!"

괴성 몇 번 지르더니 무거운 바벨을 번쩍번쩍 들어 올렸다.

"허허, 팔다리가 후들후들 떨리는 게 아주 기분 좋사옵니다!"

"……."

"훌륭하옵니다! 훈련도감 훈련에도 당장 도입해야겠사옵
니다!"

"……."

"으어억, 으랏차, 어억, 컥!"

헬스클럽을 순회한 이완은 후들대는 다리를 질질 끌며 돌
아갔다.

업혀 가지 않는 것만도 용하네.

저게 조선 장수의 기개인가.

난 안으로 들어가 운동기구를 흡족한 눈빛으로 바라보았다.

"오, 안전하게 잘 만들었구나."

이완을 테스터로 써 본 난 바로 운동을 시작했다.

이완과 같은 완력은 당연히 없다.

가장 가벼운 바벨부터 시작해 차츰 중량을 올렸다.

한참 땀을 빼고 있을 때.

선공감에 간 왕두석이 노인과 청년 두 명을 데려왔다.

"전하, 선공감에서 실력이 가장 좋은 장인을 데려왔사옵니다."

바벨을 내려놓고 나서 수건으로 땀을 닦으며 물었다.

"세트 메뉴야?"

"예?"

"왜 두 명이나 데려왔어?"

"둘의 실력이 비슷하다고 하옵니다."

"그래서 왜 둘이냐고?"

왕두석이 숨도 안 쉬고 대답했다.

"둘이 부자지간인데 아비를 데려가려니까 아비가 걱정된 아들이 자기도 따라가겠다고 나서고, 아들을 데려가려니까 아들이 걱정된 아비가 따라가겠다고 나서 어쩔 수 없었사옵니다."

"넌 실직하면 래퍼해라. 라임과 플로우가 본능적으로 나오네."

"래, 래퍼가 무엇이옵니까?"

"그냥 과인이 맨날 하는 실없는 소리야. 둘은 가까이 오너라."

노인과 청년은 거의 기다시피 걸어와 머리를 넙죽 숙였다.

"성은이 망극하옵니다!"

"과인이 두 사람에게 뭘 해 준 게 없는데 말도 꺼내기 전에 성은부터 망극하면 어떡해. 그럼 과인이 너무 부담스럽잖아."

"황공하옵니다."

"자자, 긴장 풀고 과인이 그리는 그림을 잘 봐."

난 막대기를 들고 땅바닥에 그림을 그렸다.

"뒤에 땅을 파서 물통 같은 걸 묻는 거야. 물론, 너무 깊이 묻으면 물이 나오지를 않겠지. 암튼 그래서 물통에 관을 만들어 이 관우정에 연결하는 거야. 그러면 물 무게 때문에 물이 관을 통해 흐를 수밖에 없다고. 여기까지 이해 가나?"

부자는 서로 얼굴을 쳐다보고 나서 동시에 고개를 끄덕였다.

"그, 그렇사옵니다."

"좋아. 이건 몸을 씻는 장치고. 이건 다른 건데 좀 더 복잡해. 물론, 여기도 물은 좀 전에 본 물통에서 퍼다가 쓰는 거지."

난 변기와 정화조 시스템을 최대한 자세히 설명했다.

"이것도 이해 가나?"

좀 전보다 시간은 걸렸지만 둘 다 이해한 듯했다.

이어 수도꼭지, 배관, 샤워기 등도 설명했다.

"이해 가나?"

"······."

"그러고 보니 이름을 안 물었네."

아비가 먼저 입을 뗐다.

"만, 만대이옵니다."

아들이 바로 뒤를 이었다.

"순, 순구이옵니다."

"만대, 순구로구만. 그럼 부자가 다 관노비야?"

"그렇사옵니다."

"과인이 방금 설명한 대로 완벽하게 만들어 오면 둘 다 면천시켜 주고 벼슬도 내려 주지. 이제 다시 물어볼게. 이해 가나?"

"이해가 아주 잘 가옵니다!"

"좋아. 빨리 완성할수록 벼슬이 높아질 거야."

"바로 시작하겠사옵니다!"

"그래, 훌륭한 자세다. 자재와 인력은 선공감에서 가져다 쓰고."

"성은이 망극하옵니다!"

"그래, 성은이 망극한 건 지금 같을 때 쓰는 거지."

만대, 순구 부자는 눈을 희번덕거리며 선공감으로 달려갔다.

난 속으로 한숨을 내쉬었다.

이제 똥 좀 제대로 쌀 수 있겠구나.

희정당엔 당연히 똥간이 없다.

냄새나는 똥간을 어찌 감히 임금 처소에 설치하겠는가.

그러면 어떻게 하냐고?

매화틀에 싼다.

쉽게 말해 나무 요강에 싸는 거다.

아오, 생각만 해도 빡치네.

그 바람에 변비에 걸려 죽는 줄 알았지.

힘이 다 빠질 때까지 헬스를 하고 나서 왕두석에게 물었다.

"왕이 상놈들처럼 빨빨거리며 뛰어다니면 욕할까?"

"무슨 일이든 급할수록 더 천천히 하는 게 좋지 않겠사옵니까?"

"이게 하라는 대답은 안 하고 과인을 은근히 돌려 까?"

"억, 억측이시옵니다."

"암튼 금군 대가리들 좀 불러와. 눈썹이 휘날리게……."

"눈썹이 휘날리게 뛰어갔다 오란 말씀이시지요?"

"어쭈? 이게 말을 끊어?"

"데운 술이 식기 전에 다녀오겠사옵니다."

혼나기 전에 얼른 돌아선 왕두석이 앞만 보고 냅다 뛰어갔다.

그 순간. 갑자기 마음이 변해 버럭 소리를 질렀다.

"동작 그만!"

외치는 소리에 놀란 왕두석이 휘청거리다가 균형을 잃었다.

왕두석의 입이 저절로 벌어지며 기묘한 소리가 튀어나왔다.

"어?"

웃긴 건 내 입에서도 같은 말이 나왔단 거다.

"어?"

몇 번 허우적대던 왕두석은 머리가 애련지 방향으로 쏠렸다.

흠, 좋지 않은데.

왕두석이 벌크업했다곤 하지만 여전히 머리가 무거웠다.

머리가 애련지로 향하니 몸도 자연스럽게 그 뒤를 쫓아갔다.

풍덩!

애련지에 빠진 왕두석은 살려 달라고 고래고래 소리를 질렀다.

저놈은 수군은 못 가겠네.

"어, 어서 내 손을 잡으시오!"

당황한 내관이 달려가 손을 내미는데.

멈칫한 왕두석이 얼굴이 붉게 변해 슬며시 일어났다.

애련지는 수위가 낮아 물이 허리춤 언저리에서 놀았다.

"흠흠, 혼자서도 충분히 나올 수 있겠구먼."

내관이 헛기침하며 내민 손을 거두었다.

잠시 후.

머쓱한 표정으로 연못을 기어 나온 왕두석이 쨍쨍한 햇볕을 바라보며 서 있다가 머리에 붙은 수초를 떼어 냈다.

내게 등을 돌린 건 눈물을 보이기 싫어서겠지.

사나이의 눈물은 그만큼 귀한 거라고!

10장. 어쭈, 이것들 봐라.

난 깔깔거리며 웃다가 왕두석 어깨를 툭 쳤다.

"가서 아무 옷이나 빨리 갈아입고 오너라. 금군 대가리들을 불러올 게 아니라, 과인이 직접 가 그들을 만나 봐야겠다."

"직접 행차하시겠단 말이옵니까?"

"왜? 안 돼? 애련지에서 물고기라도 잡고 싶은 거야?"

"빨, 빨리 갈아입고 오겠사옵니다."

왕두석은 급한 대로 상선의 옷으로 갈아입고 돌아왔다.

왕두석을 보며 입술을 핥은 상선이 히죽 웃었다.

"내관복이 참 잘 어울리는데 이참에 내시부에 들어오지 않겠나?"

"어, 어르신, 내, 내시부라니요. 전 아직 장가도 못 갔습니다."

"내시부는 다 장가를 안 갔다네. 그러니 자네가 딱이지."

몸을 부르르 떤 왕두석은 못 들은 척 서둘러 길을 안내했다.

난 뒷짐을 진 채 천천히 그 뒤를 쫓았다.

이번에 금군을 직접 살펴보려는 이유는 간단하다.

내시부와 더불어 가장 가까운 자리에서 날 지켜 주는 이들이니까.

그런 금군이 배신하면 나로선 어찌할 도리가 없다.

광해군도 인조반정 때 금군이 배신해 치명상을 입었는데 나라고 그렇게 되지 말란 법은 없다.

그렇다면 금군이 맹목적인 충성을 바치게 할 방법은 뭐가 있을까?

일단 두 가지 정도 떠오른다.

하나는 나와 금군의 거리감을 없애는 거고.

다른 하난 금군 수뇌부가 충성을 바치게 하는 거다.

그러기 위해선 우선 금군 수뇌부가 어떤 자들인지 알아보고 그들이 나에게 충성을 바칠지 알아보는 작업이 필요하다.

그게 성치 않은 몸을 이끌고 굳이 금군 주둔지를 찾아가는 이유다.

상선이 얼른 따라붙어 권했다.

"마마, 어가를 타고 가심이 어떻겠사옵니까?"

"하하, 궁궐은 과인의 집과 같은데 어찌 남의 도움을 받아 걸어가겠소. 상선은 사가에 있었을 때 가마 타고 돌아다녔소?"

"그럴 리가 있겠사옵니까."

"염려 마오. 이제 과인의 다리는 무쇠요, 무쇠."

껄껄 웃은 난 두 다리를 툭 쳐 보였다.

상선의 주름진 얼굴이 하회탈처럼 변했다.

"분부대로 하겠사옵니다."

확실히 창덕궁은 내가 본 창덕궁과 달랐다.

희정당, 대조전, 인정전, 선정전 외에도 전각이 엄청 많았다.

동궐, 궐내각사, 선원전 등 고루거각이 끝도 없이 펼쳐졌다.

물론, 21세기에는 있어도 지금은 없는 전각도 있다.

낙선재가 대표적이다.

내전에 짱박혀 나오지 않던 내가 외전으로 나오는 순간.

당상관, 당하관 할 거 없이 다들 놀라 황급히 예를 차렸다.

난 손을 들어 적당히 답례해 주고 궐내각사로 향했다.

이러니 꼭 시찰 나온 사단장 같네.

아니지.

명색이 왕인데 사단장보단 더 끗발이 좋겠지.

쓸데없는 생각을 하다 보니 궐내각사가 코앞이다.

궐내각사는 쉽게 말해 궁궐 안에 있는 관청이다.

궐이 엄청 넓어 임금이 자주 찾는 관청은 내부에 둔다.

임금이 부를 때마다 육조거리에서 뛰어올 순 없잖아.

현대로 치면 청와대에 비서실, 안보실, 춘추관이 있는 셈이다.

궐내각사에서 다시 전각이 거의 없는 서쪽으로 한참을 걸었다.

길도 복잡하기 짝이 없어 마치 미노타우로스가 된 기분이다.

슬슬 무릎이 시큰해져 왔다.

에이, 이럴 줄 알았으면 상선 말대로 어가를 탈걸.

뒤를 슬쩍 보니.

상선이 하회탈 같은 미소를 또 지어 보였다.

말은 안 해도 고소하단 표정이 역력했다.

아오, 저 영감탱이를 그냥!

난 이에 힘을 콱 주고 경주마처럼 앞만 보고 걸어갔다.

길은 끝이 있어서 길이다.

결국, 궁궐 서쪽 끝에서 숲에 가려진 너른 관청을 발견했다.

주위를 둘러보았으나 현판이 보이지 않는다.

"현판이 왜 없지?"

왕두석이 전문 분야라고 자신 있게 대답했다.

"금군이 있는 위치를 노출하지 않기 위해서이옵니다."

"오, 나름 보안을 신경 쓰는구만."

길이 복잡한 이유도 같은 이유겠지.

역모가 일어나거나 적이 쳐들어오면 1차 타깃이 금군일 테니까.

삐걱!

현판 없는 대문을 지나 안으로 들어갔다.

금군 수십 명이 목도로 허수아비를 베며 훈련에 열중이었다.

아니면 서로 마주 보고 서서 박투술을 수련하든가.

멀리 떨어진 한쪽 구석에선 말 타고 활을 쏘는 훈련도 했다.

무술 교관으로 보이는 사내가 날 보고 손에 쥔 봉을 떨구었다.

그게 시작이었다.

훈련장에 있던 금군이 차례차례 동작을 멈추었다.

마지막에는 말 타고 활 쏘던 금군까지 멈춰 서서 날 보았다.

금군 하나는 서두르다가 말에서 떨어져 땅바닥을 뒹굴었다.

상선이 앞으로 나아가 목청 좋게 외쳤다.

"상감마마 납시오오오오오!"

금군 수십 명이 일제히 한쪽 무릎을 꿇으며 소리쳤다.

"전하를 뵈옵나이다!"

"전하를 뵈옵나이다!"

"전하를 뵈옵나이다!"

금군이 외친 소리가 메아리처럼 공중에 계속 머물러 있었다.

사단장이 시찰 나가서 괜히 우쭐대는 게 아니었군.

난 한껏 우쭐거리며 손을 들었다.

"수고들 많다!"

"황송하옵니다!"

"오오, 패기로운 게 아주 마음에 드는구나."

그 순간.

전각 하나에서 네 명이 허겁지겁 뛰쳐나왔다.

어쭈, 이것들 봐라?

넷 다 철릭과 모자가 흐트러진 게 널브러져 있다 나온 듯했다.

난 뒷짐을 지며 지시했다.

"이름과 관직을 대시오."

배가 튀어나온 중년 사내가 숨을 헐떡거리며 머리를 숙였다.

"호, 호위청 대장 임휴이옵니다."

이어 쥐를 닮은 작은 체구의 사내가 읍을 하며 말했다.

"소장은 내금위 내금위장 오현택이옵니다."

남은 두 명도 이름과 직위를 대었다.

팔다리가 젓가락 같은 사내는 겸사복장 이충원이고.

살이 쪄 굼벵이보다 느린 사내는 무예청 무예별감 조전이다.

이들을 보고 있자니 절로 한숨이 나왔다.

갑사들은 뛰어난데 지휘관들이 다 이 모양이어서야.

호위청 대장 임휴는 내가 호위해 줘야 할 것 같고.

내금위장 오현택은 내금위가 아니라 좀도둑이 더 어울리겠어.

더 가관은 겸사복장 이충원이지.

이자는 기마병 대장이란 놈이 팔다리가 여자보다 더 얇네.

전에 말을 타 본 적이 있긴 한가?

그리고 조전도 마찬가지야.

무예별감이면 무공교두인데 굼벵이보다 느리다니.

잠깐?

한 놈이 비는데.

분명 금군은 호위청, 내삼청 합쳐 4청 체제일 텐데.

"우림위장은 어디 갔소?"

네 놈이 내 눈치를 슬슬 살피다가 임휴가 떨면서 대답했다.

"우림위장은 몸이 좋지 않아 일찍 퇴청했사옵니다."

하, 그런 표정으로 말하는데 누가 속겠냐?

"우림위장이 아프다니 큰일이군. 어의에게 보여 적절한 치료를 받게 해야겠소. 여봐라, 가서 당장 우림위장을 모셔 오너라!"

"예, 전하!"

선전관 몇 명이 서둘러 뛰어나갔다.

갑자기 우림위장을 데려오라 하니 네 놈 얼굴이 사색이 된다.

흥, 어디 진짜 아픈지 두고 보자고.

꾀병이면 진짜 아프게 해 줘야지.

난 훈련장 연단에 올라갔다.

바로 내관 하나가 의자를 가져왔다.

그리고 다른 내관은 해를 가리는 양산을 펼쳤고.

궁녀들은 옆에서 열심히 부채질해 주었다.

이게 임금 행차에 내관, 궁녀가 따라붙는 이유다.

조폭처럼 세를 과시하려고 데리고 다니는 게 아니란 말이다.

임금이 갑자기 급똥이 마렵다면?

애들처럼 노상에 쭈그려 앉아 바지춤부터 풀 순 없다.

임금의 체통은 국가의 체면이랑 연결되어 있으니까.

내가 엉덩이를 내놓고 똥을 싸면 국기도 같이 똥을 싸는 거다.

그럴 때 궁녀는 재빨리 매화틀을 대령하고.

내관은 가림막을 쳐서 국가 체면을 지키는 거다.

잠깐 이상한 쪽으로 가긴 했지만 이쨌든 그런 기다.

난 임휴에게 지시했다.

"궁문을 수비하는 금군을 제외한 모든 금군을 집결시키시오."

"전부 말이옵니까?"

"과인의 말이 방귀요?"

"무, 무슨 말씀이시온지?"

"똑똑히 들어 놓고 왜 모르는 척하는 거요?"

"바, 바로 시행하겠사옵니다."

임휴는 급히 갑사들을 보내 금군을 집결시켰다.

내 기준으로 한 시간쯤 기다렸을 때.

금군이 훈련장 연병장에 집결했다.

눈으로 숫자를 세던 난 고개를 갸웃거렸다.

300명? 무슨 테르모필레 협곡의 스파르타야?

"문을 지키는 금군이 빠졌다곤 해도 너무 적지 않소?"

오현택이 쥐 수염을 쓸어내리며 대답했다.

"나머진 북방 전선에 나가 있사옵니다."

"흠, 그렇구만."

전방에 숙련된 장교가 적어 금군을 전선으로 돌린단 말이다.

이건 뭐 돌려막기도 아니고 어떻게 제대로 돌아가는 게 하나도 없냐?

난 연단 앞으로 나아가 외쳤다.

"과인은 금군을 과감히 개혁할 생각이니라! 물론, 새 부대에는 새 술을 담는 게 마땅한 이치겠지! 하여 과인은 오늘 이 자리에서 새로운 금군을 지휘할 장수들을 선발하겠노라!"

그 즉시, 금군 300명이 일제히 환호성을 질렀다.

벼슬을 높여 준다는 데 좋아하지 않을 금군은 없겠지.

아, 있구나. 난 고개를 돌려 뒤를 흘끗 보았다.

임휴, 오현택 등이 썩은 동태 같은 눈으로 앉아 있었다.

흥, 네놈들에게는 아마 오늘 하루가 아주 끔찍하게 길 거다.

난 다시 금군을 바라보며 룰을 설명했다.

"선발하는 방법은 간단하다! 금군은 곧 무사와 같다!"

"와아아아!"

"즉, 가장 강한 자만이 가장 높은 벼슬을 차지할 자격이 있 단 뜻이다!"

"와아아아!"

"이 중에서 본인이 가장 강하다고 믿는 금군은 앞으로 나 와라!"

"와아아⋯⋯."

"눈치 보지 마라! 이건 너희에겐 다시없을 일생일대의 기 회다!"

곧 금군 몇 명은 스스로 걸어 나왔고.

또 몇 명은 주변의 부추김을 받아 나왔다.

마지막 세 명은 아이돌인 것처럼, 환호까지 받으며 등장했다.

뭐야? 금군에 팬덤이 있어?

속으로 숫자를 세어 보니 정확히 16명이다.

오, 16강 토너먼트하기에 딱 맞네.

윈 오어 고 홈! 아니면 더 위너 테이크스 잇 올!

곧 왕두석이 만든 제비뽑기로 토너먼트 대진표가 만들어

졌다.

이를테면 국왕배 천하제일 무술 경연대회가 열린 셈이랄까.

룰은 하나다.

목도로 상대를 쥐 패 항복을 받아 내면 승리다.

처음 몇 판은 지루해 하품이 나왔다.

금군은 뭔가 좀 다를 줄 알았는데 그냥 후두려 까기가 다였다.

물론, 힘이 센 금군도 있고 몸이 날랜 금군도 있지만.

내 성에 찰 정도로 뛰어난 금군은 보이지 않았다.

그 순간.

팬덤이 있는 세 금군 중 하나가 대련장으로 올라왔다.

체구가 무척 커 곰이 움직이는 듯했다.

반달가슴곰이 아니라, 사람 찢어 죽이는 불곰.

근육도 풍선처럼 부풀어 오른 게 조선인 같지 않다.

그러고 보니 머리카락도 붉은빛이 돌고 눈동자도 갈색이네.

난 왕두석을 불러 물었다.

"누구야?"

"내금위 기송일이옵니다."

"북방인이야?"

"함경도 경흥 출신인데 조상이 아라사 사람이라 들었사옵니다."

아라사면 러시아? 뭐 이상한 일은 아니군.

이때쯤엔 러시아가 아무르강까지 남하했으니.

그리고 확실히 슬라브인이 체격 좋고 힘이 장사긴 하지.

기송일을 보니 조선이 왜 북방 출신을 우대했는지 알겠네.

삼남 출신보다 족히 머리 두 개쯤은 더 있어.

기송일은 초반부터 상대를 압도했다.

목도 휘두르는 속도가 막 번개처럼 빠르지는 않았는데.

대신, 힘이 엄청났다.

기송일의 목도를 막은 상대의 두 다리가 공중으로 떠올랐다.

쾅쾅쾅!

목도를 통나무처럼 휘두르길 몇 번 했을까.

상대가 목도를 놓치기 무섭게 두 팔을 번쩍 들었다.

"항보오옥!"

목도를 거둔 기송일은 로데오 황소처럼 콧김을 슝슝 뿜었다.

에너지를 충분히 발산 못 해 불만족스러운 모양이다.

어쨌든 곧바로 다음 대결이 이어졌고.

슬슬 지루해질 찰나에 팬덤을 지닌 두 번째 금군이 등장했다.

호오, 이잔 기송일과 반대로구나.

기송일이 타는 불꽃이라면 이자는 한기를 뿜어내는 얼음이다.

기송일이 저돌적인 탱크라면 이자는 저격수처럼 냉정하다.

하하, 둘을 모아 놓으면 얼음과 불의 노래인가?

왕좌의 게임이라도 찍어야겠……

아니, 왕좌의 게임은 내용이 죄다 쿠데타잖아!

잡설은 이쯤하고.

작은 체구에 동안을 지닌 그는 선불리 공격하지 않았다.

물처럼 차분하게 서서 상대가 먼저 함정에 빠지길 기다렸다.

"얍!"

기세에 눌린 상대가 목도를 사선으로 베어 갔다.

그는 짧고 강력한 일격으로 상대가 베어 온 목도를 내리쳤다.

오, 절묘한 카운터로구나.

상대의 목도가 그 충격으로 바닥을 후려칠 때.

그는 번개 같은 솜씨로 목도를 펜싱 하듯 쭉 뻗었다.

상대가 목도를 수습했을 땐 이미 그의 목도가 목을 겨누었다.

상대가 항복을 표시하는 순간.

목도를 거둔 그는 가볍게 목례하고 자리로 돌아갔다.

"저잔 누구야?"

"우림위 김준익으로 안동 양반가의 서얼이옵니다."

쓸 만한 인재에 흥미가 동하는 그때.

주인공은 마지막에 등장한다고 했던가.

토너먼트 끝을 장식한 자는 팬덤을 가진 세 번째 금군이었다.

그가 등장하는 순간.

금군 전체가 술렁였다.

심지어 옆에 있는 왕두석마저 주먹을 불끈 쥐었다.

말은 안 해도 속으로 응원하는 중임에 틀림없다.

대체 누군데 저러는 거지?

11장. 똑바로 걸어 봐라.

난 그를 좀 더 자세히 살펴보았다.

일단, 인상은 평범한데.

잘 쳐주면 순박한 농부고.

잘못 쳐주면 거름통이나 지고 날라야 할 인상이다.

뭐라 묻기도 전에 왕두석이 알아서 프로필을 읊어 댔다.

"개성에서 온 무예청 무예별감 이상립이옵니다."

"실력이 뛰어난가?"

"소관이 금군에 막 들어와 멋모를 적에 그에게 도전한 적 있사옵니다. 그가 가장 강하단 소문을 들었기 때문이었지요. 그때, 소관은 그에게서 불과 오 합을 버티지 못했사옵니다."

"너를 상대로 오 합이나 썼다고? 그럼 별로 안 센 거 아니야?"

"아니옵니다. 소관이 그에게서 오 합을 버텨 낸 다음부터 소관에게 아무도 시비를 걸지 않았사옵니다. 금군이 저를 인정한 것이지요. 그에게 오 합을 버텼으면 엄청난 실력이라고."

"흠, 넌 스스로 얼굴에 금칠하는 재주가 있구나."

"직접 보시옵소서."

난 왕두석이 시키는 대로 직접 보았다.

이상립은 상대의 다리 베기를 피하고 나서 목도를 휘둘렀다.

피하고 나서 베기까지의 시간이 엄청나게 짧았다.

상대가 어디를 벨 줄 이미 알고 기다리다가 반격한 것 같다.

과연 엄청난데.

상대도 강자 축에 드는 모양이다.

가까스로 목도를 내리쳐 이상립의 날카로운 베기를 막아 냈다.

아니, 막아 낸 것처럼 보였다.

이상립은 목도끼리 충돌하기 직전.

목도를 갑자기 눕혀 도면으로 상대의 목도를 밀었다.

상대는 당연히 밀리지 않으려고 손에 쥔 목도에 힘을 주었고, 그 순간.

이상립이 목도를 슬쩍 당겨 상대의 균형을 일거에 무너트렸다.

상대는 자석처럼 이상립 쪽으로 한 걸음 걸어갔다.

"오!"

난 순간적으로 감탄해 벌떡 일어나 탄성을 발했다.

그와 동시에 이상립이 갑자기 전력으로 목도를 밀었다.

균형을 잃은 상대는 아예 두 다리가 들려 뒤로 날아갔다.

그냥 슬쩍 날아간 것도 아니었다.

거의 3미터 넘는 거리를 날아가 땅바닥에 처박혔다.

와우, 목도로 무슨 유도를 하고 있네.

유도는 옷깃을 흔들거나 발목을 후려쳐 상대의 균형을 뺏는다.

이상립은 그 어려운 걸 목도로 해냈다.

당연히 후자가 몇 배는 어렵다.

정말 이 시대에는 검법 같은 게 있는 건가?

이상립은 넘어진 상대에게 걸어가 일으켜 세워 주었다.

상대는 꼴사납게 날아갔음에도 기분 나쁜 기색이 전혀 없었다.

오히려 이상립을 존경하는 눈빛으로 쳐다보았다.

인성마저 쩌는군.

이어진 8강에서도 이상립, 김준익, 기송일이 모두 승리했다.

셋 모두 상대와 실력 차가 커 재미가 없었다.

잠시 휴식하고 나서 이어진 4강에서는 볼만한 시합이 생겼다.

이상립이 기송일과 준결승을 치르게 된 거다.

기송일이 먼저 선불 맞은 멧돼지처럼 치고 나갔다.

부웅!

목도가 허공을 가를 때마다 살벌한 소리가 연단까지 울렸다.

여기서 중요한 점은 목도가 허공을 가른단 점이다.

이는 목도가 상대를 베지 못한단 뜻이니까.

이상립은 프로 복서처럼 가볍게 스텝을 밟으며 공격을 피했다.

얼굴이 벌게진 기송일이 두 손으로 잡은 목도를 내리쩍었다.

근육의 힘줄이 죄다 불거진 게 초사이언을 보는 듯했다.

이번 일격에 승부를 보려는 건가?

아무리 목도라지만 위력이 진검 못지않다.

제대로 맞으면 요단강 버스에 1빠로 탑승할 위력이다.

그 순간.

눈빛이 변한 이상립이 갑자기 거리를 좁혔다.

동작이 너무 빨라 축지법 같다.

이어 목도로 막 떨어져 내리는 기송일의 목도를 찔러 갔다.

"잘한다!"

내 입에서 절로 탄성이 나왔다.

기송일이 목도에 힘을 완전히 실어 내기 전에 찌른 일격이다.

퉁!

묵직한 충돌음이 울리고 나서 기송일의 목도가 주춤거렸다.

이상립은 거기서 승부를 볼 생각인 듯했다.

목도를 비스듬히 틀더니 곧장 기송일의 손가락을 베어 갔다.

기송일은 본인의 목도 도면을 타고 떨어지는 이상립의 목도를 보곤 화들짝 놀라 황급히 자기 목도를 바닥에 내던졌다.

"옳거니!"

기송일도 만만치 않았다.

무기가 없어 당황할 법도 한데 기다렸다는 듯 손을 뻗었다.

털이 숭숭 난 우악스러운 손가락이 이상립의 옷깃을 잡아갔다.

이상립은 즉시 거리를 벌리려 했지만 쉽지 않았다.

기송일의 윙스팬이 워낙 좋아 팔을 목도처럼 썼다.

눈빛이 또 한 번 변한 이상립은 옷깃을 기송일에게 내주었다.

"으랏차!"

기합을 지른 기송일은 이상립의 옷깃을 잡은 팔을 힘껏 당겼다.

이어 프라이팬 같은 왼쪽 주먹으로 이상립의 얼굴을 갈겼다.

샌드백을 손으로 잡아 고정하고 펀치를 날리는 모습 같다.

그 뒤에 일어난 일은 장내의 모두를 놀라게 했다.

이상립이 갑자기 목도를 쥐지 않은 팔의 손바닥을 휘둘렀다.

손바닥은 정확히 기송일의 팔꿈치 뒤를 가격했다.

"으억!"

통증 탓인지 기송일의 주먹이 살짝 빗나갔다.

원래는 얼굴을 노리던 주먹인데 이상립의 어깨를 대신 때렸다.

이상립은 그 틈에 팔꿈치를 세워 기송일의 턱을 제대로 찍었다.

쿵!

거목이 쓰러지는 것처럼 기송일이 넘어갔다.

널브러진 기송일이 팔로 바닥을 때리며 일어서는 순간.

어느새 다가온 이상립이 목도로 기송일의 목덜미를 겨누었다.

기송일은 졌다는 듯 씩 웃고 나서 자리로 돌아갔다.

난 참았던 숨을 토해 내며 다시 자리에 앉았다.

둘 다 대단한 실력이네.

턱을 맞고 일어선 기송일의 맷집도 장난 아니고.

이상립의 맨손 격투술도 검법 못지않게 화려해.

두 번째 준결승전은 김준익이 가볍게 승리했다.

잠시 휴식을 취한 이상립과 김준익이 결승전에서 조우했다.

역시 결승전답게 치열하면서도 화려했다.

김준익은 상대를 끌어들여 카운터를 치려 들었고.

이상립은 김준익의 카운터를 교묘히 피하며 공격을 퍼부었다.

카운터가 통하지 않음을 느낀 김준익은 즉시 방법을 바꿨다.

바로 숨 돌릴 틈을 주지 않는 속공이었다.

목도가 눈에 보이지 않을 정도로 빠른 속도로 날아든다.

더 놀라운 건 이상립이 그걸 모두 막아 낸단 사실이다.

탕탕탕탕!

목검끼리 부딪쳤음에도 날카로운 충돌음이 울렸다.

심지어 불꽃까지 튀는 듯했다.

그만큼 두 사람의 대결은 막상막하였다.

물론, 굳이 따지자면 이상립이 한 수 위였다.

이상립은 일부러 틈을 크게 드러내 김준익의 속공을 유도했다.

이미 체력이 바닥이던 김준익은 어쩔 수 없이 끌려 들어갔다.

쉬익!

김준익의 목도가 독사처럼 이상립의 옆구리를 찔러 가는 순간.

타앙!

이상립이 휘두른 목도가 김준익의 목도를 멈춰 세웠다.

김준익은 재빨리 목도를 회수하려 했지만.

이상립이 목도끼리 엉키게 만들고 나서 힘으로 한 바퀴 돌렸다.

이상립의 목도가 김준익의 목도를 붙잡아 회전하는 듯한 순간.

"이얍!"

기합을 지른 이상립이 힘을 주어 목도를 밀어냈고.

김준익의 손아귀를 터트리며 빠져나간 목도가 공중으로 날아갔다.

김준익은 더 싸울 마음이 없다는 듯 고개를 숙였다.

목도를 거둔 이상립도 철릭 자락을 찢어 김준익에게 건넸다.

"피가 많이 나는군. 이걸로 묶게나."

김준익은 말없이 천을 받아 찢어진 손아귀에 감았다.

난 일어나서 양손을 맞부딪쳤다.

임금이 박수로 두 사람을 치하하니 동시에 모두 일어나 손

뻑을 쳤다.

당연하지.

여긴 전제 정치를 하던 조선시대라고.

눈 밖에 나지 않으려면 알아서 기어야지.

아니, 이렇게 말하니까 꼭 북한 같잖아.

근데 조선이 정말 의미 그대로의 전제 정치가 맞긴 한 건가?

아무튼.

"두 장군 모두 훌륭했소!"

이상립과 김준익은 동시에 돌아서서 나를 보며 무릎을 꿇었다.

"성은이 망극하옵니다!"

"성은이 망극하옵니다!"

난 직접 대련장으로 내려가 이상립에게 물었다.

"이 장군은 어디서 그런 훌륭한 무예를 익혔소?"

"소장의 가문은 대대로 무과 급제자를 배출하던 가문이었사옵니다. 가문에 전해지는 무예와 금군에 들어와서 배운 중국, 왜국의 무예를 더하여 소장만의 무예를 만들었사옵니다."

세월이 많이 지나 다 희미해졌을 줄 알았는데.

금군을 시찰하다가 생각지 못한 보물을 발견하게 되었다.

이는 모두 임진왜란의 부산물이다.

당시에 투항한 왜군과 고국으로 돌아가지 않은 명군이 많았다.

조정은 그들을 거두어 무예와 병법을 발전시켰는데.

군이 나누자면 향화인은 절강병법과 같은 병법을, 항왜는
도법을 전수했다.

당시 왜국은 100년 동안 싸움질만 해서 칼을 잘 썼으니까.

가만? 이괄의 난 때 항왜가 거의 바바리안 같았다던데.

이괄이 항왜를 싹 말려 죽인 건 맞지만 그래도 살아남은 후
손은 있을 거 아냐?

그들의 후손을 찾아내 뭐 하며 사는지 알아봐야겠군.

이참에 향화인의 후손도 있는지 알아보고.

난 왕두석을 불러 항왜와 향화인 후손을 찾아보라 지시했다.

잠시 후.

장내를 정리하고 막 포상과 시상을 진행하려는데.

선전관이 웬 배불뚝이 하나를 끌다시피 데려왔다.

"전하, 명하신 대로 우림위장을 데려왔사옵니다."

이 배불뚝이가 우림위장이라고?

난 가까이 가서 우림위장이라는 인간을 자세히 살펴보았다.

방금 목간하고 온 듯 얼굴에서 광이 번쩍번쩍 났다.

물론, 목욕 몇 번으론 내 개코를 피해 가진 못한다.

"이거 안 되겠구만. 장군은 이름과 벼슬을 대시오."

우림위장은 자꾸 감기려는 눈을 억지로 뜨며 대꾸했다.

"신, 신은 우림위장 심익주이옵니다."

난 임금 전용 등채로 심익주 앞에 긴 선을 그었다.

"이 선을 따라 걸어 보시오."

자꾸 늘어지는 뱃살을 추스른 심익주가 선을 따라 걸어갔다.

처음엔 제대로 걷나 싶었지만 그것도 얼마 가지 못했다.

반쯤 가서 비틀대더니 선 위에서 자꾸 호랑나비 춤을 추었다.

니가 김홍국이야?

시발, 내가 경찰도 아니고 왜 음주 검사 같은 걸 하고 있냐?

순간 현타가 온 나는 등채로 심익주를 툭 밀었다.

"장군, 술 마셨소?"

얼굴이 허옇게 질린 심익주가 손사래를 쳤다.

"신, 신의 집에 오늘 제사가 있어 제삿술을 약간 마셨사옵니다."

"하, 대낮에 제사아아? 뭐 종묘에 나 몰래 제향이라도 했냐?"

"그, 그것이……."

"너 이름이 심익주라고 했지? 심지원, 심익현과는 무슨 관계야?"

"심지원 대감이 소관의 당, 당숙이옵니다."

심익주의 목이 거북이처럼 등으로 들어가려 들었다.

"선대왕마마와 중전의 상여도 안 나갔는데 술을 처마셨어? 더구나 우림위장이란 놈이 근무 시간에 숙영지를 이탈해서?"

심익주가 무너지듯 주저앉았다.

"신, 신이 죽을죄를 지었사옵니다!"

난 선전관을 불러 명했다.

"이놈을 당장 포박해 무릎 꿇려라! 그리고 몇 명은 가서 형조와 의금부를 불러오고. 아, 올 때 장비도 챙겨 오라고 해라."

선전관 몇이 달려들어 심익주를 꽁꽁 묶어 바닥에 팽개쳤다.

얼마 후.

형조 관원과 의금부도사, 나장 등이 헐레벌떡 뛰어왔다.

난 연단 의자에 앉아 의금부가 준비하는 모습을 보았다.

머리에 꼬깔콘을 쓴 나장들이 부산을 떨며 형틀을 준비했다.

이어 매타작에 쓰는 곤장을 늘어놓고 열심히 손질했다.

정확히 말하면 곤장 중 곤이다.

장은 그냥 회초리 강화판이고.

곤은 사극에 나오는 그 무식하게 큰 노 같은 거다.

당연히 곤으로 맞으면 엉덩이가 곤죽이 된다.

이어 형조 관원이 죄를 읊고 금부도사가 나장에게 명을 내렸다.

"죄인 심익주를 형틀에 묶어라!"

"예, 도사 나리!"

나장이 심익주의 바지와 속옷을 훌렁 벗겨 형틀에 옭아맸다.

금부도사가 막 형을 집행하려는 순간. 내가 손을 들었다.

"잠깐!"

모든 관원과 나장이 일제히 읍을 하고 내 명령을 기다렸다.

난 뒤를 휙 돌아보았다.

"너희 내 놈도 과인을 능멸했지?"

내가 그냥 넘어갈 줄 알았나 보지?

흥, 천만의 말씀.

난 은혜는 잊어먹어도 앙금은 꼭 푸는 사람이라고.

12장. 아침부터 일진이 사납구만.

내 시선을 받은 임휴 등이 벌벌 떨다가 땅바닥에 엎드렸다.

그리곤 입을 맞춘 거처럼 동시에 외쳐 댔다.

"용, 용서하여 주시옵소서!"

"용서하길 뭘 용서해! 감히 되지도 않는 말로 과인을 속이려 들어? 이놈들도 형틀에 묶어 형을 집행해라! 죄목은 과인에게 거짓을 아뢰고 중죄를 범한 죄인을 도운 방조죄니라!"

"예, 전하!"

나장들이 임휴 등을 잡아갈 때.

상선이 슬며시 다가와 속삭였다.

"마마, 차라리 국문을 여심이 어떻겠사옵니까?"

"국문?"

"그렇사옵니다. 즉위하신 초반엔 보통 그렇게 하옵니다."

신하들이 얕보지 못하게 칼춤을 추라는 건가?

국문을 열면 대여섯 명 죽는 걸론 안 끝난다.

의금부 바닥에 피가 흐르고 살이 타는 냄새가 진동해야 끝난다.

상선이 궁궐 짬을 너무 많이 먹어 그런가, 꽤 정치적인데.

난 팔짱을 끼면서 고개를 저었다.

"국문은 지금 써선 안 되오."

"하오면?"

"결정적일 때 써야 충격이 크지 않겠소?"

"현명하신 결정이옵니다."

역시 바로 알아듣네. 난 금부도사에게 고개를 끄덕였다.

허락받은 금부도사가 목청을 가다듬고 나서 명했다.

"죄인을 매우 쳐라!"

그 즉시, 나장들이 곤장으로 다섯 놈의 볼기를 내리쳤다.

곤장 한 방에 살찐 엉덩이가 찢어지며 멍이 시퍼렇게 들었다.

다섯 놈은 곤장 비명을 지르며 살려 달라 애원했다.

나장들은 형틀 옆에서 떡방아 찧듯 번갈아 곤장을 내리쳤다.

퍽퍽퍽퍽퍽!

다섯 대를 넘어가니 곡소리도 점차 희미해졌다.

열 대를 넘어갔을 땐 살이 찢어져 피와 살점이 날아다녔다.

장내의 그 누구도 감히 큰 소리를 내지 못했다.

심지어 숨 쉬는 소리조차 거의 들리지 않았다.

들리는 거라곤 곤장이 살을 뭉개는 소리뿐이다.

나장이 30대를 치고 나서 금부도사 얼굴을 보았다.

금부도사는 바로 고개를 돌려 내 눈치를 보았고.

곤장은 5대 형벌에 속하지 않아 때리는 놈 마음이다.

사실상 죽을 때까지 친다고 봐야 한다.

오죽했으면 영조가 나중에 속대전에 곤장 수까지 정해 놨을까.

물론, 개인마다 편차는 존재한다.

30대 맞고 장독이 올라 죽는 죄인이 있는가 하면.

300대 넘게 맞고도 살아 참수형 당하는 죄인도 있다.

난 형 집행 정지를 명했다.

"저것들을 눈앞에서 치워라."

곧 나장들이 달려들어 죄수와 형틀을 같이 치웠다.

장내가 정리된 후. 난 연단 위에 서서 금군 전체에 공표했다.

"오늘부로 호위청, 내금위, 겸사복, 우림위, 무예별감을 한 곳으로 통합해 금군이란 이름을 쓰는 단일 부대로 재편한다!"

"와아아!"

"대련에서 승리한 이상립을 종2품 금군 대장에, 김준익을 정3품 좌별장에, 기송일을 정3품 우별장에 제수한다! 또, 오늘 활약한 금군 전원에게도 그에 맞는 벼슬을 제수한다!"

"와아아아!"

"상선은 과인이 준비한 선물을 가져오시오!"

상선이 비단 받침대에 칼 세 자루를 담아 가져왔다.

칼은 내탕고에 있던 거다.

공을 세운 장수에게 주려고 군기시에 명해 매년 특정일에 만드는데 요즘은 전쟁이 없어 쌓여 있었다.

토너먼트가 한창일 때, 상선에게 내탕고에 있던 칼을 미리 가져 놓으라고 해 두었지.

난 세 장군에게 칼을 나눠 주고 나서 당부했다.

"역적을 멸하고 왕실을 수호하란 뜻에서 주는 사인검이오. 세 장군은 과인의 이러한 뜻을 잘 헤아려 태만해선 안 될 것이오."

사인검을 받아 든 세 장군이 머리를 깊숙이 조아렸다.

"성은이 망극하옵니다!"

셋 다 얼굴에 감격과 흥분을 숨기지 못했다.

그래, 마음껏 감격하라고.

그리고 그 감격을 나에 대한 충성심으로 치환하라고!

금군만 내 편이 돼도 자다가 내관에 업혀 도망치진 않겠지.

인조반정 당시. 광해군은 한밤중에 내관 등에 업혀 달아났다.

반란군이 점령해 활활 타오르는 창덕궁을 배경으로.

광해군은 그걸 보고 무슨 심정이었을까?

물론, 인조반정 자체는 광해군 삽질이 맞다. 의심병, 주색 잡기, 안일함 3종 세트를 저질러 그 꼴이 됐으니까.

난 사람들을 물리고 세 장군만 남겼다.

"금군은 상비군으로 정원 1,000명을 유지하시오."

이상립이 걱정이 담긴 표정으로 물었다.

"수가 너무 적지 않겠사옵니까?"

"그 대신, 더는 북방 전선으로 파견 가는 일이 없을 거요. 체 아직이던 갑사들도 모두 정식 벼슬을 따로 제수받을 거고."

이상립은 그제야 마음이 놓인 모양이다. 바로 표정을 풀었다.

"그렇게만 된다면 금군 전력은 전보다 훨씬 강해질 것이옵니다."

"훈련은 활과 조총을 주력으로 백병전을 병행하시오."

"조총도 주력 무기로 삼으실 생각이옵니까?"

"앞으로 조총의 시대가 열릴 거요. 지금은 일단 궁술과 병행해 훈련하면서 조총의 성능이 올라가면 논의를 통해 훈련 비중을 조절하도록 합시다."

"알겠사옵니다."

"과인이 갑작스럽게 즉위한 데다, 얼마 전까지 큰 병을 앓았소. 분명, 이때를 틈타 불측한 생각을 품는 놈들이 있을 거요. 금군은 따로 부대를 하나 꾸려 그들이 누구인지 조사해 보고하도록 하시오."

"바로 시행하겠사옵니다."

난 세 장군과 몇 가질 더 논의하고 나서 희정당으로 돌아갔다.

물론, 갈 땐 어가를 불러 타고 갔다.

그렇다고 막 외부에 행차할 때 타고 가는 큰 가마는 아니었다.

소여라고 해서 위가 뻥 뚫린 작은 가마다.

문제는 이게 편하지 않단 거다.

가마꾼은 프로일 테지만 애초에 가마 자체가 불편했다.

좌우, 앞뒤로 계속 흔들려 멀미가 났다.

"상선."

옆에서 걸어가던 상선이 바로 다가왔다.

"예, 마마."

"궁궐에 수레로 만든 어가는 없소?"

"소신이 알기론 없사옵니다."

"그럼 하나 만들어 보시오. 가마가 생각보다 불편하군."

"알겠사옵니다."

상선이 대답하는 순간. 따당! 오늘은 언제 나오나 했다.

서브 퀘스트 4

신상필벌은 통치의 기본!

-유저는 벌과 상을 내리는 기준을 명확히 제시해 신하들이
유저를 존경하면서도 한편으론 두려워하게 만들어야 합니다.

클리어 유무: 클리어

보상: 룰렛 1회 추첨권

이건 또 뭐냐? 룰렛이면 카지노의 그 룰렛이냐?

어쨌든 나왔으니까 봐야지. 난 머릿속으로 룰렛을 외쳤다.

촤르르륵! 뭔가 돌아가는 소리가 들리더니 번쩍하고 진짜
룰렛이 나왔다.

이디 보자. 룰렛엔 스킬 대신 보상 목록이 적혀 있었디.

수명 365일, 스탯 5포인트, 스킬 레벨 1 상승, EX, 꽝…….

EX? 또 새로운 게 나왔군.

EX는 희귀한 모양이다. 365칸 중 단 세 칸에만 있었다.

어쨌든 돌려 보자.

머릿속으로 룰렛이 돌아가는 그림을 상상하는 순간.

정말 룰렛이 빠르게 회전하다가 천천히 멈춰 섰다.

스킬 레벨 1 상승이군!

이건 일단 킵해 놓고 상황을 봐 가며 써야겠어.

희정당에 돌아와서는 저녁 먹고 숙직을 점호했다.

당연히 궐에도 밤사이 숙직을 서는 관원과 금군이 있다.

오늘 누가 숙직 서고 번은 어떻게 돌아가는지를 보고받았다.

이어 바로 대왕대비전을 찾았다.

정승들에게 문후를 꼬박꼬박 여쭙겠다고 말해 어쩔 수 없다.

마침 대왕대비전에 대왕대비와 왕대비가 같이 있어 수고를 덜었다 생각했는데.

나중엔 이것이 왕대비의 배려임을 알았다.

몸이 약한 내가 다시 병날까 걱정한 왕대비가 문후를 여쭈러 올 타이밍을 재서 대왕대비전에 미리 행차했다는 것이다.

이렇게 하면 대비전을 따로 찾을 이유가 없으니까.

역시 어머니는 어떤 세상에서도 어머니인가.

잠시 21세기에 남은 가족을 떠올리려 했으나……, 실패했다.

아, 난 가족이 없다.

그렇다고 천애 고아는 아니다. 그런 눈으로 보지 마라.

외동인데 부모를 동년배보다 일찍 여의었을 뿐이니까.

대왕대비전을 지키는 제조상궁이 상선과 눈빛을 주고받았다.

뭐야? 둘이 연애하나?

내 짐작은 보기 좋게 빗나갔다.

아니, 애초에 말이 안 되는 이야기긴 하지.

제조상궁이 바로 안에 대고 여쭈었다.

"대왕대비마마, 왕대비마마, 상감마마께서 문후 여쭙사옵니다!"

마마란 소리가 돌림노래처럼 들리네.

대왕대비마마는 왕의 할머니란 소리고.

왕대비마마는 선왕의 부인, 즉 왕의 엄마라는 뜻이다.

물론, 친엄마가 아닌 때도 있다.

군이 그 앞에 대나 왕을 안 붙여도 될 것 같은데.

이건 조선의 마지막 자존심 같은 거라 그냥 넘어가기로 하자.

곧 두런거리는 말소리가 들리고 나서 대왕대비전의 문이 열렸다.

난 안으로 들어가 왼쪽으로 틀었다.

궁궐 방은 문을 열면 바로 보이는 구조가 아니다. 사생활 보호와 자객을 당황하게 할 목적으로 미로처럼 만든다.

마루와 미닫이문 몇 개를 지나 궁녀가 지키는 문에 도착했다.

문 담당 궁녀는 바로 문을 열었고.

난 의관을 정제하고 나서 안으로 들어갔다.

안쪽 비단 보료 위에 대조전에서 본 대왕대비가 앉아 있었다.

조금 아래쪽에서는 왕대비가 시어머니 수발을 드는 중이

었고.

어쨌든 착한 아들, 손자인 척하기 위해 인사하고 나서 물었다.

"식사는 하셨습니까?"

대왕대비가 웃으면서 대답했다.

"왕대비가 사가에서 맛있는 음식을 해 와 아주 맛있게 먹었소."

"맛있게 드셨다니 다행입니다."

대왕대비는 전에 봤을 때보다 얼굴이 편해 보였다.

그럴 수밖에 없을 테지.

자기 상복 입는 문제로 조정이 계속 시끄러웠으니.

지금은 서인이 양보하면서 참최복으로 결정 난 상황이다.

양보하려고 해서 양보한 것 같진 않지만 어쨌든.

왕대비가 다식과 식혜를 찬합에 담아 내밀었다.

다식 외에도 칸이 나눠진 찬합에 다양한 간식이 있었다.

"오늘 만든 다식입니다. 주상도 드셔 보세요."

난 권하는 대로 이것저것 맛보았다.

MSG가 없어 그런가, 건강한 맛이다.

그 모습을 흐뭇하게 지켜보던 왕대비가 미소를 지었다.

"주상이 잘 먹어서 이 어민 기분이 아주 좋습니다."

"할마마마와 어마마마도 같이 드시지요."

대왕대비가 손짓했다.

"우린 이미 많이 먹었소, 주상."

왕대비가 내 손을 가져가 쓰다듬었다.

"요즘 주상의 건강이 조금씩 나아지는 듯해 이 어민 이제 한시름 놓았습니다. 전에 크게 앓던 학질이 재발했을 때만 해도 궐에서 연달아 큰일 나는 줄 알고 얼마나 놀랐던지요."

"소자가 불민하여 어마마마께 큰 심려를 끼쳐 드렸습니다. 앞으론 그런 일이 없을 테니 두 분 마마도 마음 놓으시지요."

왕대비가 잔에 식혜를 따라 주며 물었다.

"오늘 금군 훈련장에서 큰일이 있었다지요?"

"예, 어마마마. 선대왕마마의 상여도 안 나갔는데 군영을 이탈해 술을 처먹은 정신 나간 놈이 있어 호되게 경을 쳤습니다."

"잘하셨습니다."

난 왕대비가 그 호되게 당한 심익주에 관해 물어볼 줄 알았다.

근데 대화가 끝날 때까지 언급이 전혀 없었다.

심익주가 누군지 모르시는 건가?

아무튼 문안 인사를 여쭙고 희정당으로 돌아왔다.

대왕대비전을 떠나기 전에 작은 실랑이가 있었다.

왕대비가 간식과 음료를 가져가라는데 양이 너무 많았다.

다 가져가려면 택배차를 불러야 할 양이다.

결국, 위대한 모정이 또 한 번 승리했다.

내관, 궁녀, 선전관 할 거 없이 전부 손에 짐을 들고 돌아갔다.

냉장고도 없는데 이참에 인심 좀 팍팍 써야지.

난 가져온 간식과 음료를 궁인, 선전관, 금군에게 골고루 나눠 주었다.

물론, 나 먹을 건 미리 따로 빼놓고.

밤에는 상소, 차자, 보고서 등을 쉼 없이 읽다가 잠이 들었다.

다음 날 새벽.

닭이 울기도 전에 일어난 난 비몽사몽간에 세수부터 하였다.

닭이 없어 진짜 울기도 전에 일어난 건진 확실치 않다.

아무튼 꼭두새벽은 맞았다.

궁녀들이 부산을 떨며 들어와 나를 씻기고 상복을 입혀 주었다.

이어 머리를 손질해 비녀를 꽂고 거울에 얼굴을 비춰 보았다.

음, 확실히 살이 붙어 그런가? 이제야 좀 얼굴이 봐 줄 만하군.

새벽 겸 아침은 타락죽이다.

우유로 만들어 속을 편하게 해 준다나 뭐라나.

암튼 궐에서도 보기 힘든 우유로 만들었단 말에 싹 비웠다.

난 원래 국밥충이지만 주는 대로 먹어야지 뭐 어쩌겠어.

슬슬 동이 터 올 무렵.

어가를 타고 행사가 예정된 인정전으로 가려는데.

사나운 인상을 한 젊은 여인이 어가 앞을 막아섰다.

누구지? 복장을 봐선 궁녀는 아닌데?

표정이 굳은 걸 보니 좋은 일도 아닌 것 같고.

거기다 감히 어가 앞을 막아선다고?

보통 신분이 아니고선 절대 못 하는 일이다.

아, 혹시?

내가 생각한 게 맞는다면 새벽부터 일진이 사납구만.

13장. 아직은 때가 아니야.

왕두석이 작은 목소리로 속삭였다.

"숙명공주자가이옵니다."

"흐음, 생각보다 빨리 왔군."

"어찌할까요?"

"만나 보고 가겠다. 그녀를 희정당으로 들여보내라."

"예, 전하."

잠시 후. 어가에서 내려 희정당으로 들어가니.

숙명공주가 앉아 있다가 벌떡 일어났다.

눈꼬리가 올라가 있어 그런가? 인상이 사나운 고양이 같네.

고양이를 닮은 숙명공주가 절을 올리고 나서 물었다.

"건강은 요즘 어떻습니까?"

"많이 좋아졌소. 앉으시오."

보료에 앉은 숙명공주가 바로 본론을 꺼냈다.

"심익주 대감이 장독이 올라 오늘내일합니다."

"그렇소?"

내가 심드렁하게 묻자.

숙명공주가 당황한 얼굴로 떨리는 음성을 내뱉었다.

"이 누이가 청평위를 볼 낯이 없습니다."

숙명공주 남편이 청평위 심익현이고.

심익현의 부친이 전 좌의정 심지원이다.

오늘내일한다는 심익주는 그런 심지원의 조카이고.

그 일로 숙명공주가 뿔이 잔뜩 난 모양이다.

아마 시댁에 공주 체면이 안 선다는 걸 테지.

하지만 이를 어쩌나.

이 몸 주인과 숙명공주의 우애가 어땠는진 난 모른다.

내게 있어 그녀는 그저 왕실 재산 까먹는 유부녀일 뿐이다.

"심익주는 그 자리에서 죽지 않는 것만으로도 과인에게
절을 백 번은 해야 할 거요. 물론, 장독이 올라 죽으면 굳이
절을 받을 생각도 없지만."

숙명공주가 충격을 받은 표정으로 주절거렸다.

"성, 성격이 전과 많이 달라지셨습니다. 아니, 신첩이 아는
마마가 맞는지 의심스러울 지경입니다. 대체 국상이 있고 나
서 무슨 일이 있었던 겁니까?"

"과인은 변하지 않았소. 변한 게 있다면 과인이 앉은 자리 겠지. 왕실 외척이 누구인지 봐 가며 다스리기엔 나라가 너무 크고 과인에겐 시간이 없소."

숙명공주는 할 말을 잃은 듯했다.

그저 믿기지 않는단 얼굴로 입만 벙긋거렸다.

그 순간. 밖에서 중년 여인의 준엄한 호통이 들려왔다.

"숙명은 어서 밖으로 나오시오!"

흠칫한 숙명공주는 서둘러 밖으로 나갔다.

왕대비가 노한 얼굴로 뒷짐을 지고 서 있었다.

아직 정신 못 차린 숙명공주가 왕대비에게 달려갔다.

"어마마마, 상감마마가 이상해지신 것 같습니다."

"어허, 숙명은 이곳이 어디인지 잊은 것이오?"

"어, 어마마마!"

"출가한 공주가 시댁 일로 새벽 댓바람부터 주상을 찾아와 하소연을 늘어놓다니! 이 어미가 공주들을 너무 오냐오냐 키운 것 같소! 썩 물러가시오!"

"어, 어마마마까지 이러실 순 없습니다!"

숙명공주는 결국, 바닥에 주저앉아 통곡했다.

그런데도 왕대비는 여전히 노한 기색을 풀지 않았다.

"제조상궁은 뭐 하는가? 어서 숙명을 궁 밖으로 내보내지 않고! 그리고 숙명은 자숙하는 의미에서 선대왕마마의 탈상 전까지 대궐 출입을 삼가시오!"

"이러실 순 없습니다! 딸자식은 자식이 아니랍니까!"

숙명공주가 왕대비의 치맛자락을 붙들고 늘어졌지만.

왕대비는 눈썹 하나 까딱하지 않았다.

"제조상궁은 어서 명을 시행하지 않고 뭐 하는가!"

"예, 마마!"

곧 제조상궁과 궁녀들이 숙명공주를 부축해 떠났다.

내가 희정당 안뜰로 내려가서 왕대비를 맞으려는데.

왕대비는 나오지 말라며 고개를 저은 뒤 곧바로 돌아갔다.

난 갑자기 코끝이 시큰해졌다.

이런 감정은 또 오랜만이네.

난 막 철이 들 때쯤 양친을 다 잃었다.

그래서 누군가의 보살핌을 받는 게 약간 어색하다.

이젠 잘 기억도 나지 않는 감정을 여기서 느낄 줄이야.

난 멀어지는 왕대비의 모습을 보며 다짐했다.

이 몸 주인을 위해서라도 더 열심히 효도해야겠군.

잠시 소동이 있긴 했지만, 일정에 차질을 빚진 않았다.

다시 어가에 올라 인정전으로 가며 하늘을 보았는데.

이제야 붉은 기운이 서서히 올라오고 있었다.

"해도 제대로 안 뜬 이 꼭두새벽에 사서 고생이라니. 역시
왕 노릇은 사람이 할 짓이 못 되는구만."

"잘 못 들었사옵니다."

왕두석이 귀를 쫑긋하며 다가왔다.

흰 철릭을 갖춰 입은 모양새가 오늘따라 더 화려하다.

자식, 행사 치른다고 오랜만에 때 빼고 광냈나 보네.

그 순간. 왕두석의 거대한 머리가 공교롭게도 막 떠오르려는 해를 직통으로 가려 주변이 갑자기 어두워졌다.

이, 이건 뭐라고 불러야 맞는 거야?

일식이나 월식은 아니고. 두식(頭蝕)쯤 되는 건가?

어쨌든 어가는 별 탈 없이 인정전에 도착했다.

오늘 하는 행사는 궁궐 행사의 백미라는 조참이다.

난 인정전 옥좌에 앉아 주변을 둘러보았다.

사극에서 왕과 중신이 회의하는 건물이 인정전이다.

붉게 칠한 높은 단 위에 화려한 옥좌가 있고.

그 뒤론 일월오봉도 병풍이 왕의 날개처럼 펼쳐져 있다.

난 옥좌 팔걸이를 두들기며 행사 시작을 기다렸다.

"흠, 오래 걸리네."

굳은 다리도 풀 겸 문으로 걸어가 밖을 내다보았다.

남쪽 끝에 거대한 인정문이 있었다.

조참은 좀 특이한 행사다.

인정전 안뜰이 아니라, 인정문 밖에서 행사가 열린다.

한창 행사 준비 중인지 인정문 근방이 소란스럽다.

잠시 후. 갑자기 사위가 쥐 죽은 조용해지더니.

북소리가 둥 하고 크게 울리며 퍼져 나갔다.

시작인가? 곧 병조 관원이 인정문 밖에 깃발을 세웠다.

화려한 깃발 수십 개가 만장처럼 바람에 펄럭인다.

장관이네, 장관이야.

이어 장병 수백이 인정문 밖에 열을 지어 늘어선다.

다들 오늘 행사를 열심히 준비한 모양이다.

갑주와 무기에서 빛이 번쩍여 눈이 다 아플 지경이다.

아이고, 고생이 많소.

나도 사령관 방문 준비팀에 뽑혀 봐 그 맘 잘 알지.

물론, 우린 사령관의 코빼기도 보지 못했다.

사령관이 상급 부대만 시찰하고 돌아갔으니까.

아마 그 사령관은 우리 부대가 있는지도 몰랐을걸.

뭐 군대란 게 다 그런 걸 테지.

둥둥! 북소리가 두 번 울리는 순간.

발걸음 소리가 어지럽게 울리는 가운데.

대례복을 입은 문무백관이 인정전 안뜰로 행진했다.

공기마저 얼어붙는 엄숙한 분위기다.

상선이 옆에서 조용히 속삭였다.

"상감마마, 행차하실 시간이옵니다."

"알겠소."

이게 사극 영화라면 촬영 들어가기 직전에 스타일리스트가 배우의 의상과 메이크업을 점검할 거다.

물론, 난 배우가 아니고 이게 영화 촬영도 아니다.

당연히 스타일리스트도 없고.

그 대신에 나에게는 그 못지않은 궁녀 군단이 있다.

상궁과 나인이 매미처럼 달라붙어 의관을 고쳐 주었다.

곧 밖에서 문무백관이 한목소리로 나를 불러 댔다.

"상감마마, 문무백관이 알현을 청하옵니다!"

아, 곧 나간다니까 그러네.

난 한껏 거드름을 피우며 인정전을 나섰다.

"멈추시옵소서."

상선의 속삭임을 듣고 걸음을 멈췄더니.

오늘 행사를 준비한 관원이 나와 절을 네 번 올렸다.

그들이 절을 올리는 모양새가 어찌나 경건하던지 절을 받는 나도 순간적으로 숨을 멈출 정도였다.

둥둥둥! 북이 세 번 울릴 때.

문무백관이 돌아서서 먼저 인정문 밖으로 행진했다.

난 그사이 어가에 올라 문무백관의 뒤를 따라갔다.

곧 악공 군단이 힘차게 악기를 연주했고.

어가는 연주에 맞춰 느릿느릿 인정문으로 이동했다.

어가에서 내릴 때 꼴사나운 모습을 보이지 말라고 상선과 늙은 내관이 옆에서 부축해 준 덕에 인정문 밖에 설치한 옥좌에 가서 앉을 수 있었다.

둥둥둥둥! 북소리가 네 번 울릴 때.

목청 큰 관원이 나와 우렁차게 호령했다.

"대례!"

그 즉시, 줄을 맞춰 늘어선 문무백관이 큰절을 올렸다.

그런 절을 네 번 하고 나서야 관원이 다시 호령했다.

"평신!"

문무백관이 호령에 맞춰 몸을 바로 했다.

여기까지 마치면 조참 행사가 끝난 거다.

물론, 완전히 끝난 건 아니다.

왕과 문무백관이 한데 모여 국가 중대사를 논의했다.

모인 김에 더운밥 축내지 말고 뭐라도 해 보잔 의미다.

난 처음에 기대가 컸다.

대동법 같은 생산적인 주제가 나올 줄 알았으니까.

근데 웬걸, 중지한 경연을 서둘러 재개해야 한다거나 성현을 기리기 위해 서원을 더 지어야 한단 같은 개소리만 해 대서 들을수록 더 빡이 쳤다.

역시 조참은 별 쓸모가 없는 행사네.

소득도 없이 인력과 재정만 낭비한 셈이잖아.

경국대전엔 조참을 한 달에 네 번 열라고 적혀 있다.

어휴, 어떻게 이걸 한 달에 네 번이나 해.

역대 왕들도 다들 나와 생각이 크게 다르지 않았다.

영, 정조처럼 매사에 깐깐한 왕이 아닌 이상, 몇 년에 한 번 열릴까 말까 한 행사가 바로 조참이다.

물론, 조회는 이거 말고 상참이란 행사가 따로 있다.

상참은 거의 당상관 이상 대신만 참석하는데.

보통은 이 상참을 조회라 부르며 중히 여긴다.

상참도 매일 열리진 않는다.

대신들도 그 나이에 새벽같이 나오기가 빡셀 테지.

조참한 김에 상참도 같이 해치워야겠네.

난 바로 편전으로 자리를 옮겨 상참을 열었다.

곧 선정전으로 삼정승, 좌, 우찬성, 좌, 우참찬을 포함한 의정부 대신과 육조, 삼사, 승정원의 당상관 이상에 해당하는 주요 대신이 속속 집결했다.

상참에서는 다행히 관심이 가는 주제가 여럿 나왔다.

대동법, 호포제, 화폐 개혁, 가뭄과 홍수 대비 등등.

물론, 성과가 없긴 매한가지였지만.

대동법은 여전히 신중론이 대세고.

호포제는 윤휴의 미친 짓거리란 인식이 강하다.

또, 화폐 개혁은 김육 얘기만 줄창 하다가 끝났다.

김육이 생전에 화폐 개혁을 강력하게 밀어붙여서다.

김육이 조금만 더 명줄이 길었어도 우린 좋은 파트너가 되었을 거 같은데 그게 참 아쉽단 말이야.

17세기 조선엔 명재상이 네 명 있었다.

이원익, 최명길, 김육, 이경석이 그들이다.

근데 지금은 그중 이경석만 남아 있다.

당연히 아쉬울 수밖에.

가장 웃긴 건 가뭄과 홍수에 대한 대비책이다.

제방이나 저수지를 만들자 같은 이야기는 곁가지다.

제일 중요한 결론이 뭐냐면.

가뭄과 홍수는 모름지기 하늘에 달린 일이니.

하늘이 감동할 정도로 정성을 더 쏟자는 주장이다.

누가? 당연히 임금인 내가.

임금이 어떻게 하늘을 감동하게 만드냐고?

항상 몸가짐을 바로 하고.

성현의 말씀을 잘 따르면 하늘이 감동한단다.

여기까진 이해할 만한 수준이다.

왕이 사치하거나 주색잡기에 빠지면 좋지 않으니까.

내가 이해 안 되는 건 그래서 나온 결론이다.

결론이 매번 경연 재개 쪽으로 이어진다.

경연을 다시 열어 임금인 내가 성현의 가르침을 뼈에 새겨
야만 하늘이 조선을 돌봐 주신다는 거다.

그렇게만 되면 못 할 일이 뭐 있겠어?

관우처럼 뼈를 긁어서라도 몸속에 근사록을 새겨 넣지!

당연히 그렇게 안 되니까 문제인 거고.

그나저나 대신들은 왜 이렇게 못 가르쳐 안달일까?

경연할 때 임금을 돌려 까면 쾌감이 느껴지나?

경연에서 고사를 인용해 임금을 까는 일은 흔하다.

예를 들면 이렇다.

이 황제는 이렇게 저렇게 해서 유생의 존경을 한 몸에 받았
는데 넌 임금 주제에 왜 그렇게 못하냐?

그도 아니면 경연을 틈타 은근히 청탁을 하기도 한다.

경연에서 강론만 하진 않는다.

중대사도 자주 논의하는데 이게 밀실정치나 다름없다.

중대사 반 이상이 인사 문제니까.

어쨌든. 이들은 대부분 국정을 운영하는 관료다.

경연에 환장할 게 아니라, 실무를 더 알아야 한다.

소득 없이 끝난 상참을 뒤로하고 선정전을 나서면서.

난 뒤를 힐끗 보았다.

선정전을 빠져나가는 대신들의 모습이 눈에 들어왔다.

아직은 때가 아니야.

기반이 약하면 어떤 개혁 정책도 대동법 꼴이 난다.

대동법은 제안에서 완료까지 100년 걸렸다.

이런 꼴을 피하려면 개혁보다 기반 구축이 먼저다.

머릿속으로 기반 구축에 대해 골몰히 생각하는 동안.

어가는 이미 희정당에 도착해 있었다.

왕은 창덕궁에서 보통 세 건물만 오간다.

침전인 대조전과 편전인 선정전.

그리고 용도가 살짝 애매한 희정당.

임금은 원래 대조전에서 자야 한다.

대조전이 창덕궁의 유일한 침전이니까.

다만, 사정이 있으면 전각의 용도가 바뀌기도 하는데.

지금이 바로 그런 경우다.

현종과 명성왕후가 비슷한 시기에 학질에 걸리는 바람에 접촉을 최대한 피할 목적으로 명성왕후를 대조전에 두고 현종은 희정당으로 옮겨 와 살았다.

난 옮기기 귀찮아 희정당에서 숙식을 해결하는 중이고.

희정당에 앉아 좀 전에 클리어한 퀘스트를 확인했다.

서브 퀘스트 5

끊어 낼 때는 칼같이!

-유저는 왕실 인척과 외척의 간섭에 휘둘리지 않는 냉정한 모습을 보여야 합니다. 정에 약해 휘둘리다 보면 국가가 가족 사업장처럼 변할 겁니다.

클리어 유무: 클리어

보상: 룰렛 1회 추첨권

숙명공주를 만나고 나서 클리어한 퀘스트다.

아마 인척이나 외척의 발호를 조심하라는 거겠지.

암튼 룰렛부터 돌려 봤더니 이번에도 스킬 레벨 포인트가 나왔다. 이러면 스킬 포인트가 두 개로 늘어난 건가?

지금 바로 스킬 레벨을 올려?

아니면 간을 좀 더 보고 나서?

그래, 일단 킵해 놓자. 금방 다른 스킬이 뜰지도 모르니까.

세종대왕을 경배하라 스킬이 좋단 건 안다.

그 덕분에 복잡한 한문을 읽고 이해까지 했으니까.

심지어 근사록처럼 어려운 책도 술술 읽힌다.

근데 그게 다다. 처음엔 높은 등급 스킬이 나와 좋았지만.

지금은 왜 이 스킬이 SSS인지 잘 모르겠다.

그런데 세종대왕을 경배하라 스킬의 위력을 아는 데는 그리 오랜 시간을 기다릴 필요가 없었다.

그리고 왜 이 스킬이 SSS등급을 받았는지도.

며칠 후. 관우정에서 중량을 치며 숙제를 검사했다.

전에 조정과 지방의 당상관 전원에게 주요 현안에 대한 의견을 적어 올리란 숙제를 내 준 적 있다.

오늘은 그 숙제를 검사하는 날이다.

왕두석이 종이 뭉치를 넘기며 보고했다.

"에, 또, 충홍도 관찰사 오정원 대감이 홍수와 가뭄에 대비한 치수 대책 방안을 차자로 올렸사옵니다."

"요약해 봐."

"강을 파내고 제방을 쌓아야 하는데 그러려면 우선……."

"됐다. 그만 읽어라."

"예?"

"그러려면 백성을 대거 동원해야 한단 내용 아냐?"

"그, 그렇사옵니다."

"다음."

"도승지 김수항이 올린 상소이옵니다."

"김수항은 청음 김상헌의 손자지?"

"그렇사옵니다. 소문으론 양송과의 친분이 무척 두터워 서인을 이끄는 영수가 될 거라 하옵니다."

"서인 코어로군."

왕두석도 적응이 끝난 모양이다.

이상한 말을 해도 전혀 신경 쓰지 않는다.

정말 이세계 가이드론 딱이다.

내가 이상한 말을 할 때마다.

그런 말은 어디서 주워들었냐며 캐물으면 피곤하니까.

"김수항의 상소를 읽어 봐라."

"예, 전하."

그런데 대답과 달리 왕두석이 망설이는 모습을 보인다.

뭐라 쓰여 있길래 저러나. 난 바벨을 내려놓았다.

"왜? 안 좋은 내용이야?"

"그, 그렇사옵니다."

"악플에 단련된 멘탈이니까 상관없어. 그냥 쭉 읽어."

"그, 그럼 읽겠사옵니다. 전하께서는 재주는 좀 있으나 그걸 실행할 의지가 약합니다. 그리고 행실은 그런대로 점잖은

편이나 욕심이 너무 많습니다."

"흠."

"계, 계속 읽을까요?"

"계속해 봐."

"우유부단해 중대한 결정을 내림에 있어 잘못된 판단을 내리는 경우가 많고 무엇보다 공부를 게을리하여 학업에 성취가 크지 않은 게 문제입니다."

"하하, 뭐야?"

"왜, 왜 그러시옵니까?"

"이거 담임 선생님이 자기 반 애들 성적표에 자주 쓰는 말이잖아. '재능은 있는데 공부를 안 함' 같은 문구 말이야. 천재지변에 대한 대책을 마련해 올리라고 지시했더니 이게 나를 까고 앉아 있네."

역시 조선의 왕권은 너무 약하다니까.

다른 나라의 신하가 저딴 식으로 말했으면?

본인 포함해 일가친척 목 다 잘렸을 거다.

"아, 뒤에 천재지변 내용도 있사옵니다."

"뭔데?"

"평소에 부단히 덕을 쌓아야……."

"됐다, 오늘은 여기까지 하자."

일단, 지금까지의 결과만 놓고 보면.

다들 열심히 숙제하긴 했다.

상소와 차자가 수백 개 넘게 올라왔으니까.

대부분 쓸모없는 내용이란 게 문제지만.

그래도 그중에 두 개는 나름 쓸 만했다.

하나는 이조참판 허목이 올린 상소다.

물론, 허목이 무슨 역사에 남을 경세가라서 그가 올린 상소가 쓸 만하다고 판단한 건 결코 아니다.

허목은 상소를 통해 유학자 몇을 천거했는데.

그중에 눈에 익은 이름이 하나 있어서다.

바로 반계 유형원이다. 반계수록의 그 유형원.

실학의 아버지라 불리는 그 유형원 말이다.

다른 하나는 김석주가 올린 차자다.

김석주는 조선 최고 명문가 자제다.

할아버지가 조선 최고의 재상 김육이고.

아버지, 삼촌도 다 능력 있는 인물이다.

특히, 삼촌 김우명은 나와도 관계가 깊다.

김우명이 바로 명성왕후의 친정아버지니까.

조선에선 왕의 장인을 국구라 하는데.

명성왕후가 승하하며 얼마 전에 국구에서 물러났다.

그래도 어쨌든 그는 나와 인척인 셈이다.

관계 설명은 이쯤에서 마무리하고.

내가 김석주의 차자를 쓸 만하다 이유를 살펴보자면.

그는 현재 대과를 앞둔 생원이다.

차자를 올릴 자격이 없단 뜻이다.

근데 간웅답게 기회를 놓치지 않았다.

부친의 차자에 본인 생각을 슬쩍 첨부한 거다.

문제는 그 생각이 내 생각과 거의 일치한단 점이고.

내용은 간단하다. 조선에 큰 기근이 들어 백성을 먹일 양곡이 없다면 풍년이 든 다른 나라에서 사 오자는 내용이다.

정식 계통으로 올라온 것도 아닌데 무시해?

아니지, 아니야. 차라리 이참에 김석주를 처리해야겠어.

역사대로 장원급제하게 두면 분탕만 치겠지.

난 선전관을 불러 어명을 내렸다.

"반계 유형원이 어디 있는지 찾아서 빨리 데려와라."

"예, 전하."

"그리고 공조참판 김좌명의 아들 김석주를 당장 만나 봐야겠다. 그를 찾아가서 내가 보잔다고 해라."

"예, 전하."

선전관을 내보내고 나서 작전을 준비하는데.

쾅쾅쾅! 갑자기 소음이 들려 옆을 돌아보니.

만대가 관우정 구석에서 뭔가를 열심히 조몰락거렸다.

뭔가 싶어 가까이 가 보니. 관우정에 나무 관을 설치 중이었다. 샤워기인가?

작업을 마친 만대가 벽에 대고 외쳤다.

"순구야, 관을 열어서 물이 들어가나 봐라!"

"예, 아부지!"

곧 벽 뒤에서 뭔가 움직이는 소리가 들렸다.

만대는 초조한 표정으로 관 앞을 서성였다.

그렇게 한참을 기다렸지만.

기대하던 물은 끝내 나오지 않았다.

더 초조해진 만대가 망치로 관을 두드렸다.

통통통!

안이 비었음을 알려 주는 맑고 고운 소리가 들려왔다.

"이상하네. 순구야, 관을 열은 게 맞어?"

"예, 아부지! 방금 다 열었어요! 왜요? 물이 안 나와요?"

"거기선 물이 들어가는 게 보이냐?"

"예, 보여요!"

"거참 이상하다. 그럼 안 나올 리가 없는데."

중얼거리던 만대가 갑자기 관에 눈을 가져다 댔다.

어, 위험한데.

그러나 미처 말릴 새도 없이 물이 폭포처럼 쏟아져 나왔다.

"어이쿠!"

물벼락을 맞은 만대가 미역처럼 반대편 벽에 붙었다.

놀란 왕두석이 얼른 달려가 부축했다.

"괜찮은가?"

"하하하, 나리, 물이 나옵니다요!"

만대는 몸이야 아프건 말건 상관없단 태도다.

그저 물이 나오는 모습을 보고 덩실덩실 춤만 춘다.

만대는 이어 관에 샤워기 꼭지를 달았다.

다만, 이번엔 성공하지 못했다.

샤워기 옆으로 새는 물이 더 많았으니까.

난 끙끙대는 만대를 보며 고개를 저었다.

역시 나선 홈을 파서 연결하는 건 아직 어렵나 보네.

"실이나 천을 얇게 잘라 홈에 감아 봐."

만대는 내 조언대로 하였고.

덕분에 옆으로 새는 물이 확연히 줄었다.

밸브 같은 장치는 아예 꿈도 꾸지 않았다.

지금 기술론 이것만 해도 감지덕지니까.

잠시 후. 난 대궐에 만든 첫 샤워기로 땀에 젖은 몸을 씻었다.

캬, 역시 문명이 좋긴 하네.

역시 기술자는 경험이 밑천인 모양이다.

그다음부터는 모든 일이 일사천리다.

부자는 변기에 이어 비데까지 만들어 설치를 마쳤다.

전자식 비데는 당연히 아니고.

유럽 여행 가면 많이 보는 그 아날로그 방식 비데다.

난 무엇보다 비데가 반가웠다.

여긴 화장지가 없어 치질 걸리기 쉬우니까.

비데 성능에 만족한 난 바로 약속을 지켰다.

만대 가족 전체를 면천하고.

부자에겐 따로 선공감 종8품 벼슬을 제수했다.

면천하고 벼슬을 제수받던 날.

만대, 순구가 울면서 한목소리로 외쳤다.

"성은이 망극하옵니다, 전하!"

"그래, 이번엔 제대로 성은이 망극하겠구나. 암튼 이번 일은 아주 잘해 주었다. 면천하고 벼슬을 제수받았다고 해서 게으름 피우지 말고 너희 부자가 지닌 뛰어난 재주를 계속 발전시켜 나가거라."

"예, 전하!"

만대 부자는 어깨춤을 추면서 선공감으로 돌아갔다.

따당! 동시에 퀘스트 달성 BGM이 들려왔다.

서브 퀘스트 6

장인을 우대하라!

-유저는 훌륭한 기술을 가진 장인을 우대해야 합니다. 결국, 언제가 되었든 과학 기술의 격차가 그 나라의 진짜 국력을 결정짓는 시대가 올 거니까요.

클리어 유무: 클리어

보상: 룰렛 1회 추첨권

돌아라!

룰렛이 다시 스킬 레벨 포인트에서 멈췄다.

아오, 미치겠네, 정말. 수명이나 스탯 포인트가 나올 일이지. 왜 자꾸 스킬 포인트가 나오는 거야?

가뜩이나 스킬도 세종대왕을 경배하라 하나뿐인데.

그래! 어디 둘 중 누가 이기나 끝까지 해보자.

이번에도 킵!

◆ ◈ ◆

며칠 후. 김석주가 관우정으로 찾아왔다.

그를 처음 본 느낌은 뭉크의 절규보다 더 강렬했다.

이건 뭐 원두표보다 더하네.

원두표도 인상이 만만치 않은데.

김석주는 그보다 한 술, 아니 두 술 더 뜬다.

덩치는 곰처럼 산만 한 데다. 눈썹은 끝이 하늘로 솟았다.

거기다 얼굴은 주독 오른 술꾼처럼 시뻘겋고 코는 두꺼비를, 입술은 메기를 닮아 개성을 맘껏 뽐냈다.

그게 좋은 개성인진 모르겠지만 암튼.

길 가다 만나면 눈부터 깔아야 할 인상이다.

"생원 김석주, 상감마마의 부르심을 받고 왔사옵니다!"

"꼼수를 부렸더구나."

"꼼수보다는 나라를 위하는 충정으로 봐주시옵소서."

"그보다 곡식을 어떻게 사 오겠다는 건지나 말해 봐라. 차자에 적을 땐 방법도 다 생각해 두었겠지?"

"물론이옵니다."

김석주의 방법은 내 방법과 거의 일치했다.

현재 조선에는 왜은이 많이 돌아다닌다.

그 왜은 대부분은 밀수꾼이 왜관서 빌리거나.

왜국 상인과의 거래에서 받은 대금인 경우가 많다.

밀수 방법은 간단하다.

밀수꾼은 우선 청나라에 가서 비단을 사 온다.

그리고 거기에 인삼을 얹어 왜국 상단 쪽에 되판다.

그럼 왜국 상인은 물건을 받은 대금으로 왜은을 찔러주는데 밀수꾼은 다시 그 왜은으로 청나라의 비단이나 명주실을 사들여 같은 방법을 반복한다.

일종의 삼각 밀수인 셈이다.

김석주는 이 밀수를 나라에서 대규모로 하잔 거다.

밀수에서 거둔 이익을 청나라나 왜국의 양곡을 사는 데 써서 조선에 닥친 기근을 해결하는 거지.

이는 꽤 현실성 높은 방법이다.

그리고 되기만 하면 수익 역시 엄청날 테고.

물론, 이는 두 가지 상황이 운 좋게 맞물린 덕분이다.

중국은 명나라 말기부터 지금까지 모든 세금을 은으로 징수하는 중이라 은의 가치가 폭등한 상태고.

반대로 왜국은 연은분리법을 도입한 이래로 은 생산량이 폭증해 현재 전 세계 최고의 은 생산 국가다.

마치 기적처럼 중국이 은을 마구 사들일 무렵에 왜국에서는 은 생산량이 갑자기 폭증해 버린 거다.

그리고 조선은 바로 그 두 나라 사이에 있고.

난 옳다구나 싶어 급히 물었다.

"거기엔 몇 가지 문제가 있다. 뭔지 아느냐?"

"양곡을 가져오기 위해선 배가 많이 필요하옵니다."

"그뿐이냐?"

"선원도 부족하옵니다."

"그럼 그 두 가지뿐이냐?"

김석주가 도깨비 같은 얼굴을 찌푸렸다.

"더는 생각나지 않사옵니다."

"우리 조정이 청이나 왜국의 양곡을 비밀리에 사들이고 있음을 저들이 안다면 과연 가만있겠느냐?"

"외교적으로 문제가 될 수 있단 뜻이옵니까?"

"전쟁이 벌어질지도 모르지."

"하오면?"

"이번 일엔 조정이 절대 개입해선 안 된다."

"이미 복안이 있으신 모양이옵니다."

"맞다. 과인에겐 이미 복안이 있다."

"무엇이옵니까?"

"이번 일은 민간 상인이 주도하는 편이 가장 안전하다. 그래야 잘못되었을 때 책임지기 쉬우니까."

"상인은 물론이고 선원도 입단속을 확실히 해야 하옵니다. 설령 그들이 전부 죽더라도 말이옵니다."

이런 일엔 역시 머리가 잘 돌아가네.

"그래서 하는 말인데 네가 해 보는 게 어떻겠느냐?"

"예에?"

"뭘 그리 놀래?"

"그, 그럼 안 놀라게 생겼사옵니까?"

"잘 몰라서 그러나 본데 원래 이런 건 판 벌인 놈이 해야 하는 거야. 죽이 되든, 밥이 되든 일단 판을 벌였으면 끝까지 책임지는 자세를 보여야지."

김석주가 메기를 닮은 입술 끝을 억지로 끌어올렸다.

"하하하, 전하, 소생은 내년에 대과를 봐야 하는 몸이옵니다. 그런 소생이 어찌 쌍것들처럼 밀수꾼으로 나설 수 있겠사옵니까? 아마 작년에 세상을 떠난 할아버지가 이 소식을 들으면 관뚜껑을 발로 차고 뛰쳐나와 소생에게 호통칠 것이옵니다."

"김육 대감이 너에게 왜 호통을 쳐? 호통을 쳐도 나한테 치겠지. 암튼 할아버지 묘에 성묘부터 다녀와."

"……."

"김육 대감이 진짜 관뚜껑을 박차고 뛰쳐나오면 안 되잖냐? 그럼 진짜 큰일이지. 그리고 당분간 어디 싸돌아다니지 말고 집밥이나 많이 먹어 둬. 앞으론 집밥 먹기가 그리 쉽지 않을 테니까."

"전, 전하, 소인은 뱃멀미가 심해……."

"두석아!"

"예, 전하."

"이놈에게 단도를 주어라."

왕두석은 단도를 꺼내 김석주 앞에 놓았다.

흠칫한 김석주가 단도와 거리를 두었다.

"무, 무슨 뜻이옵니까?"

"밀수꾼이 정 싫으면 내가 보는 앞에서 자결해."

"전, 전하!"

"그래도 넌 나름 운이 좋은 거야. 과인이 네 조부 얼굴을 봐서 시신만은 온전하게 남겨 줄 거니까."

"진, 진심이시옵니까?"

"과인이 더운밥 처먹고 너랑 장난칠 거 같아?"

"소인도 나름 선비이옵니다. 목에 칼이 들어와도⋯⋯."

"선비는 얼어 죽을! 선비는 부모 형제도 없대? 선비는 뭐 박혁거세처럼 알에서 깨어나기라도 했대?"

"무, 무슨 말씀이시옵니까?"

"네놈은 역적이 되고 싶은 모양이지?"

"정말로 그렇게까지 하셔야겠습니까?"

"과인은 더한 짓도 할 수 있어!"

"⋯⋯."

"왜냐고? 상황이 좆같으니까."

"⋯⋯."

"흐흐, 꼼수를 부릴 땐 좋아 죽었겠지. 대과도 안 쳐 본 어린놈의 새끼가 감히 할애비와 애비 이름에 기대 임금에게 떡 하니 차자를 올려? 넌 세상이 아주 우스운 모양이지? 근데 그게 이런 식으로 너한테 돌아오니 아주 좆같을 거야? 그렇지?"

"⋯⋯."

"그래서 할 거야? 아니면 여기서 뒈질 거야?"

"⋯⋯."

"왜? 무서워서 혼자 못 하겠어? 왜놈들 할복할 때처럼 목을 쳐 줄까? 이 머리 큰 놈이 다른 건 몰라도 사람 목은 기똥차게

치는데."

김석주의 치켜 올라간 눈썹이 거의 11자를 그렸다.

"전하께서 아직 세자저하시던 시절에 숙부를 따라 대궐에 들어왔다가 몇 번 뵌 적이 있사옵니다."

"그래서?"

"그때는 이런 분이신 줄 정말 몰랐사옵니다. 마치 그사이에 사람이 완전히 바뀌신 것 같사옵니다."

"그래서 할 거야? 말 거야?"

"……."

"지금부터 열 셀 때까지 결정해."

"……."

"하나, 둘, 다섯, 일곱……."

"숫자 몇 개가 빠진 것 같사옵니다."

"내가 숫자를 다 못 배워서 그래. 일곱, 아홉……."

"하……, 하겠사옵니다."

난 웃으면서 김석주 어깨를 두드렸다.

"자식, 진작 그렇게 나올 것이지. 괜히 밀당해서 사람 애간장이나 태우고 말이야. 암튼 잘 결정했다."

"……."

"곧 집으로 사람이 갈 거다. 넌 가서 기다리고 있어. 너에게 조선의 미래가 달렸다는 점을 명심하고."

김석주는 갑자기 변한 내 모습에 당황해 돌아갔다.

15장. 이건 또 뭐야?

창덕궁 담 밖.

김석주는 화를 참지 못해 애꿎은 궁궐 담을 걷어찼다.

물론, 담벼락은 멀쩡하고.

애꿎은 발가락만 작살났다.

"으악, 제기랄! 육시랄! 염병할!"

김석주가 아픈 발을 잡고 맴맴 돌 때.

담벼락 위에서 금군이 얼굴을 내밀었다.

"거기 누구요?"

김석주는 아무 데나 가리키며 소리를 질렀다.

"저, 저놈이 감히 상감마마가 거하시는 신성한 궁궐에 겁도 없이 발길질 따위를 해! 네놈을 당장 요절내지 않으면 내 성 박가를 최가로 바꾸겠다!"

이어 발길질한 놈을 쫓는 거처럼 부리나케 내뺐다.

그 모습을 지켜본 금군은 고개를 절레절레 저었다.

동료가 다가와 물었다.

"뭔데?"

"몰라. 미친놈이겠지."

"쯧쯧, 세상이 어찌 되려는지."

"내 말이 그 말이라니까. 하여튼 요즘 어린놈들은."

시대를 막론하고 존재하는 꼰대가 혀를 차는 동안.

집에 돌아온 김석주는 술을 마시고 대자로 뻗었다.

"임금은 미쳤어. 미쳤다고! 제정신이 아니야!"

김석주는 임금 욕을 하다가 곯아떨어졌다.

◆ ◈ ◆

오늘은 스케줄이 빡빡하다.

김석주가 돌아가기 무섭게.

바로 후원으로 걸어가며 상선에게 당부했다.

"아, 내관과 궁녀는 따라오지 마시오."

상선이 내 말을 어기고 바로 따라오며 물었다.

"이유를 물어도 되겠사옵니까?"

"조용히 산책하고 싶소. 그뿐이오."

"따를 수 없사옵니다."

"어명이라도?"

"마마와 왕두석 선전관만 후원으로 보낸 사실이 내전에 알려지는 날에는 소신이 곧장 왕대비전으로 불려 가서 볼기를 맞을 것이기 때문이옵니다."

노인네가 이러니까 마음이 약해지네.

"그럼 멀리서 쫓아오시오. 신경 쓰이지 않게."

"알겠사옵니다."

상선은 젊은 내관 몇을 데리고 쫓아왔다.

원래 임금의 1차 경호는 내관이 맡는다.

금군보다 내관이 더 가까이 있어서다.

그래선지 경호만 하는 내관이 따로 있는데.

상선이 데려온 내관은 모두 그런 내관이다.

난 왕두석을 데리고 옥류천으로 향했다.

창덕궁 후원은 어딜 봐도 경관이 빼어나다.

오솔길을 따라 아름드리나무가 서 있고.

옥류천 주위에는 아름다운 누각과 정자가 부지기수다.

난 그런 정자 중의 하나인 취규정으로 향했다.

취규정 앞뜰로 들어가니 선색이 있있는데.

바로 금군 대장 이상립이다.

이상립이 바로 절도 있게 군례를 취했다.

"오셨사옵니까?"

"바로 시작합시다."

"예, 전하."

난 목도를 들고 이상립에게 무예를 배웠다.

처음에는 베기, 찌르기 같은 기본 동작을 연습했다.

손에 멍이 들 때까지 연습하고 나서 물었다.

"혹시 비급이 있소?"

"비급이면……, 무예를 그려 둔 책 말이옵니까?"

"그렇소."

"있사옵니다."

"어떤 비급들이오?"

"가친이 물려준 봉술 비급에 평소에 자주 교류하는 무승이
보내 준 비급을 더해 총 두 권이옵니다."

"다음에 그 비급들을 가져올 수 있겠소?"

"그리하겠사옵니다."

엥, 너무 쉽게 대답하는데.

내가 무협 소설을 너무 많이 읽었나?

"비급을 다른 이에게 줘도 되는 거요?"

"이미 금군이 익히고 있어 상관없사옵니다."

"오, 그럼 다행이군."

며칠 후. 이상립은 실제로 비급을 가져왔다.

난 흥분해 바로 펼쳐 보았다.

비급엔 노인이 봉을 휘두르는 그림이 그려져 있었다.

난 비급 안쪽을 잡고 주르륵 넘겼다.

만화처럼 노인이 움직이며 봉술을 선보였다.

오, 된다.

노인의 모든 동작이 바로 뇌리에 와서 박혔다.

그림도 어떻게 보면 문자다.

애초에 문자의 시초가 상형문자니까.

비급을 순식간에 외우고 나서 목도로 똑같이 펼쳤다.

아직 몸에 배지 않아 속도가 느리긴 하지만.

동작 자체는 자로 잰 듯 정확하다.

이상립과 왕두석의 입이 떡 벌어진다.

이상립은 참지 못하고 탄성까지 터트렸다.

"무예에 이 정도로 재능이 있으신 줄은 몰랐사옵니다."

이거 쑥스럽구만.

내가 재능이 있는 게 아니라, 패시브 스킬 덕인데.

뭐 따지고 보면 스킬도 재능이긴 하지.

음, 이참에 조선 팔도 비급을 전부 모아 봐야겠는데.

무예도보통지를 정조가 아니라, 내가 만드는 거지.

아무리 조총이 대세여도 백병전은 일어난다.

보급이 끊기면 머스킷으로 패야지, 별수 있나.

난 이상립이 가져온 두 번째 비급을 펼쳤다.

승려가 익히는 무예라 그런지, 주로 발차기가 많다.

흠, 꼭 택견 같네.

"이 무예는 이름이 뭐요?"

"수박도이옵니다."

"무승들이 익히는 거요?"

"그렇사옵니다."

패시브 스킬로 수박도를 익히며 물었다.

"교류하며 지낸다는 그 무승 법명이 뭐요?"

"일양 대사이옵니다."

"과인이 그를 만났으면 싶은데 가능하겠소?"

"지방에 있어 시간이 걸릴 것이옵니다."

"괜찮소."

"바로 전갈을 넣겠사옵니다."

"좋소. 두석아."

"예, 전하."

"준비한 물건을 이 장군에게 줘라."

왕두석이 등에 멘 보따리를 풀어 이상립에게 주었다.

얼떨결에 보따리를 받은 이상립이 당황해 물었다.

"뭔데 이렇게 무거운가?"

"왕실 내탕금에서 가져온 은덩입니다."

이상립이 깜짝 놀라 고개를 돌렸다.

"갑자기 은은 왜 주시는 것이옵니까?"

"금군을 지휘하려면 앞으로 돈 들어가는 데가 제법 많을 거요. 그럴 때마다 꺼내 쓰시오."

이상립이 외모는 수더분해 보여도 속은 능구렁이다.

바로 은덩이를 주는 의미를 캐치하고 미소를 지었다.

"부하들의 인망을 얻는 데 쓰겠사옵니다."

부하들에게 어려운 일이 있을 때마다 사재를 동원한 것처럼 은을 풀면 충성심은 자연히 높아질 것이다.

유태인 속담에도 나이 들수록 입은 닫고 지갑은 열라고 하지 않던가.

"좋소."

"실은 오늘 드릴 말씀이 하나 더 있사옵니다."

"무엇이오?"

"전에 대궐 안팎으로 불온한 움직임이 있는지 알아보라 하셔서 부하들을 시켜 조사해 보았사온데……."

"움직임이 있었소?"

"상계 쪽에 뭔가 심상치 않은 일이 있는 듯하옵니다."

"조사는 해 봤소?"

"아뢰옵기 황공하게도 금군은 대부분 몸 쓰는 일을 잘하는 친구들이라, 깊이 조사하진 못했사옵니다."

"흐음, 알겠소."

"어떻게 하시겠사옵니까?"

"할 수 있는 데까진 해 보시오. 나중에 과인이 따로 조직을 꾸려 무슨 일인지 알아보도록 할 테니까."

"알겠사옵니다."

이상립이 한숨 돌린 표정으로 돌아가고 나서.

난 취규정 마루에 앉아 곰곰이 생각했다.

금군은 어차피 지금 하는 일만으로도 벅찬 상태다.

그들은 왕실과 대궐을 보호해야 하니까.

그렇다면 외부에서 내 수족처럼 활동해 줄 강력한 조직이 필요하다는 뜻인데 그런 조직이 뭐가 있지?

아, 맞아. 그게 있었지.

조선의 특수부대, 착호군!

난 왕두석에게 무언가를 지시했고.

왕두석은 바로 궐내각사로 뛰어가 정보를 모아 왔다.

"착호군이 지금 어디 있다고?"

"평안도 북쪽에서 임무를 수행하는 중이라 하옵니다."

"그들이 임무를 마치는 대로 만나 봐야겠다."

"바로 전갈을 넣겠사옵니다."

며칠 후.

난 다시 취규정을 몰래 찾았는데.

이상립에게 무예를 배우기 위해서는 아니다.

"가져왔냐?"

"예, 전하."

왕두석은 등에 멘 보따리를 풀었다.

보따리 안에는 운동복과 운동화가 들어 있었다.

난 운동복부터 확인했다.

면 재질의 운동복은 스웨트셔츠와 흡사했다.

"오, 잘 만들었네."

"침방 궁녀들 바느질 솜씨야 두말하면 입 아프지요."

이어 운동화도 확인했다.

운동화도 질이 제법 괜찮았다.

애초에 러닝슈즈 수준은 바라지도 않았으니까.

"이제야 제대로 뛰어 볼 수 있겠군."

하늘을 살펴보던 왕두석이 얼른 말렸다.

"날이 궂은데 오늘은 그냥 돌아가시지요."

"비 와?"

"아직은 아니옵니다."

"그럼 무슨 상관이야?"

"비 때문이 아니옵니다."

"그럼?"

"창덕궁은 북한산과 가까워서 산짐승이 종종 대궐 담을 넘어 들어오곤 하옵니다. 오늘 같은 날엔 비를 피하려고 들어오는 산짐승이 더 늘어나고요. 그래도 뛰시겠다면 금군을 더 불러오시지요."

난 왕두석의 어깨를 툭 치며 약을 올렸다.

"설마 우림위에서 제일 강하다는 왕두석 선전관이 그깟 산짐승이 무서워 도망치는 건 아닐 테지?"

사내는 자존심이 걸리면 허세가 나온다.

왕두석도 마찬가지다.

갑자기 고릴라처럼 가슴을 탕탕 쳤다.

"전하께선 이 왕두석만 믿으시면 됩니다! 산군이든 돈섬박이든 한 방에 다 해치워 보이겠사옵니다!"

"하하, 역시 내 두석이라니까."

"소관이 호위할 테니 전하께서는 어서 뛰시옵소서."

"그래도 계획은 세워야지. 진짜 나타날지도 모르는데."

"어, 어떤 계획이옵니까?"

"모름지기 계획은 간단해야 좋다."

"지당하신 말씀이옵니다."

"그래, 계획이 쓸데없이 복잡하면 없는 것만 못하지."

"……."

"일단, 정말로 산짐승이 나타나면 과인은 재빨리 도망치겠다. 그럼 두석이 너는 냅다 달려 나가서 손에 쥔 환도로 짐승 뚝배기를 미친 듯이 내려쳐라."

"……."

"그럼 과인은 무사해서 좋고 두석이 너는 감히 미물 주제에 대궐을 침범한 산짐승을 때려잡아 공을 세워 좋고. 이거야말로 일거양득이지 않겠느냐?"

왕두석이 고개를 슬쩍 돌리며 중얼거렸다.

"소관을 짐승에게 먹이로 주고 혼자 달아나시겠단 말씀처럼 들리는데 소관의 착각은 아닐 테지요……."

"방금 뭐라 했어?"

"아, 아니옵니다."

난 스트레칭을 하고 나서 천천히 달렸다.

역시 난 헬스보다 달리는 게 좋아.

이렇게 달리다 보면 어느새 소리에 집중하게 된다.

소나무 숲을 지나는 시원한 바람 소리.

규칙적으로 울리는 심장 박동과 발소리.

후드득!

응, 이건 처음 듣는 소린데?

난 고개를 들어 하늘을 보았다.

물방울이 B-21 폭격기가 투하한 폭탄처럼 떨어진다.

"소나기인가?"

헉헉거리며 쫓아온 왕두석이 볼멘소리를 쏟아 냈다.

"날이 궂은 게 비가 올 거 같다고 소관이 말씀……."

"1절만 해라. 과인도 후회 중이니까."

"일단 비부터 피하시옵소서."

"뛰다 보면 그치지 않을까?"

"학질이 재발하면 어쩌려고 그러십니까?"

"어서 피할 곳을 찾아봐라."

"길가에 우물이 있사옵니다."

우리는 길가의 낡은 우물로 피신했다.

우물에 지붕을 씌워 놓아 비를 피할 공간이 있었다.

왕두석이 우물 안을 살펴보며 중얼거렸다.

"우물을 안 쓴 지 오래되었나 봅니다."

"그래?"

"물은 없고 나무도 다 썩었사옵니다."

"뭐 물 마시러 온 건 아니니까."

"그건 그렇사옵니다만."

잠시 후.

주변을 둘러보던 왕두석이 기뻐하며 말했다.

"전하, 저쪽에서 상선 영감이 우산을 들고 달려오는 것 같사옵니다. 길을 잘못 들지 않게 소관이 마중 나갈 터이니 전하는 잠시 여기 계시옵소서."

난 눈물을 글썽이며 왕두석의 철릭을 잡았다.

"과인을 버리고 혼자 살겠다는 거냐?"

"소, 소관이 어찌 그런 망령된 생각을……."

"올 때 잊지 말고 선물 사 와라."

"또, 농을 하시는군요."

왕두석은 고개를 절레절레 젓더니.

상선이 온다는 방향으로 냅다 뛰어갔다.

비는 불행히도 소나기가 아니었다.

순식간에 장대비로 변해 사위까지 어둑해진다.

"두석아, 빨리 좀 와라. 몸이 점점 추워진다."

난 몸을 덥힐 요량으로 우물 주위를 계속 돌았다.

그 순간.

정말 상상도 못 할 일이 벌어졌다.

기둥 뒤에서 도형 문자를 발견한 거다.

EHS의 도형 문자가 오프라인에도 존재한다는 사실에 큰 충격을 받은 난 뒤로 한 발자국 물러섰다.

문제는 충격이 거기서 끝나지 않았단 거다.

그다음에 받은 충격에 비하면 앞에 건 새 발의 피다.

바로 스킬 덕분에 도형 문자를 해석할 수 있단 거지.

도형 문자가 의미하는 바는 간단했다.

「그대는 우물 안 개구리보다 더 넓은 세상을 보고 있다고 확신하는가? 못한다면 우물에 몸을 던져서 직접 개구리가 되어 보는 것도 좋은 방법이다.」

세종대왕을 경배하라는 무시무시한 스킬이다.

그림을 읽는 일은 어느 정도 예상했다.

근데 이건 예상을 벗어난 수준이 아니다.

아예 초월해 버렸다.

독해 스킬로 도형 문자마저 읽을 줄이야!

그래서 SSS인가?

난 낡은 우물을 두들기며 고민에 빠졌다.

"들어가야 하나, 말아야 하나?"

고민은 오래가지 않았다.

지금도 EHS가 정확히 어떤 게임인지 모른다.

무엇을 위해 만들어졌는지도 모르고.

어떤 메커니즘으로 현종 몸에 빙의했는지도 모른다.

아는 거라곤 스탯과 퀘스트 정도다.

EHS가 뭔지 알아낼 수 있는 절호의 기회가 생겼는데 여기서 머뭇거리는 선 나에게 있을 수 없다.

난 주저 없이 우물에 몸을 던졌다.

이러니까 꼭 심청이 같네.

여기가 인당수는 아닐 테지만.

16장. 오, 미친 대박!

왕두석이 우물로 달려오며 소리쳤다.

"우산을 가져왔사옵……. 어, 어디 가셨지?"

흠칫한 왕두석은 급히 우물 뒤로 돌아갔다.

그곳에도 임금은 보이지 않았다. 몸을 부르르 떤 왕두석은 재빨리 땅을 훑었다. 발자국이라도 남아 있을까 싶어서다.

물론, 소용없었다. 장대비가 발자국마저 깨끗이 지워 버렸다.

"좆됐다."

상황을 파악한 그의 입에서 욕이 절로 나왔다.

왕두석은 뒤에서 쫓아오던 상선에게 달려갔다.

"전, 전하가 갑자기 사라지셨습니다!"

내관 무리가 허둥지둥거릴 때.

상선만이 유일하게 냉정을 유지했다.

"당황하지 마라! 이럴 때일수록 더 침착해야 한다. 아마 소피가 마려우셔서 잠깐 어디 가셨을 테니까 흩어져서 주변을 샅샅이 훑어 흔적을 찾아라!"

"예, 상선 나으리!"

내관들은 비를 맞으며 근방을 훑었고.

왕두석은 미친놈처럼 뛰어다니며 계속 소리를 질렀다.

"전하, 어디 계시옵니까! 또 장난을 치시는 것이옵니까! 이러다가 소관은 제 명에 못 살겠사옵니다! 이번에는 뭐라 안 할 테니 어서 나오시옵소서!"

불행히도 이번엔 장난이 아닌 모양이다.

임금은 끝까지 나타나지 않았다.

왕두석이 발을 동동 구르며 상선에게 물었다.

"금군의 도움을 받아야 하지 않겠습니까?"

상선은 여전히 놀랍도록 침착했다.

"아직 한 군데 찾아보지 않은 곳이 있네."

"어디요?"

"우물 안."

"아!"

왕두석은 얼른 우물 안을 확인했다.

빛이 없어 심연처럼 검은 어둠만 보인다.

어차피 임금이 잘못되면 죽은 목숨이다.

왕두석은 주저 없이 우물 안으로 몸을 던졌다.

◆ ◈ ◆

위에서 날 찾느라 법석 떨 때.

난 이미 우물 바닥에 내려와 있었다.

우물이 생각보다 얕아 팔과 다리를 써 쉽게 내려왔다.

물론, 그 바람에 사지가 바들바들 떨렸지만.

역시 한두 달 가지고는 안 되는 모양이네.

나가면 좀 더 피치를 올려야겠어.

지붕이 있는 데다, 비까지 와서 앞이 잘 안 보인다.

난 손으로 우물 벽을 마구 훑었다.

곧 오돌토돌한 도형 문자가 만져졌다.

역시 여기 있을 줄 알았다니까.

우물 밖에 힌트가 있다면 당연히 안에도 있을 테지.

"뭐라 적어 놨는지 읽어 보자. 으음."

난 점자 읽듯이 오돌토돌한 문자를 손으로 확인했다.

「우물 안 개구리가 되고 싶어 심연으로 뛰어든 자여, 축하한다! 그대는 방금 무작위로 배치한 이스터에그를 찾아냈다. 물론, 찾아낸 이스터에그가 좋은 건지 나쁜 건진, 오직 운에 달려 있다. 계속 진행할 생각이면 찾아낸 벽돌을 세 번 밀어라.」

이스터에그라고? 제작진이 게임 안에 숨겨 놓는 거?

난 잠시 고민하다가 벽돌을 세 번 눌렀다.

그 순간. 도형 문자 수백 개가 폭포수처럼 떨어졌다.

갑작스러운 빛에 놀라 눈을 급히 감았다가 떴는데.

우물에 있던 내가 통로 안에 서 있었다.

통로 끝에 이스터에그가 있겠지.

난 희미한 빛이 흐르는 통로를 걸어갔다.

그렇게 1분쯤 걸었을 때. 빛의 문이 열리며 반구형 공간이 나타났다.

이글루 내부 같네. 공간 중앙에는 금속 받침대가 하나 있고. 받침대 위에 손바닥을 조각한 형태의 홈이 있었다.

물론, 홈에도 도형 문자가 새겨져 있었고.

「손바닥을 홈에 올려 이스터에그를 확인하라.」

난 시키는 대로 홈에 손바닥을 올렸다. 그 순간.

히든 퀘스트 1

이스터에그를 발견하다!

-세상을 탐험하십시오. 그럼 지금처럼 생각지 않은 엄청난 보상과 마주하는 순간이 올지도 모릅니다.

클리어 유무: 클리어

보상: 액티브 스킬 「마르지 않는 샘」 획득

※액티브 스킬을 보유함에 따라 스킬 창, 인벤토리 자동 개방.

드디어 액티브 스킬이 등장하는군.

난 바로 개인 스탯 창을 불러냈다.

이연 (+6,151)

레벨: 1

무력: 15(↑5) 지력: 48(↑2) 체력: 22(↑4) 매력: 29(↓1)
행운: 42(↑20)

열심히 운동한 보람이 있네. 덕분에 수명과 무력, 체력이
많이 올랐어. 지력도 조금 올랐고.

무엇보다 행운이 20이나 오르다니?

뭐 전에 운빨이 크게 터진 적 있었나?

아, 조금 전에 이스터에그를 찾아내는 운빨이 터졌지.

물론, 다 오른 건 아니다.

아니, 처음으로 내려가는 스탯을 발견했다.

바로 매력이다.

흠, 근데 매력은 왜 떨어졌을까? 혹시 김석주를 협박해서?

암튼 지금은 액티브 스킬에 집중하자.

난 바짝 말라 버린 입술에 침을 바르고 나서 외쳤다.

"액티브 스킬!"

액티브 스킬

1. 없음

2. 없음

3. 없음

스킬 잔여 포인트: 3

액티브 스킬도 패시브처럼 슬롯이 세 개네.

아까 스킬 인벤토리는 자동 개방이라 했었지?

이번엔 왠지 쪽팔려서 조용히 중얼거렸다.

"스킬 인벤토리."

바로 인벤토리가 열렸고, 인벤토리 맨 위 칸에 스킬이 있었다.

난 주저 없이 스킬을 클릭했다.

마르지 않는 샘 (SSS)

유저는 특정한 수련을 통해 수명을 무한대까지 늘릴 수 있다.

※이 액티브 스킬은 발견할 확률이 제로에 가깝습니다.

호흡 레벨: 0

동작 레벨: 0

수명 레벨: 0

스킬 잔여 포인트: 3

"오, 미친 대박!"

스킬이 수명을 준다고? 맙소사! 이건 거의 치트키잖아.

조금 더 살려고 발악하던 내가 약간 불쌍해지는데.

난 바로 슬롯에 스킬을 장착했다.

그 순간.

호흡하는 법과 움직이는 법이 머릿속에서 재생되었다.

오, 이게 그 수련인가? 당장 수련해 보고 싶었지만.

밖에 있는 이들이 마음에 걸렸다.

비를 맞아 가며 날 찾아다닐 테니 빨리 나가야겠네.

나가야겠다고 마음먹는 순간.

공간이 알아서 나를 밖으로 밀어냈다.

잠시 후.

다리가 땅에 닿는 느낌이 들어 고개를 들었을 때였다.

눈앞에서 큼직한 물체가 갑자기 튀어나왔다.

처음엔 무슨 호박이나 수박인 줄 알았다.

아니면 그렇게 생긴 괴물이거나.

퍽! 이마로 물체를 박고 나선 바위인 줄 알았다.

이마가 빠개질 것처럼 아팠으니까.

"아악!"

머리를 감싸 쥐며 주저앉는데.

정체불명의 괴물이 천천히 뒤로 돌아섰다.

괴기영화에 나오는 괴물이 목을 돌리는 모습 같았다.

근데 돌아선 괴물은 사람처럼 눈 두 개에 코와 입이 하나였다.

괴물의 두 눈에서 노란 번갯불이 번쩍였다.

괴물은 심지어 입을 벌려 말까지 했다.

"전하아아아아!"

괴성을 지르며 달려든 괴물이 주저앉은 나를 갑자기 껴안았다.

"다치신 곳은 없으시옵니까?"

"두, 두석이냐?"

"예, 전하. 왕두석이옵니다!"

난 왕두석의 몸을 밀어내며 핀잔했다.

"인마, 너 땜에 다쳤잖아. 넌 무슨 머리를 쇠를 부어 만들었냐?"

왕두석은 상관없다는 듯 갑자기 나를 다시 끌어안았다.

"전하, 무사하셔서 천만다행이옵니다."

그가 이렇게 걱정했으리라고는 생각 못 했다.

나답지 않게 눈물이 찔끔 났다.

"자식, 과인 걱정 엄청나게 한 모양이네."

"전하를 못 찾았으면 소관은……. 어휴, 생각하기도 싫사옵니다."

"인제 보니 넌 과인 걱정보다 네 걱정을 더 했구나."

"암튼 어서 올라가시지요, 하하하!"

어색하게 웃은 왕두석은 상선이 던진 밧줄로 나를 묶어 올렸다. 이러니 무슨 짐짝 같네.

우물 밖으로 나와 옷에 묻은 먼지를 털었다.

상선도 걱정을 많이 한 모양이었다.

그새 얼굴이 1년쯤 더 늙었나.

물론, 워낙 나이가 많아 별 차이는 없다.

상선이 내가 입은 운동복과 운동화를 보고 식겁했다.

"이, 이건 대체 무슨 차림이옵니까?"

"그보다 어서 이 우물부터 처리하시오. 후원에 이런 우물이 있으니 과인처럼 호기심 많은 사람이 빠지는 거 아니겠소?"

동의한 상선이 얼른 내관들에게 지시했다.

"어서 우물을 무너트려라."

"예, 상선 나으리!"

내관들이 우물 쪽으로 달려들 때.

우물 안에서 비명이 들려왔다.

"안, 안에 아직 사람 있소!"

곧 우물 안에서 암탉이 날갯짓하는 소리 같은 게 들려왔다.

휙!

우물 가장자리를 잡고 밖으로 튀어나온 왕두석이 화를 냈다.

"전, 전하, 방금 소관을 생매장하려 하신 것이옵니까?"

"잘못 들었겠지. 우물 안이 원체 웅웅 울리는 곳이지 않더냐?"

어쨌든 우물 소동은 그렇게 끝났다.

내관들은 우물을 무너트리고 나서 낡은 누각까지 해체했다.

난 그제야 안심했다. 찾을 확률이 제로라지만 존재하면 언젠간 드러나기 마련이지.

정말 소나기였던 모양이다.

우물 소동이 끝났을 땐 날이 완전히 개어 하늘이 아주 맑았다.

상복으로 갈아입은 난 휘파람을 불며 돌아갔다.

기분이 이렇게 좋은 적은 거의 처음이다.

누가 노래방 마이크라도 갖다 줬으면 좋겠네.

하하하, SSS 스킬을 먹었다고 동네방네 자랑하게 말이야!

옆에서 걷던 왕두석이 실실 웃으면서 물었다.

"뭔가 좋은 일이 있으신 모양이옵니다?"

"하하, 정말 좋은 일이 있었지."

"경하드리옵니다."

"그래, 충분히 경하받을 만한 일이야."

그 순간.

날이 궂다고 오늘 뛰지 말라고 한 왕두석의 말이 떠올랐다.

만일 그의 말을 듣고 정말 뛰지 않았으면?

아마 우물의 존재를 평생 모르고 살았겠지.

어쩌면 지금 삶을 수백 번 반복하며 살아도 몰랐을지 모른다.

조깅을 하는데 갑자기 소나기가 왔고.

마침 근처에 비를 피할 유일한 건물이 낡은 우물이었다.

평소라면 가까이 가지도 않는 장소다.

옥류천에 널린 게 정자와 누각인데 낡은 우물을 왜 찾겠어.

우연히 우물에 숨겨 놓은 도형 문자를 찾았다고 해도 문제다.

나에게 패시브 스킬로 얻은 독해가 없었다면?

호기심에 주변을 뒤져 볼 순 있어도 정확히 찾아낼 수는 없다.

결론은 세종대왕님 만만세다!

지금까지 일어난 일을 확률로 계산해 보면 어떨까?

정말 제로에 가까울지도 모르겠네.

어쨌든 그 확률을 뚫고 날 가장 괴롭히던 문제에서 벗어났다.

운동이야 계속할 테지만 전처럼 초조한 마음은 없다.

심리적인 안정감만으로도 이번 퀘스트 클리어는 초대박이다.

서둘러 희정당으로 돌아와선 밥 먹고 점호하고 모두 내보냈다.

비단 보료 위에 앉아 액티브 스킬 창을 열었다.

1. 마르지 않는 샘

2. 없음

3. 없음

스킬 잔여 포인트: 3

바로 마르지 않는 샘 개방.

마르지 않는 샘 (SSS)

유저는 특정한 수련을 통해 수명을 무한대까지 늘릴 수 있다.

※이 액티브 스킬은 발견할 확률이 제로에 가깝습니다.

호흡 레벨: 0

동작 레벨: 0

수명 레벨: 0

스킬 잔여 포인트: 3

하, 다시 읽어 봐도 정말 죽이는군.

17장. 하이고, 고생들 많았다.

난 스킬 창에서 시선을 떼지 못했다.

오우, 역시 운빨 하난 타고났다니까.

이런 일이 있을 줄 안 것처럼 포인트를 차곡차곡 모아 놨네.

난 먼저 스킬 포인트 하나를 수명 레벨에 줘 보았다.

변화가 없었다.

"수명은 포인트로 못 올리나?"

몇 번 더 시도했지만, 수명 레벨은 끝내 변화가 없었다.

뭐 다 내 맘처럼 될 순 없겠지.

이내 포기하고 호흡과 동작에 1포인트씩 분배했다.

마르지 않는 샘(SSS)

유저는 특정한 수련을 통해 수명을 무한대까지 늘릴 수 있다.

※이 액티브 스킬은 발견할 확률이 제로에 가깝습니다.

호흡 레벨: 1(↑1)

동작 레벨: 1(↑1)

수명 레벨: 1(↑1)

스킬 잔여 포인트: 1

호흡과 동작은 포인트 분배가 제대로 되는군.

호흡과 동작이 1레벨이 되는 순간, 수명 또한 1레벨이 되었고. 난 남은 1포인트를 호흡에 분배했다.

이제 마르지 않는 샘은 호흡 2레벨, 동작 1레벨이었다.

다만, 기대했던 수명 레벨은 변화가 없었다.

역시 호흡만 올려서는 수명 레벨이 안 오르네.

호흡과 동작이 같은 레벨이어야 오른단 뜻이겠지.

개인 스탯!

이연(+8,239)

레벨: 1

무력: 16(↑1) 지력: 48 체력: 23(↑1) 매력: 29 행운: 42

오, 대박! 수명의 앞자리가 아예 바뀌어 버렸네.

무력하고 체력도 1씩 올랐고.

흥분한 난 머릿속에 각인된 수련법에 따라 수련했다.

먼저 호흡 수련에 들어갔다.

방법은 놀라울 만치 간단했다.

숨을 그냥 들이쉬고 내쉬는 게 아니라, 패턴을 따르는 거였다.

1시간쯤 반복했을까? 머릿속이 개운해지며 운동으로 쌓인 피로가 약간이나마 풀렸다.

이건 플라시보일까? 아니면 이 호흡법의 효능일까?

아직은 수련한 기간이 짧아 정확히 판단하기 어려웠다.

내친김에 춤을 닮은 동작 수련도 해 보았다.

동작 수련은 팔과 다리를 같이 움직이는 방식이었다.

처음엔 팔과 다리를 아주 느리게 천천히 움직여야 했다.

10분쯤 했을 뿐인데 벌써 이미 온몸이 땀투성이였다.

이어 같은 동작을 반대로 이번엔 아주 빠르게 펼쳤다.

다행히 레벨 하나를 미리 올려 둔 덕에 헤매지 않고 1시간 으로 이루어진 동작 패턴을 정확히 따라 해 끝까지 완주했다.

바닥이 미끄러워 아래를 내려다보았다.

못 느끼는 사이에 땀을 엄청나게 흘린 모양이었다.

바닥을 닦지 않고서는 걸어 다니기 힘들 정도로 한강이었다.

신기한 건 땀을 그렇게 흘리고도 목이 마르지 않단 점이다.

이건 동작 수련의 효과인가?

어쨌든 땀을 흘려 그런지 기분은 찢어지게 좋았다.

길레로 땀을 닦고 나서 이불 위에 빌링 누웠다.

수명 문제를 해결했으니 이젠 다음 프로젝트에 집중해야지.

이게 큰 착각이었단 사실은 나중에 알았다.

어쨌든 지금은 다음 프로젝트인 서유럽회사에 올인할 차례다.

◆ ◈ ◆

숭례문으로 들어서는 일단의 무리에 시선이 쏠렸다.

어른들은 짐을 실은 수레를 끌고 밀며 힘들게 이동했고.

아이들은 보따리를 등에 지고 걸어갔다.

누가 봐도 도성으로 이사하는 지방 사람의 행색이었다.

평소에도 이런 식으로 이사 오는 지방 사람이 많아 그다지 특이할 건 없었다.

사람들이 이렇게 많이 몰린 이유는 사실 따로 있었다.

바로 이사 오는 사람들의 생김새가 특이한 탓이다.

무리 중 반은 창백한 피부에 코가 크고 수염이 붉은 사내였다.

조선 사람은 확실히 아니었다.

무리의 남은 반은 여자와 아이들이었다. 여자들은 조선 여인이 분명했다. 검은 눈에 검은 눈동자를 지녔다.

근데 아이들 쪽은 정답을 내리기 애매했다.

앞서 본 사내들과 조선인의 특징이 섞여 있는 탓이다.

곧 그들 주위로 양반, 상민, 천민 할 거 없이 죄다 몰려들었다.

어른들은 삼삼오오 모여 수군거렸다.

그중에서 상인으로 보이는 늙고 젊은 두 사내가 눈에 띄었다.

먼저 늙은 사내가 놀라워하며 소리쳤다.

"맙소사, 저건 홍모귀가 아닌가!"

젊은 사내가 호기심 가득 담긴 눈으로 물었다.

"서역에 산다는 홍모귀 말입니까?"

"그렇다네."

"홍모귀가 어찌 조선에 있단 말입니까?"

"저들이 조선까지 온 연유야 나도 모르지. 아마 우리가 모르는 곡절이 있었지 않겠나. 다만, 몇 년 전만 해도 홍모귀 수십 명이 도성에 살았던 건 확실하네. 내 눈으로 직접 봤으니까. 한데 어느 순간, 갑자기 다 사라지고 안 보이더구만."

"홍모귀들은 그때 왜 사라졌던 겁니까?"

그때, 눈썹이 하늘로 뻗친 보기 드문 추남이 대신 대답했다.

"사정이 있었다네."

"그럼 나리는 그게 어떤 사정인지 안단 말입니까?"

"알다마다. 홍모귀 몇 명이 겁도 없이 조선을 방문한 청나라 칙사 앞에 뛰어들어 자기들을 왜국으로 보내 달라고 부탁했다는군. 청나라 칙사야 저들 말을 할 줄 모르지 않겠나? 이상하다고 여기고 그들을 잡아다가 조선에 넘겨주었지."

"그럼 그때 일로 홍모귀들이 도성에서 쫓겨난 겁니까?"

"그랬을 걸세. 근데 도성으로 다시 돌아오다니 심상치가 않구만."

그러면서 추남은 홍모귀들을 의미심장한 눈빛으로 쳐다보았다.

추남 때문에 대화에서 밀려난 늙은 사내가 얼른 끼어들었다.

"몇 달 전에 상감마마께서 새로 즉위하지 않았소? 아마 상감마마가 저들을 보고 싶어 부른 게 아니겠소? 저들이 저토록 신기하게 생겼으니 나라도 가까이 불러 보고 싶을 거요."

어른들은 수군거렸지만, 아이들은 달랐다.

아이들은 대놓고 수레 앞에 뛰어들어 외쳤다.

"붉은 도깨비가 도성에 쳐들어왔다! 모두 달아나라!"

그럴 때마다 모여든 사람들이 박장대소를 터트렸다.

홍모귀 중 몇은 그 말을 알아듣고 화를 냈고.

그들이 데려온 여자와 아이들은 부끄러워 얼굴이 빨개졌다.

그 순간.

말을 타고 있던 나이 든 홍모귀가 채찍을 휘둘러 쫓아냈다.

"이놈들, 관아로 잡아가 혼찌검을 내 줘야 그만두겠느냐?"

그 말에 움찔한 아이들이 쥐새끼처럼 사방 골목으로 달아났다.

홍모귀가 수레 쪽으로 말을 몰아가선 그들의 언어로 위로했다.

"화내지 말게나. 아이들이 아직 철이 없어 그런 거니."

홍모귀들은 이런 일이 하루 이틀 일이 아닌 모양이었다.

무시하거나, 아니면 쓴웃음을 지을 뿐이었다.

◆ ◈ ◆

난 춘당대 안에서 뒷짐을 지고 문을 바라보았다.

곧 서양인 30여 명과 그들의 가족이 춘당대 안으로 들어왔다.

무리 맨 앞에는 얼마 전에 만난 박연이 있었다.

나를 본 박연이 달려와 얼른 군례부터 취했다.

"전하, 분부하신 대로 화란 선원들을 데려왔사옵니다."

"고생이 많았다."

"아니옵니다."

"그들을 여기로 데려와라."

"예, 전하."

박연은 그들 말로 뭐라 소리쳤고.

그 말을 들은 화란 선원들이 쭈뼛거리며 다가왔다.

난 그들과 시선이 마주칠 때마다 웃으면서 고개를 끄덕였다.

그들 대부분은 훈련도감 등에서 일한 경험이 있었다.

적당히 늘어선 후에 일제히 큰절부터 올렸다.

국왕을 만나면 꼭 절을 하라고 교육받은 탓이다.

난 절을 받으면서 옆에 있는 박연에게 속삭였다.

"누가 헨드릭 하멜이지?"

"맨 앞에 있는 저 콧수염 사내이옵니다."

난 절을 하고 일어나는 하멜에게 걸이가 그의 두 손을 잡았다.

"하이고, 고생 많았다."

깜짝 놀란 하멜이 눈을 부릅떴다.

우리말을 알아듣는 모양이네.

하긴 벌써 조선에 온 지 6, 7년째다.

방구석에만 있던 게 아니라면 조선말을 할 수밖에 없다.

나가서 쌀이라도 빌어 와야 하니.

난 하멜의 어깨를 부드럽게 두드려 주었다.

"올라오는 동안, 고생이 많았지?"

내 말에 감동한 듯 하멜이 눈물마저 글썽였다.

캬, 역시 내가 한 연기 한다니까.

하멜의 대답을 박연이 통역했다.

"편의를 봐주신 덕에 전처럼 고생스럽진 않았다고 하옵니다."

난 하멜의 손을 흔들며 말했다.

"동료들을 내게 소개해 주겠나?"

고개를 끄덕인 하멜이 화란 선원들을 한 명씩 소개했다.

그들 중에 나이가 가장 많은 선원은 요리사 얀 클라슨이다.

반대로 가장 젊은 선원은 데니스 호버첸이었다.

이건 젊은 게 아니라 아직 어린앤데?

"데니스는 올해 몇 살이냐?"

얼굴에 주근깨가 가득한 데니스가 떨면서 우리말로 대답했다.

"열여덟 살입니다."

"오, 우리말을 잘하는구나."

하긴, 그리 놀랄 일은 아니겠네.

인생의 3분의 1을 여기서 산 셈이니 무리도 아니지.

어렸을 땐 언어를 빨리 배우기도 하고.

가만! 그렇다는 말은……

"제주에 표류했을 땐 열두 살이었던 거냐?"

데니스가 그렇다는 듯 고개를 열심히 끄덕였다.

진짜? 그럼 도대체 네덜란드는 몇 살일 때 떠난 거야?

데니스 호버첸이 어린 나이에 배를 탄 이유가 곧 밝혀졌다.

그 옆에 데니스 호버첸의 아버지 호버트 데니슨이 서 있었다.

아버지가 아들 조기 교육시킨다고 배를 일찍 태운 모양이다.

이 시대엔 그럴 수도 있겠다 생각하며 천천히 주변을 둘러
보았다.

"서른한 명이네."

제주에 표류할 때는 서른여섯 명이었으니 그사이 다섯 명
이 죽었군.

이들이 동인도회사에서 맡은 임무는 다양했다.

서기, 항해사, 갑판장, 포수, 조타수, 선의, 급사 등등

난 한 사람, 한 사람과 눈을 맞추며 인사하고 고개를 돌렸다.

춘당대 입구에 선원의 가족들이 있었다.

다들 고개를 숙이고 있었지만, 나를 힐끔거리는 가족도 있
었다. 혹시라도 남편과 아버지에게 해코지할까 봐 걱정되는
모양이군.

난 박언을 불러 물었다.

"선원들이 여기 와 꾸린 가족인가?"

"그렇사옵니다. 열한 명이 혼인해 자식을 열다섯 낳았사옵
니다."

하멜 표류기에 따르면 조선에 끝까지 남은 사람은 한 명이다.

바로 나이가 제일 많은 요리사 얀 클라슨이다.

남은 선원들은 탈출하거나, 아니면 협상을 통해 조선을 떠났다.

이들이 도망치고 나서 남은 가족이 어떻게 살았을지 뻔하네.

난 상선을 불러 지시했다.

"이들의 가족을 데려가 깨끗이 씻기시오. 깨끗한 옷도 몇 벌 주고. 또, 수라간에 명해 저들을 배불리 먹이도록 하시오."

"예, 전하."

곧 궁녀들이 선원의 가족을 춘당대 밖으로 데려갔다.

가족을 데려온 선원들이 소리를 지르며 난동을 피웠다.

내가 가족을 감옥 같은 장소로 끌고 가는 줄 안 모양이었다.

박연이 사정을 설명하고 나서야 소동이 가라앉았다.

난 그 모습을 지켜보다가 나직이 불렀다.

"두석아."

"예, 전하."

"춘당대 가운데에 선을 그려라."

"분부 받잡겠사옵니다."

내려간 왕두석이 환도로 춘당대 마당 가운데에 긴 선을 그었다.

왕두석을 본 네덜란드 선원들이 식겁하며 물러섰다.

머리가 남들 두 배인 데다 벌크업까지 해 괴물처럼 보인 듯했다.

왕두석은 그런 선원들에게 썩소를 날려 주고 돌아왔다.

난 옥좌에서 일어나 선원들 앞으로 걸어갔다.

"5년이다!"

다짜고짜 5년이란 말에 선원들이 술렁거렸다.

난 개의치 않고 말을 이어 갔다.

"5년 동안 과인에게 충성을 바치면 너희들이 그토록 가고 싶어 하는 나가사키로 보내 주겠다! 단, 한 명도 예외 없이!"

말을 알아들은 이들은 헉 하고 숨을 들이쉬었고.

박연의 통역을 통해 알아들은 이들도 기쁨을 감추지 못했다.

난 고개를 끄덕였다.

"다들 과인의 말을 알아들은 모양이구나. 혜택은 그뿐만이 아니다. 성에 차진 않겠지만 동인도회사에서 근무할 때 받은 액수와 같은 월급을 주겠다. 또, 너희들이 나가사키로 떠나고 나서 조선에 남은 가족을 과인이 책임지고 건사하겠다!"

2탄과 3탄도 제대로 먹혔다.

월급을 준다는 건 이제 노예는 아니란 얘기다.

가족을 꾸린 선원들도 한시름 놓은 표정이다.

그들도 사람이다.

가족을 버리고 달아나는 일이 어찌 쉽겠나.

곧 선원들이 모여 수군거렸다.

조건은 맘에 들지만 그렇다고 무턱대고 계약할 순 없는 일이다.

10여 분쯤 지나 하멜이 대표를 자처해 앞으로 나왔다.

18장. 괴인은 조선이란 일국의 왕이다!

하멜은 스페르베르호 서기다.

즉, 글을 쓸 줄 안다는 거다.

대부분 일자무식인 선원임을 고려하면 엘리트란 소리다.

하멜이 긴장한 기색으로 다가와 조심스레 물었다.

"몇 가지 여쭤봐도 되겠습니까?"

"우리말을 잘하는구나."

"살아남으려고 발버둥 치다 보니 그렇게 되었습니다."

"그래, 무엇이 궁금한가?"

"충성을 바친다고 하면 저흰 무슨 일을 해야 합니까?"

"간단하다. 학생을 가르치면 된다."

"어떤 걸 가르치면 되는 겁니까?"

"각자 잘하는 분야를 가르치면 된다. 넌 서기지?"

"그렇습니다."

"그럼 학생들에게 네덜란드 글과 말을 가르치면 되겠지. 혹시 잉글랜드나 에스파냐, 프랑스 쪽의 글과 말도 할 줄 아나?"

하멜은 부유한 집안 자제다. 거기다 네덜란드는 종교 개혁 때문에 유럽인이 모이는 곳이다.

네덜란드인이라면 언어 두세 개는 기본이다.

하멜은 뭔가 본인의 능력을 어필하고 싶었나 보다.

"잉글랜드, 에스파냐, 프랑스 말을 모두 할 줄 압니다."

"잘됐네. 그럼 그 나라 말과 글도 가르쳐라."

하멜은 한참을 망설이고 나서야 물었다.

"5년 뒤에 저희를 보내 준다는 증명서를 주실 수 있겠습니까?"

"문제없다."

하멜은 몇 가지 질문을 더 던졌다.

어디서 일하게 되는지, 가족과 같이 살 수는 있는지 등이었다.

난 대충 대답해 주고 나서 하멜을 돌려보냈다.

"조선 백성들은 인정을 중요시한다. 당연히 그런 백성들을 통치히는 괴인 역시 인정을 중요시 어기고. 하어 항해 중에 태풍이란 불행한 사고를 겪어 조선에 표류한 너희 네덜란드 동인도회사 선원에게 한없는 자비를 베풀 생각이다!"

"……"

"너희 앞에 좀 전에 머리 큰 놈이 그은 선이 있다!"

그 말에 선원, 금군 할 거 없이 전부 왕두석을 보았다.

왕두석은 고개를 돌리며 속삭였다.

"전하, 제발 그 머리 크다는 얘기는 좀……."

"어허, 이놈이! 과인은 지금 국가 중대사를 논하고 있느니라!"

찔끔한 왕두석이 얼른 고개를 반대편으로 돌렸다.

귀 뒤 근육이 꿈틀거리는 게 입이 댓 발 나왔나 보네.

아무튼.

"그 선 왼쪽으로 이동하면 지금까지 살던 대로 살겠단 뜻으로 받아들이겠다. 5년 후엔 보내 줄 테지만 너희 중에 얼마나 살아남을 수 있을지는 나도 모르겠다. 반대로 그 선 오른쪽으로 이동하면 과인에게 충성을 바치겠다는 표시로 알고 5년 후엔 반드시 거금을 들고 고향으로 돌아갈 수 있게 해 주마."

선원들은 왼쪽으로 고개를 돌렸다.

왼쪽을 선택하면 지금처럼 지내다가 돌아갈 수 있다고 한다.

대신, 5년 동안 지금처럼 각자도생해야 한다.

선원들은 이내 오른쪽으로 고개를 돌렸다.

오른쪽으로 가면 5년 동안 왕이 시키는 일을 하면서 월급도 받고 조선 정부의 보호도 받을 수 있다.

언제 왔는지 궁녀들이 오른쪽에 있는 식탁에 진수성찬을 차려 놓았다.

그때, 선원 한 명이 갑자기 움직였다.

바로 요리사 얀 클라슨이다.

그는 동료들에게 뭐라 소리치고 나서 오른쪽으로 걸어갔다.

즉시, 궁녀가 얀 클라슨을 자리에 앉히더니 음식을 먹여 주었다.

얀 클라슨은 꽤 굶주린 모양이었다.

그야말로 걸신들린 사람처럼 접시를 비워 갔다.

얀 클라슨이 첫발을 내딛으면서 하나둘 오른쪽으로 이동했다.

그들도 자리에 앉기 무섭게 클라슨처럼 미친 듯이 먹어 댔다.

몇 명은 끝까지 고민하다가 결국 오른쪽으로 걸어갔다.

난 박연을 불러 지시했다.

"박 이사는 가서 저들의 특기를 파악해 오게."

박연은 우리말과 네덜란드어를 능숙하게 쓰며 정보를 모았다.

그도 통역관을 처음 맡았을 땐 지금 같지 않았다.

하멜 일행이 처음 왔을 때만 해도 말을 다 까먹은 상태였다.

오히려 하멜 등에게 배우고 나서야 실력을 회복했다고 한다.

당시의 박연, 즉 얀 벨테브레이에겐 그럴 만한 사정이 있었다.

그는 1627년에 식수를 구하러 제주에 왔다가 붙잡혔다.

지금이 1659년이니 30년이 훌쩍 넘는 세월이다.

모국어를 쓰지 않고 몇십 년을 산 셈이다.

나라도 우리말을 까먹을 것 같다.

처음엔 박연 말고 붙잡힌 네덜란드 선원이 두 명 더 있었다.

불행히도 그들은 병자호란 때 전사했다고 한다.

잠시 애도를.

선원들이 배를 두둑이 채웠을 무렵.

박연이 조사한 내용을 종이에 적어 가져왔다.

오, 글도 또박또박 잘 쓰네.

난 재빨리 훑어보았다.

옛날에 읽은 하멜 표류기 내용이 속속 기억났다.

그 순간. 생각지도 못한 잭팟이 터졌다. 그것도 두 개나!

"오오오!"

박연이 놀라 물었다.

"왜 그러시옵니까?"

"요스 그로트와 프레데릭 카시니 선원을 데려오게."

박연은 시키는 대로 선원 두 명을 데려왔다.

한 명은 전형적인 네덜란드인이었다.

엄청난 키와 체격을 자랑했고 수염과 머리카락은 전부 붉었다. 또, 털이 많아 맨살이 잘 안 보일 정도였다.

오우, 바야바인 줄 알았네.

다른 한 명은 짙은 피부에 머리카락이 갈색이었다.

네덜란드보다는 이베리아나 이탈리아반도 사람 같았다.

난 먼저 바야바에게 물었다.

"네가 프레데릭 카시니인가?"

바야바가 알아듣고 고개를 저었다.

"난 그로트다."

어쭈, 이게 왕한테 반말해?

잠깐 화가 났으나 외국인임을 깨닫고 쓴웃음을 지었다.

나도 이제 왕에 완전 빙의한 모양이네.

반말 좀 들었다고 화가 나다니. 무슨 사패도 아니고.

"그럼 네가 요스 그로트란 말이야?"

"맞다. 내가 그로트다."

아이엠 그루트도 아니고 고만해 인마.

"여기에 적혀 있기로는 네가 네덜란드 최고의 공방에서 진자시계를 만들었다는데 그 두꺼운 손가락으로 그게 가능해?"

그루트, 아니 그로트가 털이 북슬북슬한 손을 흔들었다.

"시계는 손가락이 아니라, 마음으로 만드는 거다."

그게 무슨 개소리지?

"좀 더 알아듣게 말해 봐."

그로트가 답답한 듯 자기네 나라 언어로 말했다.

박연이 재빨리 통역했다.

"시계같이 복잡한 제품을 만들려면 섬세해야 한다고 하옵니다. 근데 그 섬세함은 작은 손가락에서 나오는 게 아니라, 뛰어난 두뇌와 끈질긴 성격에서 나오는 거라고 하옵니다."

"일단, 말은 그럴듯하네. 넌 잠시 대기."

난 이어 라틴계 선원에게 물었다.

"그럼 네가 프레데릭 카시니겠지?"

카시니는 아예 말을 알아듣지 못해 박연의 통역이 필요했다.

"맞다고 하옵니다."

"그럼 동인도회사 조선소에서 캐논을 만든 적 있냐고 물어봐."

"캐논, 컬버린, 팔코넷 다 만들었다고 하옵니다."

"오오, 이건 굴러 들어온 호박 수준이 아닌데. 너도 잠시 대기."

난 다시 그로트에게 물었다.

"그런 기술을 갖고 있으면서 왜 동인도회사에서 일하는 거지?"

"사람을 때렸다. 사람이 죽었다. 감옥 싫다. 회사로 도망쳤다."

흠, 그 끈질긴 성격과 뛰어난 두뇌로 사람을 패 죽였나 보군.

하긴 저런 주먹에 맞으면 한 방에 골로 가겠지.

이번엔 카시니에게 물었다.

"조선소 대포 주조 기술자면 돈을 많이 받았을 텐데 암스테르담이나 로테르담 같은 데 있지 않고 왜 여기로 온 거지?"

박연은 날 힐끔 보았다.

내가 네덜란드 지명을 아는 게 신기한 모양이네.

더 신기한 거 하나 알려 줄까? 난 21세기 사람이라고!

그것도 공부 좀 한 21세기 사람.

네덜란드 그 조그만 나라가 수출이 폭발한 이유는 간단하지.

항구로 쓸 만한 도시가 많으니까.

대영 제국, 에스파냐 제국과 맞다이를 깐 저력도 항구에 있다.

당연히 항구에는 조선소, 배 수리 센터가 많기 마련이고.

카시니가 한 대답을 박연이 통역했다.

"원래는 많은 돈을 받고 바타비아 수리소에서 함포 수리하는 일을 맡기로 회사와 계약했는데 나가사키 데지마에 정박 중인 범선에 문제가 생겨 출장 가는 중이었다고 하옵니다."

이렇게 운빨이 터지는군.

좋아! 배불리 먹였으니 이제 부려 먹어야지.

"박 이사, 선원들을 모아 오게."

"예, 전하."

포만감에 허덕이던 선원들이 다시 춘당대 앞에 모였다.

"지금부터 호명하는 인원은 한쪽으로 모여라! 헨드릭 하멜, 얀 클라슨, 마테우스 에보켄, 요스 그로트, 프레데릭 카시니."

호명받은 다섯 명은 눈치를 보다가 한쪽으로 모였다.

난 고개를 끄덕이고 나서 명령했다.

"남은 선원들은 도성에서 여독을 풀다가 제물포로 이동한다. 제물포에 가면 5년 동안 거주할 집과 너희들이 가르칠 학생이 숙식하는 학교가 준비되어 있다. 너희들은 거기서 항해술, 포술 등 범선 항해에 필요한 기술을 가르쳐라. 학생들의 성적이 좋으면 월급에 가욋돈을 얹어 지급할 계획이다."

선원들이 웅성거리든 말든 무시하고 하멜 쪽으로 걸어갔다.

"너희 다섯 명은 도성에 남아 과인을 보좌한다. 헨드릭 하멜, 넌 학생들에게 외국의 말과 지형과 같은 항해에 필수적인 지식을 가르쳐라. 그리고 선의 에보켄은 내의원에서 우리 어의들과 협력해 동서양의 의학을 접목하는 데 힘써라."

내 신호를 본 선전관이 득달같이 달려와 두 사람을 데려갔다.

반항이나 저항은 용납하지 않겠딘 딘호한 대도었다.

이어 요스 그로트와 프레데릭 카시니 두 명을 지목했다.

"그로트, 넌 이제부터 선공감 관원이다. 거기 가서 만대, 순구 두 사람에게 시계 만드는 법을 가르쳐라. 아마 쇳물을 만드는 기본적인 방법부터 가르쳐야 할 거다. 그리고 카시니,

너는 군기시 장인들에게 함포 만드는 방법을 가르쳐라."

그 즉시, 선전관 두 명이 달려와 그 두 사람을 데려갔다.

이제 남은 선원은 배가 나온 인상 좋은 네덜란드 아저씨였다.

"얀 클라슨?"

클라슨은 제법 예를 갖춰 대답했다.

"예, 전하."

"그대는 지금부터 과인의 전담 요리사다."

"예?"

"과인을 위해 음식 좀 만들어 와. 나도 스테이크 좀 썰어 보자고."

곧 내관이 나와 그를 수라간으로 데려갔다.

어차피 대령숙수는 다 아저씨다.

거기에 클라슨을 끼얹어도 별문제 없다.

따당!

메인 퀘스트 3

지구는 넓다!

-유저는 지구에 존재하는 수많은 국가 중 하나를 통치하는 왕에 불과합니다. 시야를 넓혀 타국과의 교류에 힘쓰십시오.

클리어 유무: 클리어

보상: 외교 스탯 개방 및 지도 개방

메인 퀘스트는 오랜만이네.

외교 스탯 개방이라고?

조선 (+93,899)

레벨: 1

정치: 48(↑3) 경제: 16(↓1) 국방: 39(↑1) 외교: 21

우선 조선의 수명이 길어진 게 마음에 드는군.

뻘짓하고 있진 않단 의미니까.

정치야 뭐 그렇고 경제가 떨어진 게 마음에 걸리네.

뭐 차차 나아지겠지.

그리고 지도 개방이라?

속으로 지도를 외쳐 보았다.

그 순간.

스르륵!

눈앞에 점 하나가 들어왔다.

뭐야? 이게 지도야?

점밖에 없는데.

흠, 가만, 이게 지도라 이거지.

난 태블릿을 쓰듯 손가락으로 짐을 찍어 확대했다.

역시 예상대로네.

확대하는 순간. 점이 커져 창덕궁으로 변했다.

크기를 좀 더 키워 보았다.

도성을 넘어 한강이 모습을 드러냈다.

좀 더 늘려 보았지만, 한강이 한계였다.

더는 늘어나지 않았다.

이건 내가 직접 걸어서 넓혀야 하는 거야?

아니면 게임처럼 영향이 미치는 범위가 늘면 넓어지는 거야?

아무튼 없는 것보단 낫겠지.

한창 지도를 살펴보고 있는데 왕두석이 다가와 귓속말하였다.

"전하, 이상립 장군이 말한 무승이 왔사옵니다."

귀에 뜨거운 김이 느껴지니 기분이 영 그랬다.

미녀라면 또 몰라도 머리 큰 사내놈이 그러니 소름만 끼친다.

난 귓구멍을 후벼 파며 경고했다.

"인마, 너 남자 좋아해?"

왕두석이 황당하단 표정으로 반격했다.

"장, 장가도 안 간 놈에게 그게 무슨 말씀이시옵니까?"

"그런데 왜 귀에 바람을 불어 넣고 지랄이야?"

"궁에 승려가 들어왔는데 당연히 조용히 해야지요."

"그건 맞네. 그래, 취규정으로 가자."

난 곧장 후원 취규정으로 향했다.

서유럽회사의 한 축을 맡을 자들이라 소홀할 수 없었다.

19장. 과인과 거래를 하나 합시다.

취규정 앞에 두 사람이 서 있었다.

한 명은 이상립이었다.

다른 한 명은 등빨이 죽이는 처음 보는 내관이었다.

내관은 등과 어깨가 떡 벌어져 헬스클럽 죽돌이처럼 보였다.

물론, 그럴 린 없다.

저런 어깨를 태평양 어깨라고 하던가?

아무튼.

취규정으로 들어서는 나를 본 이상립이 군례를 취했고.

내관은 머리에 쓴 관모를 벗으며 불호를 외웠다.

난 나보다 머리 두 개가 더 있는 내관을 올려다보았다.

"그대가 일양이오?"

"예, 전하."

울림통이 커서 그런가, 목소리도 쩌렁쩌렁하네.

"계속 올려다보다간 과인의 목이 부러지겠어."

"황송하옵니다."

일양은 흙바닥에 가부좌했다.

나도 땅에 주저앉아 앉아 취조를, 아니 질문을 던졌다.

"내가 대사를 왜 불렀는지 아시오?"

"모르옵니다."

"강도질은 못 하겠구려."

"무슨 말씀이신지 모르겠사옵니다."

"목소리가 커서 복면을 써도 누군지 다 알겠단 말이오."

볕에 탄 새까만 승려의 얼굴이 약간 붉어졌다.

"황송하옵니다. 태어나길 이리 태어난지라, 방법이 없사옵
니다."

"우리 거래를 하나 합시다."

"거래 말이옵니까?"

"그렇소."

"어떤 거래이옵니까?"

기다려 봐.

일단, 분위기를 업시키기 위해 썰부터 좀 풀자.

"예로부터 한반도 승려들은 나라를 지키는 데 앞장섰소.
멀리는 신라 화랑도의 뿌리가 된 호국불교가 있고, 가까이는

임진왜란 때 분연히 떨쳐 일어난 서산, 사명 두 대사가 있소."

"나무아미타불."

"맨날 구박만 해 대는 유학자들의 우두머리로서 염치없지만,
또 한 번 나라를 위해 불교가 나서 달라는 부탁을 해야겠소."

"오랑캐가 또 쳐들어오는 것이옵니까?"

난 한 차례 손을 젓고 손가락으로 어디론가를 가리켰다.

"오랑캐 따위야 별거 아니오. 과인이 무서워하는 건 저거요."

나를 제외한 세 사람의 시선이 곧장 하늘로 향했다.

고개를 내린 일양이 의아해하며 물었다.

"하늘이 문제란 말이옵니까?"

"정확히 말하면 날씨가 문제지."

"날씨……, 말이옵니까?"

"그렇소. 춥고 덥고 비 오고 눈 오고 하는 날씨."

"홍수나 가뭄에 대비하시려는 것이옵니까?"

"아니, 날이 점점 추워져 문제요. 대사는 산에 살아서 잘 모
를 거요. 산속이야 맨날 추우니 올해는 더 춥구나 정도겠지."

"확실히 유달리 요 몇 년은 전보다 춥긴 했사옵니다."

"증거도 명확하오. 서리가 오는 시기가 점점 빨라지고 있소."

"……."

"사람이야 추우면 옷을 더 껴입고 불도 더 때면 되오. 물론,
산에 사는 승려나 옷을 살 형편이 안 되는 이들은 많이 죽겠
지. 하지만 조선 전체로 보면 그리 큰 타격은 아니오."

문제는 논과 밭에 자라는 곡식이다.

사람처럼 옷을 입힐 수도 없고 때서 따뜻하게 해 줄 수도 없는 노릇이니까.

"곡식이 서리를 맞아서 다 죽었다고 상상해 보시오. 세상이 어찌 될 것 같소? 임진왜란과 병자호란은 애들 장난 같을 거요. 적게는 수십만에서, 많게는 수백만 백성이 굶어 죽겠지."

"……"

"불교에 아비지옥이란 게 있을 거요. 몇 년 후에는 그 아비지옥이 지옥이 아니라, 이 조선에서 벌어진단 뜻이오. 부모가 자기 자식을 잡아먹을 수 없어 옆집이랑 바꿔 잡아먹게 될 거요. 남편은 곡식 한 줌을 위해 마누라의 몸을 부자에게 팔게 될 거요. 그게 지옥이 아니면 어디가 지옥이겠소?"

"나무아미타불 관세음보살."

눈을 내리깔고 합장한 일양이 물었다.

"전하께서 불가에서 말하는 육신통 중에 천안통을 타고나신 게 아니라면 지금까지 하신 말씀 전부 예측이지 않사옵니까?"

하, 답답하네.

내가 그 천안통을 타고났다니까.

물론, 눈이 좋은 게 아니라 미래를 아는 거지만.

뭐 어차피 알아들을 거라고 기대하지도 않았다.

난 고개를 절레절레 저었다.

"좋소. 그럼 처음으로 돌아갑시다. 과인과 거래를 하나 합시다."

"무슨 거래이옵니까?"

"똑똑하고 불심 깊은 무승 100명을 모아 보내시오. 그럼 그 대가로 10년 후에 과인이 불교를 직접 국교 중 하나로 삼겠소."

내 말이 끝나는 순간.

내내 침착하던 일양은 숨을 들이켰고.

옆에서 조용히 듣던 이상립과 왕두석은 경기했다.

염주를 돌리며 빠르게 불호를 외던 일양이 물었다.

"그게 가능한 일이옵니까? 이 조선에서 말이옵니다."

"무승 100명을 보내 주면 가능하오."

"옥새가 찍힌 문서로서 보장해 달라고 하면 해 주시겠사옵니까?"

"절대 불가."

"그럼 전하의 약속만 믿어야 하는 상황이군요."

"어떻게 할 거요?"

"이런 엄청난 일을 소승 혼자선 결정할 수 없사옵니다."

"그럴 거요. 가서 불가의 큰 스님들을 모아 의논하시오. 단, 너무 늦으면 안 되오. 그럼 시기를 놓쳐 죽도 밥도 안 되니."

"이른 시일에 결론 내겠사옵니다."

"그리고 과인이 한 말이 조금이라도 흘러나가는 날엔 다 끝나는 거요. 아마 조정과 산림에서 과인을 가만두지 않을 테니."

"250여 년 만에 처음 찾아온 기회이옵니다. 서툴게 다뤄 판이 깨지는 상황은 저희도 원치 않사옵니다. 걱정 마시옵소서."

일양은 다시 관모를 쓰고 이상립과 돌아갔다.

"휴."

한숨을 내쉰 난 취규정 마루에 앉아 생각을 정리했다.

달리는 말에 올라탄 셈이구나.

아니, 지금 상황은 호랑이에 더 가깝겠지.

이제부턴 내릴 수가 없다.

오로지 앞만 보고 미친 듯이 달릴 뿐이다.

무승 100명이 오면 바로 서유럽회사에 보낼 생각이었다.

조선에서 글을 아는 이는 귀하다.

더욱이 글을 아는 이 중에 유학과 관련 없는 이는 더 귀하다.

다행히 조선에는 글을 알면서 유학과 관련 없는 부류가 있다.

바로 승려다.

지금은 비 맞은 중 신세지만 고려 때는 세가 무지하게 컸다.

가히 나라가 밀어주는 국교의 위세였다.

뭐 그만큼 우라지게 부패하기도 했지만.

어쨌든 승려를 택한 이유는 그뿐만이 아니다.

그들은 몸이 튼튼하다.

산에서 자급자족하며 살다 보니 튼튼할 수밖에 없다.

튼튼하지 못한 승려는 일찌감치 다 죽었을 테니까.

또, 짐승과 산적이 라이벌이라서 무예를 익히는 승려도 많다.

서유럽회사로선 꼭 영입해야 하는 인재들이다.

아, 한 가지 까먹었다.

마지막으로 그들은 불심이 깊단 점을 간과해선 안 된다.

어려운 일이 닥쳤을 때, 누군가는 도망치고 누군가는 포기한다.

물론, 모든 이가 그런 건 아니다.

고난과 역경 속에서 쉽게 물러서지 않는 자들도 있다.

바로 신심이 깊은 종교인이다.

더욱이 주류에게 박해받는 종교인이야 두말할 필요가 없다.

그들은 불경을 든 바바리안이나 다름없다.

난 종교인의 신심을 이용한 수단을 쓰는 데 죄책감이 없었다.

정당한 대가를 내걸고 거래를 제시했다.

그 거래를 받아들일지 말지는 오로지 그들의 몫이다.

한참 골똘히 생각하는데 왕두석이 조용히 물었다.

"전하, 아까 하신 말씀이 정말이옵니까?"

"뭐?"

"조선이 아비지옥이 될 거라는 말씀 말이옵니다."

"그럼 사실이지. 계속 추워질 거야. 앞으로 몇십 년 동안 계속."

"그럼 우, 우린 어떻게 해야 하는 것이옵니까?"

"방법을 찾아봐야지. 되든 안 되든 시도는 해 봐야지 않겠어?"

왕두석이 갑자기 한쪽 무릎을 꿇고 군례를 올렸다.

"소관이 충심을 바쳐 전하를 보필하겠나이다! 부디 조선 팔도의 백성들을 아비지옥에서 꺼내 주시옵소서! 그렇게만 해 주신다면 소관은 기꺼이 이 목숨이라도 내놓을 수 있사옵니다!"

"뭐야? 그럼 지금까진 충심을 바치지 않았단 거네?"

"그, 그게 아니옵고."

"넌 맨날 '아니옵고'라고 하더라. 됐어, 인마. 너까지 심각해질 필욘 없어. 넌 지금처럼 옆에서 과인을 도와주면 된다."

"예, 전하!"

"그보다 전에 찾아보라던 사람들은 어떻게 됐어?"

"항왜와 향화인 후손 말이옵니까?"

"그래."

"지방에서 올라오는 중이라 들었사옵니다."

"유형원은?"

"그게 저……."

"왜? 집에 없대? 가출한 거야?"

"전하께서 찾으신단 소문을 듣기도 전에 외유를 나갔다고
하옵니다."

"집에 얌전히 있을 일이지, 외유는 왜 나가? 하여튼 백수들
은 이래서 문제라니까. 강제로 잡아 오라고 해."

"담당 관아에 전하겠사옵니다."

"온 김에 운동이나 하고 들어가자."

난 취규정에 보관하던 운동복과 신발을 착용하고 무예를
훈련했다.

대련 상대는 당연히 왕두석이었다.

처음에는 왕두석이 날 갖고 놀았지만, 지금은 아니다.

적어도 갖고 놀지 못하게 할 정도는 된다.

무예를 수련하고 나선 옥류천을 따라 뛰었다.

전처럼 도형 문자가 있을까 봐 뛰면서 주변을 수색했다.

물론, 눈을 까뒤집고 찾아봐도 다른 도형 문자는 없었다.

그렇게 쉽게 찾을 수 있는 거였으면 SSS가 아니겠지.

땀을 내고 나선 관우정에서 샤워하고 희정당으로 돌아갔다.

저녁은 낮에 말한 대로 클라슨이 만든 스테이크였다.

아직 버터와 포도주가 없어 맛은 좀 아쉬웠지만 이게 어딘가.

육즙 한 방울 남기지 않고 깨끗이 먹어 치웠다.

탈상하기도 전에 고기 먹는다고 뭐라 지적하는 인간은 없었다.

사람들 머릿속에 박힌 이 몸 주인 이미지가 하도 병약해 오히려 주변에서 먼저 고기 좀 자주 먹으라고 권할 정도다.

난 임금용 이쑤시개로 이를 쑤시며 상선에게 물었다.

"화란에서 온 선원들은 어찌 지내고 있소?"

"호의호식하며 지내고 있사옵니다."

"어디에 묵고 있소?"

"급한 대로 육조거리에 있는 빈 관아에 머무르게 하였사옵니다."

"떠나기 전까지 상선이 과인 대신 잘 좀 보살펴 주시오."

"그럴 것이옵니다."

저녁에는 윗전께 문안 인사 올리고 점호받고 상소를 읽었다.

왕두식이 촛농으로 봉한 문서를 올렸다.

"전하, 삼도수군통제사 이여발이 올린 장계이옵니다."

"오, 이리 다오."

난 급히 봉인을 뜯고 장계를 읽었다.

"그래, 이여발 장군이 시킨 대로 잘했군."

왕두석이 다른 상소를 건네며 물었다.

"수군을 제물포로 보내는 일 말이옵니까?"

"그래, 일전에 파발마를 띄워 정예 수군 300명을 선발해 제물포로 보내라고 했었다. 방금 장계는 그 일을 성공리에 마쳤다는 보고지. 이로써 서유럽회사를 구성하는 퍼즐 일곱 개 중세 개가 모인 셈이군. 나머지 네 개도 곧 모일 테고. 훈련도감에 선전관을 보내 이완 장군에게 서두르라 전해라."

"예, 전하."

왕두석은 내가 흥분해 있다는 걸 직감적으로 느낀 모양이었다.

곧장 나가서 이완 장군에게 선전관을 파견했다.

며칠 후.

좋은 소식이 연달아 찾아왔다.

우선 이완 장군이 훈련도감 정예 100명을 선발해 데려왔다.

이완이 예의 우렁찬 목소리로 젊은 갑사 하나를 소개했다.

"하하하, 전하! 최립이라는 아인데 소장이 군문에 들고 나서 본 갑사 중에 실력이 단연코 가장 뛰어난 아이이옵니다. 무엇보다 성격이 아주 침착해 일을 그르치는 법이 없나이다."

"오, 큰일을 맡길 만한 재목이라 이거요?"

"그렇나이다."

난 최립을 가까이 불러 살폈다.

잠시 살펴본 감상을 늘어놓자면.

이게 영화라면 주인공은 내가 아니라 얘였을 거다.

키도 크고 얼굴은 드럽게 잘생겼다.

늘씬한 팔다리에 훌륭한 비율, 이목구비까지 조각같이 완벽하다.

지금이 21세기였다면 연예 기획사에서 몽땅 달려들겠어.

예전엔 복스러운 게 이쁘다고 했던가?

여기 와서 느낀 건데, 그거 다 개소리다.

사실 미추의 기준은 별로 다르지 않았다.

이 시대에도 잘생기고 예쁘면 수저 색깔이 바뀐다.

"최립이라고?"

"그렇사옵니다, 전하."

목소리도 낮고 묵직한 게 아주 멋지네.

살짝 질투가 날 정도야.

아니, 아주 많이.

하루만이라도 너 같은 얼굴로 살아 봤으면…….

에휴, 이딴 소리 한다고 뭐가 달라질까.

개소린 그만하고 일하자, 일.

"서유럽회사 소속으로 몇 년만 죽도록 고생해라. 그럼 적어도 수십 년 동안은 부귀영화를 누리며 살 수 있다."

"소관은 부귀영화를 바라보고 이빈 일에 자원한 것이 아니옵니다. 전하를 위해 충성을 바칠 수만 있다면 그것으로 족하옵니다."

난 코웃음을 쳤다.

"좀 더 살아 봐라. 그럼 왜 다들 공명을 탐하는지 알게 된다."

이완도 말없이 고개를 끄덕였다.

난 선전관을 불러 훈련도감 정예 100명을 상관으로 보냈다.

상관은 서유럽회사가 얼마 전에 한양에 설치한 본사다.

앞으로 거기서 할 일이 많아 처음부터 크게 지었다.

물론, 상관을 처음부터 짓자면 후년에도 완공을 보기 힘들었다.

해서 왕족이 살다가 죽어 비어 있는 사가 몇 채와 내탕금으로 산 양반 저택 몇 채를 합쳐 비즈니스 타운으로 만들었다.

뉴욕엔 월스트리트가 있고.

런던엔 시티 오브 런던이 있다.

난 이 타운을 조선, 아니 세계의 금융 중심지로 만들 계획이다.

물론, 잘됐을 때의 얘기지.

어휴, 아직도 갈 길이 구만리네.

20장. 어허, 이놈 봐라.

그날 오후엔 항왜와 향화인 후손이 도착했다.

서양인은 동아시아인을 구별하기 힘들다고 한다.

당연히 우린 서로 구별이 가능하다.

외국에서 동아시아인을 만나면 중국인인지, 일본인인지 금방 안다.

나도 지금 그렇다.

난 항왜 후손으로 보이는 중년 사내에게 곧장 걸어가 물었다.

"항왜 후손인가?"

아마 임금을 처음 봤을 중년 사내는 떨리는 목소리로 답했다.

"아니옵니다, 전하. 소인은 향화인 후손입니다."

제길, 또 틀렸네.

그새 안면 인식 장애라도 생겼나?

아니면 이들의 혈통이 복잡해 그런 건가?

암튼 미안하군.

"과인이 실수했군. 이름이 뭔가?"

"조온잠이옵니다."

"흐음, 이름이 특이하군."

"그렇사옵니까?"

당연하지.

빨리 말하면 존잼처럼 들리는데.

이름처럼 재밌는 삶을 살았으면 좋겠군.

"증조부나 조부가 귀화한 건가?"

"조부가 명나라 절강병이었사옵니다."

"훌륭한 조부를 두었군."

"소인도 그렇게 생각하옵니다."

"혹시 향화인 후손 중에 중국말을 잘 구사하는 후손이 있는가?"

조온잠이 고개를 끄덕였다.

"조선인과 잘 통혼하지 않은 향화인 마을엔 제법 많사옵니다."

"오, 다행이군. 한 50명쯤 모아 줄 수 있겠는가?"

"그렇게 많이는 없사옵니다. 원체 귀화한 지가 오래된 터라."

"그럼 몇 명이나 있는가?"

"소인을 포함해 서른 명 안팎일 것이옵니다."

"일상 대화 정도라면?"

잠시 생각하던 조온잠이 대답했다.

"그럼 50명은 넘을 것이옵니다."

"그들을 모아 오게. 밥벌이치곤 꽤 괜찮은 직업을 소개해 주지."

"무슨 일인지 여쭈어도 되겠사옵니까?"

"외국과 교역하는 일이다."

조온잠이 눈을 빛내며 물었다.

"교역이라면?"

"그래, 그중에는 명을 무너트린 청나라도 있다."

"바로 모아 오겠사옵니다."

난 이어 항왜 후손을 만났다.

작은 키에 눈매가 매서운 젊은 사내였다.

"그댄 이름이 뭔가?"

"고연내이옵니다."

"응?"

얜 또 이름이 왜 이래?

"조상 중에 누가 귀화한 건가?"

"증조부이옵니다."

"증조부 이름이 뭔가?"

"고효내이옵니다."

"이괄의 난 때 가담했는가? 아니면 맞서 싸운 쪽인가?"

"가담한 쪽이옵니다."

"그럼 그때 전사했거나 처형당했겠군."

"포로로 잡혔다가 참수당했다고 들었사옵니다."

"흐음, 안타까운 일이지. 조선도, 그대들도."

"……."

"그나저나 용케 후손을 남겼군."

"증조모가 기지를 발휘해 조부님을 살렸단 말을 들었사옵니다."

"그래, 조선 여인네는 갈대처럼 아주 억세지."

난 고연내를 자세히 살펴보았다.

다리는 가는데 팔뚝은 두꺼웠다.

손마디도 대나무처럼 툭툭 튀어나와 있었다.

"무예를 익혔나?"

"증조부가 익히던 검술을 수련하고 있사옵니다."

"장하구나. 조상의 검술을 잃어버리지 않고 계속 전승하다니."

"운이 좋았사옵니다."

"왜국 말을 잘하는 사람 50명을 모아 올 수 있겠나?"

"있사옵니다."

"오, 너희들은 검술도, 모국의 말도 잊지 않고 살아가는구나."

"언젠간 쓸데가 있을 듯하여 배웠을 뿐이옵니다."

"쓸데라. 왜국이 또 쳐들어올 것 같으냐?"

"틀림없사옵니다."

"그래, 네 말이 맞겠지. 암튼 서둘러라. 지금은 시간이 금이다."

"예, 전하."

조온잠과 고연내는 바로 동포들을 모으러 고향으로 돌아갔다.

겨우겨우 살아가던 그들 처지에선 내 제안이 반가웠을 테지.

일이 풀리려면 한 번에 풀린다더니 그 말이 맞았다.

그로부터 다시 얼마쯤 지난 어느 날.

일양이 내관 복장을 하고 취규정에 숨어들었다.

"큰스님들이 모두 찬성했사옵니다."

"벌써?"

"승려들이 원체 산을 잘 타옵니다."

"그렇겠지. 삶이 곧 등산인 직업이니."

"……."

"좋소. 그쪽에서도 빨리 100명을 선발해 상관으로 보내시오. 물론, 정예 중의 정예여야 하오. 이번 사업이 실패하면 불교가 세상 밖으로 나올 수 있기까지 몇백 년은 걸릴 거요."

일양이 비장한 표정으로 대답했다.

"걱정 마시옵소서. 큰스님들의 감독을 받아 소승이 직접 선발할 뿐 아니라, 소승도 그중 한 명으로 참가할 예정이옵니다."

"기쁜 소식이군. 아무튼 서두르시오."

"예, 전하."

일양이 돌아가고 나서 난 바로 김석주를 입궁시켰다.

그로부터 얼마 지나지 않아 김석주가 도착했는데.

"전하, 부르심을 받고 소생 김석주 입궐했나이다."

전에도 느꼈지만, 이놈은 진성 또라이였다.

"넌 심익주 얘기를 못 들은 모양이지?"

"들었나이다."

대답하는 김석주의 표정엔 변화가 전혀 없다.

어허, 이놈 봐라.

그걸 알면서도 술 냄새를 풍풍 풍기며 들어와?

목숨을 걸고 간을 보겠다 이거냐?

그게 아니면 나를 길들여 볼 속셈인가?

아무튼 배짱 하난 죽이네.

"근데 감히 술을 처먹고 들어와?"

"그럴 사정이 있었사옵니다."

"무슨 사정인데?"

"전하께서 소인의 인생을 망가트리지 않았사옵니까. 하루라
도 술을 마시지 않곤 견딜 수 없었사옵니다. 용서하시옵소서."

"망가트리는 게 뭔지 제대로 보여 줘?"

"전하, 소생이 한 가지 청을 올려도 되겠사옵니까?"

"무슨 청?"

"전하께서 소생을 정녕 밀수꾼으로 쓰실 요량이라면 소생
또한 진짜 밀수꾼처럼 행동할 수밖에 없사옵니다. 소생이 무
례를 범해도 괜찮겠사옵니까?"

"유생이 아니라 밀수꾼의 심정으로 날 대하겠단 거냐?"

"그렇사옵니다."

"좋다. 그렇게 해라."

김석주의 눈썹이 다시 11자를 그렸다.

"소인도 눈이 있고 귀가 있사옵니다."

"그래서 뭐가 보이고 뭐가 들리는데?"

"전하께서 사람들을 모으고 계신다는 소문을 들었사옵니다. 남쪽에 유배 가 있던 홍모귀들, 훈련도감 정에 병력, 향화인과 항왜 후손들, 모두 이번 일 때문에 모인 것이 아닙니까?"

"그렇다면?"

"이미 판이 너무 커져 깰 수 없단 뜻이옵니다."

"너도 판을 이루는 중요한 조각이다, 이거냐? 그래서 과인이 널 어찌할 수 없고? 하, 넌 토끼한테 간을 팔아먹었구나."

"소인의 간은 이미 술에 담가 먹은 지 오래이옵니다."

"진짜 낙심해서 술을 처마신 건 아닐 테고, 그래, 목적이 뭐냐?"

김석주의 한쪽 입꼬리가 슬며시 올라갔다.

"이왕 망가트린 인생, 그 대가로 소인도 챙기는 게 좀 있어야 하지 않겠사옵니까? 또, 종보다는 마름 쪽이 뒤에서 수수방관하지 않고 제 일처럼 나서서 추진하지 않겠사옵니까?"

"네 몫을 떼어 달라는 거냐?"

"굳이 떼어 주신다면 거절은 안 하겠사옵니다."

"흠, 두석아."

내 부름을 받은 왕두석이 앉은뱅이책상 옆에 무릎을 꿇었다.

"넌 얼른 승정원에 가서 좌승지 좀 데려와라."

"예, 전하."

대답하고 일어서려는 왕두석 귀에 슬쩍 속삭였다.

역시 왕두석은 내 성격을 너무 잘 알았다.

알았다는 눈빛을 보낸 왕두석이 바로 승정원으로 뛰어갔다.

난 그사이 김석주가 해야 할 일을 알려 주었다.

"넌 서유럽회사 영업이사로 발령 날 거다."

"영업이사가 무엇이옵니까?"

"그냥 과인이 시킨 일을 하다 보면 그게 뭔지 알게 될 거다."

"바로 제물포로 가면 되는 것이옵니까?"

"아니다. 먼저 서유럽회사 본사에 가서 헨드릭 하멜의 강의부터 들어야 한다. 네가 제법 똑똑하다고 자부하는 모양인데, 이 조선 밖의 세상은 아주 거칠다. 강의를 통해 대항해 시대가 어떤 건지 감을 잡으면 제물포 지사로 옮겨 갈 거다."

"제물포 지사에선 어떤 일을 해야 하옵니까?"

"당연히 항해 연수를 빡세게 받아야지. 우두머리가 항해에 대해 좀 알아야 아랫것들이 무시하지 않고 따를 게 아니냐."

김석주가 비릿한 웃음을 흘렸다.

"흐흐, 아랫것들 다루는 거야 소인을 따를 자가 없지요."

난 코웃음을 쳤다.

"너무 자신하지 마라. 뱃놈들이 한번 빈정이 상해 회까닥 돌면 너 같은 건 바로 창자를 꺼내 물고기 밥으로 줄 거다."

"전부터 느끼던 건데, 전하께서는 말씀이 상당히 거치시옵니다."

"과인이 부르는데 술 처먹고 들어온 너보다 거칠겠느냐? 딱 관상을 보니 넌 벼슬 말고 왈패짓이나 하는 게 맞겠다."

"소인은 개망나니가 맞사옵니다. 그거까진 부정하지 않겠사옵니다. 하지만 제 조부님은 명재상이시지 않았사옵니까? 어찌 그런 분의 손자가 왈패짓을 하고 다닐 수 있겠사옵니까?"

"넌 그 자랑스러운 할아버지 신주에 매일 절이나 해라. 그 할아버지 없었으면 넌 벌써 주리가 틀려도 두 번은 틀렸다."

김석주와 나름 티키타카를 하며 놀고 있을 때.

왕두석이 좌승지 오정위를 데리고 돌아왔다.

오정위는 김주석을 힐끔 보고 나서 읍을 하였다.

"찾아 계시나이까?"

"과인이 호조에 어명을 내리겠소. 오 승지는 지금부터 과인이 내리는 명을 토씨 하나 빼놓지 말고 모두 받아 적으시오."

"예, 전하."

"아, 언문으로 적으시오. 한자 모르는 이도 알아볼 수 있도록."

"알겠사옵니다."

오정위는 문방사우를 펼쳐 놓고 받아 적을 준비를 하였다.

"서유럽회사는 조선의 18대 국왕 이연이 개인적으로 설립한 회사다. 고로 회사의 모든 지분은 이연 개인에게 있음을 온 천하에 공표하는 바이다. 만일 이연이 사고 또는 병환으로 후계자 없이 사망하면, 지분은 모두 왕실에 귀속된다."

나를 제외한 방 안의 모든 사람이 벙쪘다.

글을 적다가 멈춘 오정위가 머리부터 바짝 조아렸다.

"전하, 무슨 일로 진노하셨는진 모르겠으나 그런 불길한 말씀은 하지 마시옵소서! 혹시라도 부정이 탈까 두렵사옵니다."

"어허, 과인이 방금 어명이라 하지 않았소. 좌승지는 내용이 불길하다 하여 감히 어명을 받잡지 않겠다고 뻗대는 거요?"

한마디로 지금 너 반역하는 거냐고 물은 거다.

오정위의 얼굴이 새하얘졌다.

"그, 그럴 리가 있겠사옵니까."

오정위는 그 자리에서 일필휘지로 종이에 어명을 적어 갔다.

"다 적었사옵니다."

"그럼 어명에 과인의 옥새와 호조판서의 직인을 찍어서 한 천장쯤 작성한 후에 춘추관, 태백산 사고, 정족산 사고, 적상산 사고 등에 봉인토록 하시오. 또, 오늘 일을 승정원일기에 기록하고 사관에게 주어 사초로 남겨 두라고 지시하시오."

"분부 받잡겠사옵니다."

오정위가 서둘러 떠나고 나서 김석주의 눈썹이 일그러졌다.

하하, 이젠 눈썹이 11자가 아니라 ∧꼴이네.

김석주가 콧김을 흥 하고 뿜어냈다.

"전하, 정녕 이러실 것이옵니까?"

"정녕? 지금 감히 정녕이라 했느냐. 이놈이 쓴맛을 덜 봤구만."

난 벌떡 일어나 소리쳤다.

"문을 열어라!"

그 즉시, 깜짝 놀란 나인 두 명이 문을 부술 듯이 열어젖혔다.

움찔한 상선이 얼른 목청을 가다듬고 외쳤다.

"상감마마, 공조참판 김좌명, 청풍부원군 김우명, 두 대감이 상감마마의 급한 부르심을 받고 지금 막 입실했사옵니다."

"뫼시게."

"예, 마마."

상선의 손짓을 본 중년 사내 두 명이 안으로 들어왔다.

그들을 본 김석주가 펄쩍 뛰었다.

"아, 아버님! 숙부님!"

난 그들을 쏘아보며 물었다.

"대체 김씨 집안은 자제들을 어찌 가르치는 거요?"

김좌명과 김우명은 화들짝 놀라 문간 앞에서 바로 엎드렸다.

김좌명이 떨면서 물었다.

"석주가 무슨 잘못을 저질렀사옵니까?"

"선대왕마마와 중전의 상여가 아직 궐을 나서지도 않았는데 중전의 외사촌이란 놈이 술을 퍼먹고 다녀서야 쓰겠소? 아무리 벼슬 없는 생원이라도 이는 도의에 어긋날 것이오."

술을 마셔서 불콰하던 김석주의 얼굴이 지금은 정말 붉어졌다.

어디 쥐구멍이라도 숨고 싶은 모양이네.

아들의 얼굴을 힐끔 본 김좌명이 머리를 깊이 조아렸다.

"황송하옵니다. 신이 따끔하게 혼낼 터이니 부디 이번만 용서하여 주시옵소서. 앞으로 설내 이런 일이 없을 것이옵니다."

김우명도 거들었다.

"외사촌 오라비가 이번 일로 큰 벌을 받는다면 이미 세상을 떠난 중전마마께서도 무척이나 슬퍼할 것이옵니다. 부디 중전마마를 생각하시어 석주를 한 번만 용서해 주시옵소서."

난 못 이기는 척 따랐다.

"알겠소. 두 분 대감이 진심으로 용서를 비니 이번 한 번만 용서하겠소. 세상을 떠난 중전과 두 대감의 아비인 문정공 김 육의 체면을 생각해 내린 결정이오. 가법을 정비하시오."

"성은이 망극하옵니다!"

김석주는 김좌명, 김우명 두 형제에게 붙잡혀 희정당을 나 갔다.

들어올 땐 선불 맞은 멧돼지 같던 놈이 지금은 아주 얌전하네.

홍, 이게 지금 나와 너의 차이다.

깝치지 말고 하라는 일이나 잘해.

노을이 질 무렵.

양 볼에 손자국이 잔뜩 난 김석주가 대궐 밖에서 씩씩댔다.

"아버님과 숙부는 저 귀신 같은 임금에게 속고 있는 겁니다!"

소리친 김석주가 분을 참지 못해 발로 대궐 벽을 걷어찼다.

물론, 결과는 전과 다르지 않았다.

벽은 널쩡하고. 애꿎은 발가락만 드럽게 아팠다.

"아악, 제기랄, 육시랄, 염병할!"

그 순간. 대궐 담 위에 머리 두 개가 삐죽 솟았다.

"거 누군데 내 궐 앞에서 소란을 떠는 거요!"

눈을 굴리던 김석주가 대로 쪽을 삿대질하며 외쳤다.

"아니, 저놈이 또 존귀하신 상감마마가 계시는 대궐에 발길질을 해? 이번에 잡지 못하면 내 성을 최가에서 조가로 바꾼다!"

김석주는 한쪽 다리를 쩔뚝이며 열심히 달려갔고.

그 모습을 지켜보던 금군은 고개를 갸웃거렸다.

금군 한 명이 동료에게 말했다.

"아무래도 저번 그놈 같은데."

"그 미친놈?"

"그래, 지가 발길질하고 지가 욕하며 쫓아가던 미친놈."

"요즘 들어 저런 놈이 부쩍 느는 것 같구만."

"쯧쯧, 하여튼 요즘 것들이란."

금군 두 명은 혀를 끌끌 차며 근무지로 돌아갔다.

한편, 집으로 돌아온 김석주는 술을 몰래 퍼마시고 자다가 그날 늦게 퇴청한 부친과 숙부에게 걸려 피똥 쌀 만큼 맞았다.

김좌명이 개구리처럼 대자로 뻗은 아들을 노려보며 소리쳤다.

"전하께서 똥지게를 지라고 하시면 넌 더러운 똥물을 온몸에 뒤집어쓰는 한이 있더라도 그렇게 해야 한다! 그게 네가 살고 우리 가문이 사는 길이다. 이 아비 말을 알아들었느냐?"

"예, 아버님……."

풀이 잔뜩 죽은 김석주는 다음 날, 서유럽회사 본사를 찾았다.

원치 않는 첫 출근이었다.

왕두석이 상소를 치우며 물었다.

"전하, 오늘 일로 김석주가 전하를 더 경원하지 않겠사옵니까?"

"경원? 너 슬슬 어려운 말도 쓸 줄 안다."

왕두석이 머리를 긁적였다.

"상소를 많이 읽는 바람에 입에 밴 모양이옵니다."

"이럴 때는 경원이 아니라, 좆같다는 표현이 더 맞겠지."

"흠흠."

"왜? 과인은 상스러운 말 좀 쓰면 안 되나?"

"아, 아니옵니다."

"김석주는 분명 좀처럼 보기 힘든 뛰어난 인재임엔 틀림없다. 지금 당장이라도 과거 보면 장원 급제는 떼어 놓은 당상이지. 거기다 배짱도 좋고 생각하는 방식도 남들과 다르고."

"소관도 같은 생각이옵니다. 하오면 그런 인재일수록 더 품에 안아 그가 진심으로 충성을 바치게 이끌어야 하지 않사옵니까?"

"아니, 그와 같은 자는 잘해 주면 오히려 기어오른다. 더욱이 그가 출셋길에서 완전히 멀어졌다고 믿게 할 필요도 있고."

"과거 급제보다 서유럽회사에서 일하는 쪽이 낫단 뜻이옵니까?"

"그는 정치꾼이다. 정치가는 있어도 되지만, 정치꾼은 사절이다. 그런 자들은 비열한 수단만 일삼다 원한만 산다. 그럼 그 후엔 어찌 되는지 아느냐? 그때부턴 말로 해결되지 않는다. 어떻게든 상대의 뿌리를 완전히 뽑으려 드는 거다."

"……."

"더욱이 과인에게 지금 절실히 필요한 인재는 정치가가 아니라 실무에 능숙한 관료다. 김석주는 조정 대신 서유럽회사에서 그 재능을 살리는 게 맞다. 거기서는 적어도 내부가 아닌 외부를 향해 총질하는 쪽이 훨씬 더 많겠지."

나는 보던 상소를 정리하고 자리에서 일어났다.

"지금 바로 대왕대비전에 갈 것이다."

"예, 전하."

듣기론 대왕대비와 왕대비 두 분 마마가 모두 대왕대비전에 계시다고 했다.

굳이 두 번 걸음할 필요 없이 문제를 해결할 기회였다.

난 대왕대비전으로 걸어가며 생각했다.

이제 서유럽회사를 구성하는 퍼즐 일곱 개는 전부 맞춰졌다.

박연, 하멜과 같은 네덜란드 동인도회사 소속 선원들.

수군 정예 300명. 훈련도감 정예 100명. 무승 100명.

중국 말이 가능한 향화인 후손 50명.

왜국 말을 할 줄 아는 항왜 후손 50명.

그리고 내 대리인이 되어 직접 발로 뛰게 될 김석주.

대항해 시대에 필요한 세 가지 중 하나가 완성됐다는 뜻이다.

바로 맨파워, 즉 인적 자원이다.

물론, 넘칠 정도로 충분하진 않다.

시작하는 데 필요한 최소한의 인원만 갖춘 셈이니까.

이는 시간이 해결해 줄 문제.

그렇다면 다음은 남은 두 가지를 채워 넣을 차례다.

범선과 자본금.

이 두 가지는 크게 보면 결국 하나로 귀결된다.

바로 돈이다. 빌어먹을 돈!

범선 비용, 구매 대금, 인건비 등 돈 들어갈 곳 천지다.

그것도 어마어마한 돈이.

조선에 은행이 있었으면 대출이라도 받았겠지만, 현재로선 무리다.

그렇다고 세금을 쓰자니 그건 더더욱 안 될 말이다.

안 그래도 재정이 부족해 국가 시스템이 붕괴 직전이다.

그런 상황에서 세금을 빼다 쓰면 반란, 민란이 일어날 거다.

더군다나 비축한 내탕금은 이미 본사를 만들 때 다 썼다.

돈이 들어갈 데가 천진데 자본금이 벌써 바닥을 드러낸 거다.

결국, 아껴 둔 마지막 수단을 써야 할 때라는 뜻이다.

눈물을 머금고 왕실 재산을 처분하여 비용을 마련하는 것.

난 의관을 정제하고 나서 대왕대비진 섬돌로 올라갔다.

바로 제조상궁이 안에 아뢰었다.

"대왕대비마마, 왕대비마마, 상감마마께서 오셨사옵니다."

"오, 어서 뫼시게."

곧 나인들이 문을 열었고 난 심호흡을 하고 나서 들어갔다.

복도와 문을 지나 두 분 마마 앞에 앉았다.

"오늘은 긴히 드릴 말씀이 있어 찾아뵈었습니다."

왕대비가 대왕대비에게 속삭였다.

"심상치 않은 일인 모양입니다. 오늘따라 용안이 비장하십니다."

"들어 봅시다."

"예, 어마마마."

허락받은 난 바로 찾아온 용건을 설명했다.

"두 분 마마께서도 소자가 사람을 여럿 모아 일을 하나 벌였다는 소문은 이미 들어 아실 겁니다."

왕대비가 호기심을 드러냈다.

"들어 보았습니다. 무슨 회사를 차렸다던데요."

"그렇습니다, 어마마마. 서유럽회사라는 건데 청, 왜국을 비롯해 서방에 있는 여러 나라와 교역하기 위해 세운 회사입니다."

설명을 듣던 대왕대비가 걱정스러운 기색을 내비쳤다.

"회사가 잘 안되는 것이오?"

"시작도 안 했으니 잘되고 말 것도 없지요. 다만, 왕실 내탕금만으론 사업을 제대로 하기가 어렵습니다. 초기 투자 비용이 만만치 않아서요. 해서 도움을 청하고자 찾아온 것입니다."

왕대비가 즉시 핵심을 짚었다.

"주상은 내수사를 동원할 생각이십니까?"

"바로 맞추셨사옵니다. 소자가 내수사를 써야겠습니다."

대왕대비는 할 말을 잃었고.

적극적이던 왕대비도 미간에 주름이 질 만큼 심각해졌다.

당연히 그렇겠지.

지금까지 내수사는 재산이 늘면 늘었지, 준 적은 거의 없다.

아, 연산군 때는 또 모르겠다. 연산군이 사치를 너무 부려 공납 문제가 시작된 게 그쯤이니까.

왕대비가 대왕대비의 눈치를 보며 물었다.

"어마마마는 어찌 생각하십니까?"

"내수사는 왕실이 가진 거의 유일한 재산이오, 왕대비."

"맞습니다. 내수사가 없으면 비빌 언덕이 사라지는 셈이지요. 하지만 그걸 아는 주상이 이리 청을 한다는 건 그만큼 중요한 일이란 뜻일 테지요."

"그래도 마음이 안 놓이오. 선대왕들께서 수백 년 동안 지켜 온 소중한 왕실 재산을 불확실한 사업에 쏟아붓겠다니."

대왕대비의 걱정도 충분히 이해하는 바다.

하지만 지금은 이 방법밖에 없다.

왕대비가 고개를 돌려 이번엔 나에게 물었다.

"서유럽회사가 성공하면 내수사를 대체할 수 있습니까?"

"대체하는 정도가 아닐 겁니다. 아마 할마마마와 어마마마 두 분께 경복궁 열 배쯤 되는 궁궐도 지어 드릴 수 있을 테지요."

"엄청나군요."

대왕대비가 헛기침하며 급히 끼어들었다.

"성공했을 때가 그렇단 것일 거요, 왕대비."

"저도 압니다, 어마마마. 하지만 전 주상을 믿고 싶습니다.

아니, 믿습니다. 주상은 여름에 아프고 나서 아주 듬직해졌습니다. 전처럼 어미 속을 태우던 병약한 세자가 더는 아닙니다. 그러니 어마마마도 주상을 한번 크게 밀어주시지요."

대왕대비는 여전히 걱정을 떨치지 못했다.

"실패하면 우린 어찌하오?"

"설마 굶어 죽기야 하겠습니까."

안절부절못하던 대왕대비도 왕대비의 간청에 결국 넘어갔다.

왕대비가 내 손을 굳게 잡으며 당부했다.

"우리 왕실의 운명을 주상께 맡기겠습니다. 부디 원하는 큰 꿈을 이루시어 왕실과 백성들이 걱정 없이 살게 해 주세요."

난 곧장 두 분 마마에게 큰절을 올렸다.

"소손, 소자 반드시 이번 사업을 성공시키겠습니다."

대왕대비전을 나온 난 바로 내수사 담당 내관을 불렀다.

내수사가 벌이는 사업은 크게 세 가지다.

돈놀이, 소작, 염전.

돈놀이가 뭐냐고? 당연히 사채지.

즉, 왕실이 옛날에는 고리대금업을 했단 거다.

물론 체면이 있어 이자율은 시중보다 싸게 줬다.

소작은 다 아는 그 소작이고.

그럼 돈놀이와 소작 중에 뭐가 더 비중이 크냐고?

압도적으로 소작이다.

돈은 한계가 있지만 땅은 그렇지 않으니까.

왕실은 이 핑계, 저 핑계 대며 토지를 계속 모았다.

너 왜 우리가 빌려준 돈 안 갚아?

왕실이 우습게 보여? 자산 압류!

하, 넌 역적이네? 당연히 노비, 토지 모두 몰수!

오, 여긴 간척해서 땅이 많이 늘어났네.

반 정도 떼어 내서 왕실에 진상하고 나머진 너희들 해라.

그게 지금은 엄청나게 늘어 국가 재정을 흔들 지경이다.

왜 국가 재정이 흔들리냐고? 내수사 토지는 완전 면세다.

어떤 세금도 내지 않는단 뜻이다.

당연히 내수사 토지가 늘수록 재정에 큰 부담을 준다.

임금을 말 잘 듣는 애완견으로 만들고 싶어 하는 관원, 학자들이 걸핏하면 내수사를 걸고넘어지는 게 그러한 이유에서다.

흥, 지들도 세금 잘 안 내면서. 내로남불이 따로 없다.

아니면 똥 묻은 개가 겨 묻은 개 나무라는 식인가?

아무튼 곧 내수사 담당 내관 전수가 도착했다.

역시 예상대로네.

보고만 있어도 총명한 느낌이 드는 중년 내관이 담당이었다.

왕실 곳간을 관리하는 자리인데 고르고 골라 뽑았겠지.

전수는 머리가 핑핑 돌 정도로 똑똑해야 한다.

그리고 무엇보다 왕실에 대한 충성심이 강해야 한다.

전수가 재산을 곶감 빼먹듯 빼먹기 시작하면 왕실이 위험하다.

왕두석이 옆에서 속삭였다.

"내수사를 관리하는 전수 우윤학이옵니다."

난 자리를 권했다.

"앉게."

"황송하옵니다."

"밤늦게 부른 이유는 내수사를 해체하기 위해서네."

"해, 해체라 하셨사옵니까?"

"많이 놀랐을 테지. 아무튼 그렇게 됐네. 지시를 잘 따라 주게."

표정이 몇 번 변한 우윤학은 결국 머리를 조아렸다.

"명이시라면 따르겠사옵니다."

"좋아. 자네가 조선 왕실의 마지막 전수로서 해야 하는 일은 아주 까다롭네. 그러니 가진 능력을 전부 발휘해야 하네."

"맡겨 주시옵소서."

"우선 내수사가 소유한 토지, 농지, 염전을 민간에 팔아 자금을 확보하게. 단, 조건이 하나 있네. 내수사가 여전히 토지, 농지, 염전을 소유한 것처럼 위장하면서 해야 하네. 무척이나 어려운 일이지. 그래도 우 전수 자네라면 할 수 있겠지?"

잠시 고민하던 우윤학이 머리를 다시 조아렸다.

"해 보겠사옵니다."

"과인의 마음에 들게 처리하면 우 전수와 밑에 있는 부하들까지 전부 큰 상을 내림과 동시에 새로운 직장을 알선해 주지."

"내수사가 소유한 노비는 어떻게 하옵니까?"

제길, 그 생각을 못 했네.

내수사는 부리는 노비 숫자도 어마어마하다.

"흠, 노비라······. 재산을 처분할 때 같이 처분하게."

"알겠사옵니다."

우윤학은 돌아갔고.

난 희정당 앞마당을 거닐며 밤하늘을 구경했다.

스모그가 없어 그런 건지, 아니면 조명이 없어 그런 건지 모르겠는데 희정당 뜰에서 보는 밤하늘에 은하수가 선명하다.

별이 쏟아질 것 같은 광경이구나. 기똥차게 아름답네.

생각은 곧 좀 전에 우윤학과 나눈 대화로 돌아갔다.

노비인가?

노비 해방은 안 할 수가 없다.

내가 링컨 같은 위인이라서가 아니라 세금 때문이다.

후기로 갈수록 노비는 엄청나게 늘고 그들은 면세 대상이다.

양반도 세금을 안 내고 노비도 세금을 안 낸다?

그 중간에 끼인 농민이 막대한 세금을 다 부담한단 뜻이다.

그럼 그 빌어먹을 삼정의 문란이 터지는 거다.

하지만 아직은 때가 아니야.

기득권층이 가진 가장 큰 자산은 땅과 노비다.

그중 하나를 넘기라고 하면 반발이 어마어마할 거다.

게다가 당장 노비 해방이 정답도 아니다.

노비 숫자는 계속 늘어 어느새 감당이 안 되는 수준이다.

그들에게 먹고살 방도도 마련해 주지 않은 채로 해방하면 나라가 결딴나게 된다.

더 큰 문제는 국가 운영 시스템에도 문제가 생긴다는 거다.

현재 국가 운영의 많은 부분을 공노비가 담당하고 있다.

그런 공노비에게 월급을 주고 정식으로 고용한다?

세금을 지금보다 몇 배로 거두어도 불가능하다.

지방 하급 관원에겐 월급도 못 줄 만큼 임금 부족을 겪는 상황이다.

중앙 조정도 별반 다르지 않다.

청백리를 하고 싶어 하는 게 아니라, 월급이 적어 하는 거다.

즉, 노비 해방은 지금보다 훨씬 강한 힘과 경제적 기반이 필요하다는 뜻이다.

모든 문제의 해결은 서유럽회사의 성공 여부에 달려 있다는 말이기도 하고.

"빌어먹을, 정화수를 떠 놓고 달님에게 빌고 싶어지는 밤이네."

왕두석은 내 옆에서 말없이 같이 하늘을 올려다보았다.

그래도 옆에 누군가가 있어 전처럼 외롭진 않네.

상선이 슬그머니 담비 털 외투를 가져와 어깨에 걸쳐 주었다.

슬쩍 쳐다보니.

"흠흠, 밤공기가 이젠 제법 춥사옵니다."

그러고 나선 다시 희정당 쪽으로 돌아갔다.

상선은 츤데레네.

겉으론 차가운 도시 할배처럼 무뚝뚝해 보여도 심성은 착해.

앞으론 좀 더 잘해 줘야지.

암튼 흥분되면서도 왠지 쓸쓸한 밤이로구만.

21세기 서울에선 다들 뭐 하고 있을까?

고된 하루를 보내고 돌아와 치킨에 맥주를 먹고 있을까?

아니, 그보다는 내 행동으로 뭔가 바뀐 점이 있을지 궁금하네.

어쩌면 패러럴 월드여서 영향이 전혀 없을지도 모르지.

그것도 아니면 이게 다 폴리곤으로 만든 가상 세계일 수도.

최악은 어느 날 일어나 이렇게 외치는 거지.

아, 시발 다 꿈이었네!

내가 그럴 줄 알았다니까!

지금은 21세기로 돌아가지 못하는 것보다 지금까지 내가
한 노력이 모두 헛짓거리로 판명되는 게 솔직히 더 두렵다.

밤하늘을 푸른빛으로 물들인 보름달을 보며 속으로 외쳤다.

어이, 다들 잘 지내고 있나!

나도 여기서 나름 잘 지내는 중이야!

나를 아는 모든 사람이 건강하고 행복하길 바란다!

아디오스!

내가 사람 하나는 기가 막히게 잘 본다.

나 자신도 킹정하는 부분이다.

왜 이런 소리를 하느냐면.

우윤학이 시킨 일을 귀신같이 처리했기 때문이다.

토지, 농지, 노비, 염전을 팔아 필요한 돈을 가져왔다.

그 많은 자산이 다 팔리다니.

나라는 가난해도 부자는 많다더니 딱 그 짝이네.

사실 처분하는 쪽은 별로 어렵지 않았다.

진짜 어려운 부분은 이를 몰래 해야 한단 거였다.

우윤학은 이 부분을 완벽하게 해내 나를 흡족하게 했다.

난 개새끼지, 양아치는 아니었다.

약속대로 내수사 내관들을 서유럽회사에 취업시켰다.

특히 뛰어난 활약을 선보인 우윤학은 재무이사로 발령했다.

저 정도 금전 감각이면 재무이사를 시켜도 잘하겠지.

서유럽회사 일로 한창 바쁜 와중에 왕두석이 다가왔다.

"전하, 유형원을 잡아, 아니 데려왔사옵니다."

"오, 데려와라."

유형원은 나이 든 대나무를 닮은 아저씨였다.

앙상한 몸에 광대뼈가 툭 나와 있어 강퍅해 보였다.

난 자리를 권하며 슬쩍 건드려 보았다.

"하하, 얼굴 보기가 참으로 힘든 사람이군."

읍을 하고 앉은 유형원이 바로 카운터를 날렸다.

"팔도 유람이 소생의 유일한 취미라 찾기 어려우셨을 것이
옵니다."

"올라오는데 고생스럽진 않았소?"

"갑사들이 옆을 떠나지 않고 계속 챙겨 줘 편했사옵니다."

감시당하는 것 같아 불편했다는 말이군.

변화구가 잘 안 먹히는 사람이네.

직구로 가자.

"내 그대가 연구한 주제 중에서 특히 균전론에 관심이 많소.
과인에게 균전론이 정확히 어떤 정책인지 설명해 주겠소?"

"균전, 즉 조선 전체의 농지를 일정한 면적으로 나누어 백
성에게 분배하잔 것이 소생이 주장하는 균전론의 핵심이옵

니다."

"농지를 쪼개 나누어 주기 위해선 먼저 나라가 조선 전체의 농지를 소유해야 하는데 기존 소유자가 반발하지 않겠소?"

유형원은 뭘 그런 걸 묻느냐는 표정으로 대꾸했다.

"당연히 반발할 것이옵니다. 하오나 균전론을 실행하지 않고선 조선이 직면한 문제를 절대 해결할 수 없을 것이옵니다."

"반발하면 강제로라도 빼앗아 오란 뜻이오?"

"그렇사옵니다."

"그럼 균전론이 가진 가장 큰 장점은 무엇이오?"

"농지를 가진 모든 백성이 조정에 세금을 바치는 것이옵니다."

"확실히 세금은 지금보단 훨씬 많이 걷히겠군."

"몇 배 정도로 그치지 않을 것이옵니다."

"시행하면 모든 백성이 똑같은 면적의 농지를 불하받는 거요?"

"아니옵니다. 어찌 나라에 도움이 전혀 안 되는 자들에게까지 농지를 나누어 주어 피 같은 자산을 낭비하겠사옵니까?"

"그럼 어떤 식으로 나누어야 하오?"

"관리는 농민보다 더 많이 받고 상인은 농민보다 덜 받는 게 이치에 맞사옵니다. 또 중, 무당처럼 미신을 숭배하는 자들과 농지를 경작할 힘이 없는 아녀자를 제외해야 하옵니다."

"그럼 남편이 죽은 여자는 어떻게 해야 하오?"

"재취하든지, 아니면 다른 살 방도를 구해야겠지요."

"관리는 대부분 양반이잖소. 결국 양반만 혜택 보는 게 아니오?"

"관리는 나라를 경영하는 자들이옵니다. 당연히 일반 농민과는 다를 수밖에 없지요. 대신, 소작을 주지 못하게 법으로 엄금하면 지금처럼 지주가 난립하는 일은 없을 것이옵니다."

아쉬운 점이 몇 군데 있지만 확실히 매력적인 정책이다.

하긴 17세기에 완벽한 개혁이란 있을 수 없겠지.

아무튼 이 시기에 양반이 이런 정책을 주장한 것만도 대단해.

중국의 정전제를 변형한 거라지만 그래도 쉽지 않은 일이지.

이제 직구에 익숙해진 듯하니 변화구를 다시 던져 보자.

"균전론을 하는 데 있어 가장 중요한 사안은 뭐요?"

"철저하고 완벽한 양전이옵니다. 우선 양전이 완벽해야 누군 덜 받고 누군 더 받는 불상사가 생기지 않을 것이옵니다."

됐다!

유형원이 변화구에 속아 양전을 먼저 거론했다.

이젠 공을 보더라인에 던져 아웃카운트를 늘려 나가자.

"조선 팔도 전체를 양전하려면 관원 수백이 몇 년 동안 그 일에만 매달려 조사해야 하잖소. 조정에 그럴 여력이 있소?"

"임란 이후 수차례에 걸쳐 양전을 행한 전례가 있사옵니다. 또 한 번 한다고 조정의 기능이 마비되진 않을 것이옵니다."

"그래도 부담이 되는 긴 엄연한 사실이잖소. 최근에는 팔도 전체를 양전한 적이 없는 게 그 증거지. 선대왕 땐 고작해야 삼남을 양전하는 정도였고. 더구나 정확하지도 않아 양전이 한번 끝나면 송사가 몇 년 동안 이어진다고 들었소."

"부담된다면 기한을 충분히 가지고 하시옵소서."

"대동법은 몇십 년이 지났어도 제대로 시행되지 않고 있소. 아마 균전론은 저항이 훨씬 심할 테지. 몇 배는 더 걸리겠네."

"……."

"어쩌면 영원히 불가능할지도 모르고. 과인은 이런 큰 사업은 단숨에 해치워야 성공할 가능성이 그나마 있다고 보는데."

유형원이 뜻이 통하는 이를 만난 듯한 표정을 지었다.

"소생도 전하와 정확히 같은 생각이옵니다."

이제 풀카운트다.

체인지업을 스트라이크 존에 던져 삼진을 잡자.

"그래서 생각한 건데 우리 역발상을 해 보는 건 어떻소?"

"어떤 역발상을 말씀하시는 것이옵니까?"

"양전이 결정 나면 감독과 지휘를 맡을 균전사부터 설치해야 하오. 과인은 이걸 반대로 하자는 거요. 먼저 균전사를 설치해 관원을 준비시키고 양전을 번개같이 해치우는 거지."

"좋은 생각 같사옵니다."

"물론, 이 방법에도 문제는 있소."

"어떤 문제이옵니까?"

"균전사에 들어가려는 관원이 거의 없을 거란 점이오. 일은 고되고 욕은 욕대로 먹는 균전사에 누가 들어가려 하겠소?"

"……."

"그렇다고 성균관이나 각 지방의 향교에서 소과, 대과를 준비 중인 유생을 뽑아다가 균전사를 다 채울 수도 없는 일이고."

"……."

"방법이 아예 없는 건 아니오."

"어떤 방법이옵니까?"

"양란을 거치며 고아가 많이 생겼소. 나라가 그들을 건사하면서 글을 가르쳐 균전사 관원으로 키운다면 일석이조 아니오?"

"아주 탁월하신 생각이옵니다."

좋아.

다 넘어왔다.

"그래서 하는 제안인데 유형원 그대가 균전사를 맡아 아이들을 가르쳐 보는 편이 어떻겠소? 균전사가 완비되면 그땐 그대가 주도해 조선 팔도에 양전을 실시하는 거지. 어떻소?"

유형원은 내 말이 끝나기 무섭게 대답했다.

"전하, 소생은 누굴 가르칠 만한 사람이 못 되옵니다. 더구나 양전과 같은 큰 사업을 맡기에는 가진 재주가 부족하옵니다."

뭐야?

지금 내가 던진 체인지업을 받아쳐 홈런을 날린 거야?

아니, 이건 오히려 배트를 나한테 던진 거에 가까운데.

난 황당해하며 물었다.

"균전론은 그대가 평생에 걸쳐 연구해 온 분야잖소? 그걸 직접 실현할 수 있는 기회를 과인이 주겠다는데 왜 마다하는 거요?"

"이론을 세우는 이와 실행하는 이가 같을 필욘 없사옵니다. 오히려 이론만 앞세우다가 현실에 부딪혀 좌절하기 쉽지요."

"맙소사, 그건 너무 무책임한 말이 아니오?"

"무책임하기보단 소생이 주제를 잘 아는 것이지요."

"혹시 당쟁에 휘말려 들까 두려운 거요? 걱정하지 마시오. 과인이 즉위하고 나선 당쟁으로 죽거나 유배당한 이가 없소."

"당쟁에 휘말려 죽는 건 두렵지 않사옵니다. 소생의 미흡한 재주로 인해 나라의 중대사를 망칠까 봐 두려운 것이지요."

몇 번 더 설득해 보았지만, 씨알도 안 먹혔다.

처음 인상대로였다.

어찌나 깐깐한지 바늘조차 비집고 들어갈 틈이 없다.

희정당을 나서는 그에게 소리쳤다.

"생각이 바뀌거든 언제든 과인을 찾아오시오!"

유형원은 돌아서서 읍을 하고 대답했다.

"그럴 일은 없을 것이옵니다."

"설마가 사람 잡는단 말도 있소. 사람 일은 정말 모르는 거요."

유형원은 말없이 돌아서서 희정당을 벗어났다.

왕두석이 다가와 조심스레 물었다.

"차를 드시겠사옵니까?"

"왠지 지금은 술을 마시고 엉망으로 취하고 싶은데."

"그럼 소관이 내의원 사온서에 가서 몇 병 가지고 오……."

"되었다. 며칠 후에 상여가 나가는데 불효를 저지를 순 없지."

왕두석이 의외라는 표정으로 날 쳐다보았다.

난 피식 웃었다.

"왜? 과인이 효자인 게 불만이야? 아니면 효자인 척하는 게 가증스러워 그러는 거야? 아무튼 술은 되었고 차나 가져와."

"예, 전하."

왕두석이 나간 후.

난 스탯 창을 불러냈다.

찰칵!

이연(+8,599)

레벨: 1

무력: 18(↑2) 지력: 48 체력: 25(↑2) 매력: 24(↓5) 행운: 40(↓2)

이로써 확실해졌네.

매력은 인재 등용에 영향을 주고.

행운은 도박 같은 노림수에 영향을 받는 거네.

유형원이 내 제안을 단칼에 거절하며 매력이 크게 떨어졌다.

행운도 마찬가지다.

전략이 아닌 운에 기댄 협상이어서 소폭으로 하락했다.

전에 우물을 발견했을 때 크게 오른 걸 보면 확실했다.

흠, 일단은 무력을 20으로 만들어 레벨업이나 노리자.

며칠 후, 난 상주 자격으로 선왕의 국상을 주관했다.

효종이 승하한 건 여름인데 국상은 가을에 치러진다.

다 그럴 만한 이유가 있다.

백성이야 죽으면 선산에 장지를 만들어 관을 묻으면 끝이다.

왕도 그렇게 하면 편할 텐데.

불행히도 국왕의 장례는 고려할 조건이 많다.

조선 조정은 미신은 극혐하면서 풍수지리는 엄청나게 따진다.

일단 능으로 쓸 곳이 풍수지리가 좋은지가 중요하다.

산릉도감의 주도하에 몇 달 동안 꼼꼼하게 조사한다.

밑으로 물길은 지나가지 않는지, 무덤에 입혀 둔 떼가 죽지 않게 햇빛은 잘 드는지, 후손이 성묘 가기에 편한지 등등.

치열한 논의 끝에 능 자리가 정해지면 이제 능을 만드는데.

유네스코 세계유산으로 지정된 조선 왕릉을 본 사람이라면 알 것이다.

무덤이 생각보다 크고 그 주변 경관 역시 잘 정돈되어 있다는 걸.

당연히 그런 무덤을 만들려면 시간이 꽤 걸린다.

여름에 죽은 효종이 가을에 묻힐 수밖에 없는 이유다.

곧 엄숙하면서도 거대한 국상이 치러졌다.

난 상주가 되어 두 분 마마, 공주, 부마들과 구리로 행차했다.

효종의 능은 구리의 동구릉으로 정해졌다.

동구릉은 태조와 문종, 선조 등이 묻힌 왕실 선산이다.

국상은 길고 고되고 힘들다.

환궁했을 땐 진이 다 빠졌다.

불행한 건 국상이 하나 더 남았단 거다.

난 효종 국상을 치른 지 얼마 되지 않아 또 구리로 행차했다.

중전의 국상 때문이다.

중전은 역사대로 명성왕후란 시호를 받고 동구릉에 묻혔다.

그 빌어먹을 명성황후 민 씨가 아니다.

착각하지 말자.

명성왕후는 저기에 묻혀 있다가 아마 내가 죽으면 합장되 겠지.

다른 왕후들처럼.

명성왕후가 역사보다 일찍 죽으면서 역사는 완전히 틀어 졌다.

내가 홀아비가 된 일은 별문제가 아니다.

문제는 숙종, 영조, 정조가 이 세계에 존재하지 않는단 거다.

뭐 이건 내가 자초한 게 아니라서 어쩔 수 없지만.

앞으로 더 잘하겠다고 다짐하는 게 고작이다.

두 번의 국상을 치르고 나서 난 또 앓아누웠다.

애초에 태어나길 병약하게 태어난 모양이다.

자리를 털고 일어나선 바로 지금의 명동 지역으로 행차했다.

서유럽회사가 본격적으로 닻을 올렸기 때문이다.

내가 오너인데 당연히 가 봐야지.

23장. 이래야 내 학생들이지.

돈을 있는 대로 쏟아부은 결과는 엄청났다.

현대의 명동 전체가 서유럽회사 본사였다.

강사진, 학생, 직원이 먹고 자고 해도 방이 남았다.

칸수로 따지면 3, 4천 칸은 가볍게 넘을 듯했다.

엄청난 거다. 경복궁이 전성기에 5천 칸 정도였으니까.

물론, 여기서 안주할 생각은 없다.

서울 땅값이 얼만데 오르기 전에 내가 다 사 놔야지.

왕두석, 이상립 등 측근만 데리고 회사를 찾았을 때.

입구로 마중 나온 박연이 현관부터 대뜸 내밀었다.

"기념으로 삼게 현관에 회사 이름을 적어 주시옵소서."

"좋지."

내가 또 뭐 남기고 그런 거 좋아한다.

커다란 붓에 먹물을 묻혀 일필휘지로 써 내려갔다.

서유럽회사 Ltd.

Ltd는 주식회사로 전환될 가능성이 없다고 못 박는 의미다.

네덜란드 동인도회사는 세계 최초의 주식회사다.

우리 회사가 동인도회사를 따라 한 건 맞지만.

난 다른 사람과 지분을 나눌 의향이 없다.

회사가 앞으로 얼마나 성장할지 알고 지분을 나눈단 말인가.

들어간 돈을 생각하면 내가 다 먹어도 모자랄 판인데.

문자 쓰기 레벨 1이라도 명필 흉내는 가능하다.

내 글솜씨에 다들 입이 떡 벌어졌다.

회사 직원들이 현판을 정문에 건다고 법석 떨 때.

난 안으로 들어가 강사진을 만났다.

강사진은 모두 세 명이다.

헨드릭 하멜을 필두로 야콥 얀스, 헨드릭 코넬리슨이다.

원래는 하멜만 하려고 했는데 자기 혼자선 무리란다.

하멜이 하도 징징거려서 얀스와 코넬리슨을 추가로 선발
했다.

얀스는 40대 조타수고 코넬리슨은 30대 갑판장이다.

둘 다 언어에 재능이 있고 무엇보다 항해 경험이 많다.

특히 얀스는 항해 쪽에 빠삭하고 코넬리슨은 뱃일을 잘 안다.

강사진으로 제격이다.

둘 다 인상이 험상궂고 얼굴이나 몸에 상처가 많았다.

인상은 해적 저리 가라네.

진짜 해적과의 차이라면 이들은 회사가 고용한 해적이랄까.

박연이 종이를 쓱 내밀었다.

"말씀하신 강의 시간표이옵니다."

난 받아서 빠르게 읽어 보았다.

네덜란드어, 프랑스어, 영어 등과 같은 외국어 강의가 많았다.

두 번째로 많은 과목은 항해 관련 강의였다.

주요 바닷길, 독도법, 각종 항해술 등이었다.

세 번째는 대항해 시대의 전반적인 강의였다.

외국과의 교역, 해적 상대하는 법, 식수·식량 찾는 법 등등.

세부적으로 들어가면 기초적인 회계나 해양법 강의도 있었다. 문제는 수강 시간표가 아주 빡빡하단 점이다.

아침 여섯 시에 시작해 보통 저녁 아홉 시에 끝났다.

휴식 시간은 당연히 없다.

식사 시간도 30분을 주는 게 고작이다.

학교가 아니라 공부하는 공장이다.

"그래, 이 정도는 해야 뭔갈 좀 배우는 게 있겠지."

내가 흡족한 표정으로 시간표를 돌려줄 때.

하멜이 엉거주춤한 자세로 걸어와 물었다.

"전하, 한 가지 청을 올려도 되겠사옵니까?"

"하하, 우리 소중한 강사진인데 당연히 들어줘야지."

하멜이 안심한 표정으로 말했다.

"강의가 너무 빽빽하옵니다. 이러면 강사진도, 배우는 학생도 얼마 못 가 지칠 것이옵니다. 그래서 부탁드리는 건데 중간에 휴식할 수 있는 시간을 약간이나마 부여해 주시옵소서."

"하하하!"

내가 웃자 다들 따라 웃는다.

다들 웃은 덕에 분위기도 아주 화기애애했다.

난 웃으면서 왕두석에게 지시했다.

"하하, 두석아, 문과 창문 좀 걸어 잠가라."

"예, 전하, 하하하."

웃으면서 대답한 왕두석이 얼른 강사실 문과 창문을 잠갔다.

난 하멜 등을 손짓으로 불렀다.

"야, 너희들 일루 와 봐."

박연의 통역을 들은 하멜 등이 멈칫거리며 다가왔다.

"하, 동작 굼뜬 거 봐라. 아직 조선의 매운맛을 덜 봤나 보네."

난 어이가 없어 손가락을 튕겼다.

바로 이상립과 기송일, 김준익 세 장군이 환도를 뽑았다.

하멜 등은 당황해 문 쪽으로 달아났다.

물론, 이미 문 쪽은 왕두석이 막고 있은 지 오래다.

난 하멜 등에게 걸어가며 물었다.

"하, 너희가 안 오겠다면 내가 가지."

"……."

"너희는 놀고먹어도 되는 임금인 내가 왜 이 지랄을 하는 것 같냐? 왕실 재산을 다 쏟아부어 왜 이 사업을 하는 것 같냐고? 너희는 내가 존나 착한 사람이라서 불쌍한 너네 월급 주려고 이 지랄 하는 것 같냐? 아니면 외국 문물에 환장하거나 대항해 시대를 동경해서 이러는 것 같냐?"

박연의 통역을 들은 하멜이 다급히 손을 저었다.

"좀, 좀 전에 한 말은 취소하겠사옵니다. 용, 용서해 주십시오."

"쓰읍, 내 질문에 먼저 대답부터 하라고."

얀스가 얼른 무릎을 꿇고 어설픈 우리말로 대답했다.

"투, 투자입니다."

"잘 아네, 얀스. 맞다. 투자다. 아니, 가만 생각해 보니 투자라기보다는 내 명줄을 걸고 하는 도박에 더 가깝겠네, 시발!"

"……."

"너희 동인도회사가 망하면 그냥 회사 하나가 망하는 거야. 근데 서유럽회사는 망할 수가 없어. 서유럽회사가 망하면 내가 뒈지거든. 무슨 말인지 알아들었어, 새끼들아! 이게 망하면 나랑 너희 모두 손잡고 한강에 빠져 죽어야 한다고!"

"……."

"난 그런 절박한 심정으로 하는데 뭐? 휴식? 아주 이참에 휴가도 달라고 하지 그러냐? 이것들이 호의가 계속되면 권리인 줄 안다더니 월급 주고 먹이고 재워 주는데도 지랄이야, 쌍!"

겁에 질린 하멜과 코넬리슨이 얀스 옆에 얼른 무릎을 꿇었다.

"죄, 죄송하옵니다. 앞으론 절대 게으름을 피우지 않겠사옵니다."

난 다시 껄껄 웃으면서 그들을 일으켜 세웠다.

"하하, 다들 우리 조선을 위해 자발적으로 휴식까지 반납해 가며 학생들을 가르치겠다니 너무 감격스러운 나머지 눈물이 다 나는구먼. 앞으로 뭐든지 말만 하게. 내 있는 힘을 다해 지원해 주지. 하하, 역시 내가 사람 보는 눈은 있다니까."

하멜 등이 미친놈 보듯 날 바라볼 때.

왕두석은 조용히 걸어가 잠가 둔 창문과 문을 열었다.

환도를 들고 멍하게 서 있던 이상립 등이 왕두석을 보았다.

왕두석은 아무 말 말라는 듯 고개를 흔들었다.

눈치 빠른 김준익이 가장 먼저 환도를 칼집에 넣었고.

이어 분위기를 파악한 이상립도 환도를 칼집에 넣었다.

다만, 기송일은 끝까지 환도를 들고 하멜 등을 노려보고 있었다. 여차하면 베어 버리겠다는 듯 콧김을 뿜어 댔다.

"기 우별장, 내가 그쪽으로 가겠네. 제발 칼을 휘두르지 말게."

이상립은 무슨 폭탄 해체하듯 다가가 환도를 대신 넣어 주었다. 박연, 하멜 등은 그제야 참았던 숨을 크게 내쉬었다.

난 흐뭇하게 웃으며 하멜 등의 어깨를 두드렸다.

"이제 우리 자랑스러운 학생들을 만나러 가 볼까?"

마당 겸 연병장에 학생들이 잔뜩 모여 있었다.

학생은 네 무리로 나뉘어 있었다.

왼쪽에 훈련도감, 오른쪽에 무승, 뒤쪽에 향화인과 항왜 후손.

우리가 도착했을 땐 훈련도감과 무승이 뒤엉켜있었고.

향화인과 항왜 후손은 참전 여부를 두고 간을 보고 있었다.

"하하, 기력들이 넘치는군. 아주 좋아. 이래야 내 학생들이지."

난 낄낄거리며 갑사가 무승에게 헤드록 거는 장면을 구경했다. 옆에선 다른 무승이 다른 갑사의 중요 부위를 걷어차고 있었다. 하하, 혼란하다, 혼란해.

그래도 대가리는 대가리였다.

하수들과 섞여 패싸움하기엔 존심이 허락지 않는 모양이다.

두 패거리의 대가리가 따로 한쪽에서 대치 중이었다.

무승 대표 일양은 천하대장군처럼 조용히 서 있고.

훈련대감 대표 최립은 일양 주변을 천천히 돌며 빈틈을 노렸다. 하하, 장군의 아들 같네.

대치 중인 두 사람의 뒤에는 조온잠과 고연내가 서 있었다.

그럼 저 둘은 심판인가?

잠깐, 김석주 이놈은 어디 가서 안 보여?

설마 첫 강의부터 땡땡이치는 건 아니겠지?

여긴 대리 출석도 안 되는데.

얼마 안 있어 김석주를 찾아냈다.

김석주는 혼자 나무 그늘 밑에 앉아 술로 나발을 불고 있었다.

패싸움을 구경하며 낄낄거리는 폼이 영락없는 양아치다.

그 순간. 나를 발견한 우윤학 등이 부리나케 뛰어왔다.

"오, 오셨사옵니까?"

"고생이 많아."

"전하 앞에서 못 볼 꼴을 보여 드려 황송할 따름이옵니다.

빨리 싸움을 뜯어말려서 행사를 치를 준비를 하겠사옵니다."

"재밌는데 좀 더 지켜보지."

"예에?"

"하하, 원래 3대 구경 중에 싸움 구경이 최고야."

본사, 아니 학교라고 해서 강사와 학생만 있진 않았다.

당연히 그들을 지원할 인력이 필요했다.

학교로 치면 서무과 직원, 영양사, 양호 선생님 같은 분들이다. 재무이사인 우윤학은 서무과 과장을 겸하기로 했다.

난 싸움을 구경하며 물었다.

"근데 왜 싸우는 거지?"

"그게 저……."

"머뭇거리니까 더 궁금하네. 그래, 이유가 뭐야?"

"김석주가……."

"저기서 혼자만 여유롭게 술 빨고 있는 김석주?"

"그렇사옵니다."

"계속해 봐."

"김석주가 학생들을 불러 모아 놓고 싸워서 이기면 이름을 불러 주고 진 쪽은 제기랄, 육시랄, 염병할 중에 하나로 부르겠다고 하는 바람에 그게 계기가 되어 싸우는 것이옵니다."

"하, 김석주가 그랬단 말이지. 근데 그냥 무시하면 되는 거잖아. 김석주가 뭐라고 그놈이 어떻게 불러 주든 무슨 상관이야."

"악을 살살 올려서 어느 쪽도 물러서지 못하게 만들었사옵니다."

"무시하면 상대에게 질까 봐 겁을 먹은 거냐고 했겠지."

"바로 그렇사옵니다."

"하여튼 저놈은."

난 혀를 차며 다시 싸움에 집중했다.

싸움의 강도가 높아지면서 하나둘 쓰러지는 자들이 나왔다.

난 이상립에게 고개를 끄덕였다.

이때만을 기다리던 이상립이 연단 위로 뛰어 올라가 소리쳤다.

"이놈들! 어느 안전이라고 왈패들처럼 패싸움을 하는 것이냐? 네놈들 눈에는 상감마마의 행차가 보이지 않는단 말이냐!"

그 말에 화들짝 놀란 학생들이 서둘러 원래 자리로 돌아갔다.

최립, 일양 등도 얼른 무리에 합류했다.

난 얼른 김석주를 찾아보았다.

김석주는 어느새 무리 가장 앞에 절도 있는 자세로 서 있었다.

심지어 나를 보더니 큰절까지 올렸다.

눈치 하난 기똥차네.

난 고개를 슬쩍 젓고는 연단으로 올라가 소리쳤다.

"과인은 조선의 임금이다!"

학생 300여 명이 일제히 부복해 절을 올렸다.

"상감마마를 알현하옵니다!"

"전에 본 자도 있고 오늘 처음 보는 자들도 있는데 다들 젊은이들답게 아주 혈기들이 넘쳐 과인은 흐뭇하기 짝이 없다!"

내 말을 들은 학생들이 안도의 숨을 쉬었다.

싸운 일로 불벼락을 맞을 줄 알았는데 오히려 칭찬해 준다.

의외이면서도 한편으론 긴장이 풀렸다.

학생들의 속마음을 간파한 난 히죽 웃었다.

"너희들은 짧으면 몇 개월, 길면 몇 년 동안, 이 본사에서 어려운 강의를 들어야 한다! 물론, 당연히 열심히 들어야겠지! 여기 쏟아부은 돈을 생각하면 과인은 밤에 잠이 안 와!"

왕두석이 뒤에서 헛기침해 준 덕에 삼천포에서 헤쳐 나왔다.

"흠흠, 아마 다들 강의를 처음 들을 때는 의욕이 잔뜩 넘쳐 열심히 들을 거다! 하지만 사람이란 놈은 아주 희한해서 상황과 장소에 익숙해지면 슬슬 나태해지곤 하지!"

"……."

"하여 과인은 느슨해진 분위기에 긴장감을 불어넣을 수 있는 생각을 방금 생각해 냈다. 하하, 어디의 누구 덕분이지. 나중에 열이 뻗치거든 과인을 욕하지 말고 그놈을 욕해라!"

난 그러면서 무리 가장 앞에 나와 있는 김석주를 쏘아보았다.

내 시선을 본 학생들은 김석주가 그 누구란 사실을 깨달았다.

"너희들은 이제 도감반, 무승반, 향화반으로 불릴 거다. 그리고 매달 말일에 배운 내용으로 시험을 봐 성적이 젤 좋은 빈은 제기랄, 두 번째로 좋은 반은 염병할, 기장 안 좋은 꼴찌 반은 다음 시험 직전 때까지 육시랄로 부르겠다!"

기겁한 학생들이 일제히 숨을 들이켰다.

제기랄은 욕 중에 순한 맛이고.

장티푸스에서 유래한 염병할이 매운 맛이라면.

육시랄은 끔찍하기 짝이 없는 저주에 가까운 욕이다.

육시는 '시체를 죽이다'라는 뜻으로 어려운 말로 부관참시다.

아니 죽으면 끝이지, 뭘 시체를 다시 죽여 모욕한단 말인가?

근데 실제로 부관참시란 형벌이 존재했다.

한명회가 그 형벌을 당한 대표적인 예다.

살아선 부귀영화를 다 누렸지만 죽고 나서 머리가 효수되었다.

이건 정확히 말해야 오해가 안 생긴다.

목을 잘라 죽였다는 게 아니다.

무덤에 묻힌 시체를 꺼내 목을 잘랐다는 말이다.

심할 때는 아예 뼈까지 부숴 버리기도 한다.

유교가 사상적 기반인 조선에선 최악의 형벌이다.

신체발부 수지부모 불감훼상 어쩌고 하는 거 때문에 말이다.

그 부관참시에서 나온 육시랄은 그야말로 최악의 욕인 셈
이다.

난 베네핏을 하나 더 걸었다.

"대신 시험 성적 1등에게는 녹봉의 다섯 배를, 2등에겐 세
배를, 3등에겐 두 배를 주겠다! 시험만 잘 봐도 집안 하나 일
으켜 세우는 건 일도 아니다! 어떤가? 마음에 드는가?"

"성은이 망극하옵니다!"

난 기뻐하는 학생들을 뒤로하고 시설을 둘러보았다.

교실, 식당, 숙소 등을 차례로 시찰했다.

시설은 만점이었다.

하긴 쏟아부은 돈이 얼만데 당연히 좋아야지.

돌아가기 전에 김석주를 불러 대화를 나누었다.

"악은 수를 썼더군."

김석주가 술기운이 올라 불콰해진 얼굴로 껄껄 웃었다.

"하하, 당치 않사옵니다. 소생은 그저 칼잡이들이 싸움 좀
할 줄 안다고 무게 잡는 모습이 약간 못마땅했을 뿐이옵니다."

"학생들도 네가 김육의 손자고 김좌명의 아들이고 국구의
조카란 사실을 다 알겠지. 그들과는 출신 성분이 완전히 다른

성골이란 걸 말이야. 하면 당연히 자기들끼리 똘똘 뭉쳐 너를 견제하려 했을 테지. 넌 그 견제를 풀기 위해 저들끼리 서로 경쟁시키려 한 거고. 과인의 말이 틀렸느냐?"

"그럴 마음이 아예 없었다면 전하 앞에서 거짓을 아뢰는 불충이 되겠지요. 하지만 후회는 없사옵니다. 전하께선 소생이 전하의 대리인이 되어 저들을 부리길 원하시니 그런 환경을 조성할 목적으로 유치한 잔재주를 살짝 부린 것이지요."

"잔재주는 그만 부리고 실력으로 압도해 봐. 그럼 네가 거치적거려 싫다고 해도 저들이 알아서 네 밑으로 들어갈 거다."

"소생은 다른 건 몰라도 공부 하나는 자신 있사옵니다. 성적 1등에게 녹봉을 다섯 배 주신다고 하셨는데 소생이 매달 녹봉을 다섯 배씩 받으면 전하 의도를 방해하는 게 아닌지요?"

"방해는커녕, 오히려 환영할 만한 일이지."

"알겠사옵니다. 대신, 전하께서도 후회 마시옵소서."

"물론이다."

대화를 마친 난 학생들이 수업받는 장면까지 보고 환궁했다.

휴, 이젠 정말 시작이네.

제발 잘되라.

부탁이다.

따당!

메인 퀘스트 4
교육이 미래다!

-교육의 장점은 너무 많아 일일이 거론하기 힘들 정도입니다. 유저는 항상 백성의 교육에 많은 관심을 기울여야 합니다.

클리어 유무: 클리어

보상: 교육 스탯 개방 및 도서관 개방

조선 (+94,102)

레벨: 1

정치: 47(↓1) 경제: 18(↑2) 국방: 38(↓1) 외교: 23(↑2)
교육: 23

큰 이벤트가 없어 그런지 스탯 변화가 거의 없네.

교육 23 정도면 괜찮은 건가?

스탯 맥스가 99인지 그 이상이 있는지를 모르니 뭘 알 수가 있어야지.

그리고 도서관은 뭐지?

심심하지 않게 소설 eBook이라도 빌려주나?

속으로 도서관을 외치기 무섭게.

빛이 번쩍거리더니 가상 공간 같은 광경이 눈앞에 나타났다.

원통형 공간이었는데 얼마나 높은지 천장이 안 보인다.

공간은 다시 엄청나게 많은 구획으로 나누어져 있고.

그 구획마다 색상, 크기가 다른 책이 빽빽하게 꽂혀 있다.

책을 빌리려면 일일이 제목을 확인해야 하는 거야?

시스템이 살아 있어 그 말을 들은 듯했다.

눈앞에 빈 창과 커서 같은 그림이 나타났다.

검색해서 찾아보라는 건가?

근데 키보드도 마우스도 없는데?

아, 이것도 그냥 말하면 알아서 검색해 주겠지.

설마 그 정도 기능도 없으려고.

혹시 이것도 되나?

난 속으로 장서 리스트를 불러오라고 외쳤다.

곧 페이지 끝이 안 보이는 리스트가 나타났다.

맙소사! 리스트를 본 내 첫 느낌은 정말 맙소사였다.

방대한 양에 놀란 일이 무색해질 만큼 리스트는 체계적이었다.

제목, 시대, 저자 등으로 언제든 분류할 수 있었다.

문제는 책을 빌리는 데 대가가 필요하단 점이었는데.

그 대가는 바로 수명이었다!

책을 빌리는 데 수명이 필요할 줄이야.

정보를 얻든지, 오래 살든지 둘 중 하나만 하라는 건가?

그 순간. 알 수 없는 흥분이 솟아올라 온몸을 전율케 했다.

맞다! 나에겐 마르지 않는 샘이 있었지.

그렇다면 이건 오히려 나에게 축복 아닌가?

난 바로 리스트를 수명이 적게 드는 순서로 분류했다.

책을 빌리는 데 가장 적게 드는 수명은 100일이었다.

반대로 수명이 많이 드는 순서로 다시 분류해 보았다.

가장 많이 필요한 수명은 1만 일이다.

1만 일을 햇수로 계산하면 30년에 가까운 수명이다.

이 시기 평균 수명을 생각하면 책 하나 빌리고 바로 사망이네.

그 밑으로 다시 수십 페이지에 걸쳐 리스트가 있었다.

다만, 모두 잠겨 있다.

그 탓에 잠긴 책이 뭔지, 수명은 얼마가 필요한지 알지 못했다.

지금 나에게 가장 필요한 책이 뭘까?

고민은 오래가지 않았다.

그래, 범선 설계도가 필요해.

헨드릭 하멜 일행도 범선을 잘 안다.

범선이 항해 중에 고장 나면 대부분 선원이 알아서 고친다.

고치지 못하면 산 채로 굶어 죽는다.

아니면 해적에게 당하거나 악천후에 범선이 부서져 죽는다.

당연히 잘 알 수밖에 없다.

문제는 그들이 수리만 잘한단 점이다.

재료를 주고 범선을 만들어 보라고 하면 못한다.

난 심호흡하고 나서 검색창에 범선 설계도라 적었다.

홀로그램이 바로 검색 결과를 보여 주었다.

범선 설계도와 관련한 장서만 몇만 권이 넘었다.

난 신중에 신중을 기해 장서 한 권을 골랐다.

「17세기, 18세기 범선 설계의 총체적인 연구」

'총체적'은 있는 것을 하나로 합쳤다는 말이다.

장서의 가격은 수명 3,000일이다.

전이라면 범선이고 나발이고 무서워서 못 골랐을 거다.

처음 수명을 확인했을 때 5천 얼마였으니까.

그중 수명 3,000일이면 3분의 2가 날아가는 거다.

조선이고 뭐고 나부터 살아야 해 도서관은 처다보지도 않았겠지.

하지만 지금은 다르다!

이연 (+8,902)

레벨: 1

무력: 19(↑1) 지력: 48 체력: 27(↑2) 매력: 25(↑1) 행운: 40

운동과 마르지 않는 샘 덕분에 어느덧 9천 대를 앞뒀다.

그중 3,000일이면 해볼 만한 소비다.

근데 막상 수명 3,000일을 쓰려니 망설여진다.

여기서 잘못 고르면 타격이 이만저만이 아니다.

그렇다고 미리보기가 있는 것도 아니고.

아마 환불도 안 되겠지.

확인은 못 했지만 100퍼센트 안 될 거로 본다.

대여와 환불을 계속 반복하면 공짜로 볼 수 있는데 그런 꼼수를 방치해 뒀을 리가 없다.

암만 생각해도 선택과 결정에 신중할 수밖에 없다는 말인데.

누구나 그런 경험이 있을 거다.

일단 뭔가에 한번 꽂히면 생각을 전환하기 쉽지 않은 경험 말이다.

오늘 100만 원짜리를 할부로 지르면 몇 달은 생활이 쪼들린다.

그런데도 어느 순간, 지르고 있는 자신을 발견한다.

지금도 마찬가지다.

난 결국, 수명 3,000일을 주고 원하던 장서를 빌렸다.

이 정도의 가치면 책을 빌리는 즉시 머릿속에 책 내용이 지나가며 저절로 암기될 줄 알았지만, 내 경기도 오산이었다.

책은 정말 책이었다.

진짜 책을 살피듯 첫 장부터 읽어야 했다.

얼마나 많은 정보를 얻을 수 있는지가 개인에 달렸단 의미다.

머리 좋고 독해 능력이 좋으면 많이 얻고.

그 반대라면 아까운 수명만 내다 버린 셈이 된다.

나는 어떠냐고? 당연히 전자지.

아니, 그 수준을 넘어 책을 쓴 저자보다 더 많은 정보를 얻었다.

그건 모두 패시브 스킬에 있는 독해 능력 덕분이다.

다시 한번 세종대왕님에게 경의를 표하자.

세종대왕님 만세!

덕분에 이 후손이 꿀을 아주 맛있게 빨고 있습니다.

거기다 장서는 777이 뜬 잭팟이었다.

장서는 정말 총체적인 정보를 담고 있었다.

범선의 목재나 돛을 어떻게 만드는지 자세하게 나와 있었다.

물론, 설계도도 있었다.

돛만 달랑 있는 고대 시절의 범선부터 동력선이 등장하기 직전까지 존재한 주요 범선의 설계도가 자세히 나와 있었다.

심지어 몇 개는 돛과 동력을 같이 쓰는 하이브리드 범선이다.

수명 3,000일을 꼬라박은 선택이 전혀 아깝지 않다.

아니, 좀 아깝긴 하지만 이미 질렀는데 뭐 어쩌겠나.

룰루랄라거리며 어가를 타고 환궁을 서두르는데.

갑자기 트럭에 받힌 것처럼 어떤 생각이 머리를 쾅 때렸다.

"시발!"

욕을 하며 갑자기 일어나는 바람에 어가가 출렁였다.

어가를 메고 가던 가마꾼들이 당황해 멈춰 섰고.

놀란 왕두석과 이상립 등은 급히 다가와 내 몸을 확인했다.

"전하, 불편한 부위가 있으시옵니까?"

"하하, 아니오. 뭔가 깜빡한 게 있을 뿐이오."

어색하게 웃으며 넘긴 난 속으로 욕을 계속했다.

도서관에서 처음 빌릴 책은 범선 설계도가 아니었다.

바로 조선왕조실록이다.

실록만 있어도 앞으로 일어날 일 대부분을 알 수 있다.

홍수, 가뭄과 같은 재해가 일어나는 정확한 시기는 물론이고 각종 사건과 사고, 쟁점 사항, 인사 평가 등을 알 수 있다.

난 바로 도서관을 불러 조선왕조실록을 검색했다.

아! 조선왕조실록은 당연히 장서 중에 있었다.

다만, 문제는 가치가 무려 수명 9,000일이란 점이다.

수명 9,000일은 양자컴퓨터 연구의 가치와 같다.

왜 이렇게 비싸지?

실록만 비싼 거야?

아니면 미래의 정보가 담긴 책은 다 비싼 거야?

난 승정원일기를 비롯해 17세기 이후를 다룬 책을 검색했다.

다 얼토당토않을 정도로 비쌌다.

역사서만이 아니었다.

경제, 전쟁, 교육 등 모든 책이 다 비쌌다.

심지어 신문과 잡지를 모아 둔 스크랩북마저 비쌌다.

반대로 17세기 이전을 다룬 책은 싸도 너무 쌌다.

하, 미래의 정보를 알기 어렵게 만들어 놨네.

미래 기술은 줘도 미래 자체는 쉽게 알려 줄 수 없다는 거
구만.

한편으론 다행이라 생각하면서도 한편으론 화가 났다.

하여튼 쓸데없이 꼼꼼하다니까.

도서관을 앞으로 어떻게 이용할지 생각하는 동안.

어가는 육조거리 옆을 지나갔다.

육조거리 위치는 지금의 광화문 광장이다.

육조거리를 만든 이유는 경복궁의 임금을 보좌하기 위해
서다.

당연히 경복궁 정문인 광화문에 있을 수밖에 없다.

문제는 육조거리는 있는데 광화문은 없단 점이다.

"멈춰라!"

갑작스러운 지시에 가마꾼, 금군 등이 놀라 멈춰 섰다.

난 일어나서 왕두석을 손짓했다.

"두석아, 과인 쪽으로 등을 대거라."

왕두석이 움찔하며 자기 엉덩이를 가렸다.

"뭘, 뭘 하시려고?"

"인마, 과인의 성 정체성이 흔들려 남색을 해도 넌 절대 아니야."

왕두석이 떨떠름한 표정으로 다가와 등을 댔다.

난 바로 왕두석의 어깨를 밟고 올라갔다.

"경복궁 쪽으로 몸을 틀어라!"

"이렇게 말이옵니까?"

"그래, 그대로 가만있어. 확인할 게 있으니까."

난 손으로 해 가리개를 만들어 광화문 방향을 살폈다.

광화문은 지붕과 문이 날아가 벽돌만 반쯤 남아 있었다.

그 너머에 있는 경복궁도 마찬가지였다.

반은 무너지고 반은 불에 탄 상태로 방치되었다.

원래는 멀쩡한 건물도 많았다.

불에 탄 창덕궁을 중건하거나, 아니면 광해군 때 짓던 궁궐에 건축자재가 부족해 기와며 기둥을 죄다 뽑아 갔다고 한다.

대궐식 돌려 막기다.

왜놈들이 불을 지르고 나서 복원 시도를 안 한 건가?

왠지 씁쓸하구만.

사실, 하려면 못할 것도 없었다.

광해군이 인경궁을 짓는 뻘짓 대신에 경복궁을 지었으면 폐허가 된 잔해더미가 아니라, 웅장한 경복궁을 보고 있겠지.

물론, 그 후에도 경복궁은 여전히 복원되지 않았다.

무려 흥선대원군 때나 가서야 복원된다.

왜란 때로부터 270년이나 방치된 셈이다.

복원 못 한 이유는 크게 세 가지다.

재정이 부족했다.

후대 임금들이 경복궁을 싫어했다.

이미 창덕궁 등이 잘 갖춰져 있어 필요하지 않았다.

뭐 어쨌든 지금 모습은 확실히 눈에 거슬렸다.

내 궁궐을 저딴 식으로 방치할 순 없지!

난 아예 어가를 돌려 경복궁으로 이동했다.

이상립이 조언했다.

"전하, 깊이 들어가진 마시옵소서."

"하하, 안에 호랑이라도 산단 거요?"

"그렇사옵니다."

"뭐?"

"호랑이, 표범, 곰 등이 자주 출몰한단 소식을 들었사옵니다."

궁궐을 방치했더니 퀴즈탐험 신비의 세계가 되었다고?

호랑이가 풀숲에서 튀어나오는 상상을 하니 무섭기는 하다.

그래도 그냥 돌아가기엔 존심이 허락지 않는다.

난 아랫배에 힘을 주고 경복궁으로 행차했다.

무너지고 불타고 남은 광화문의 잔해를 지나는 순간.

갑자기 눈앞에서 디즈니 영화 오프닝처럼 폭죽이 팍 터졌다.

뭐, 뭐야?

히든 퀘스트 2

랜드마크를 찾아라!

-지구엔 자연이 만든 경이로운 풍경과 인간이 건설한 놀라

운 건축물이 많습니다. 랜드마크를 발견해 견문을 넓히세요.

클리어 유무: 클리어

보상: 원더 컬렉션 개방

오, 퀘스트가 생각보다 다양하네.

원더 컬렉션이라?

바로 개방해 보았다.

컬렉션 리스트에는 방금 발견한 경복궁만 있었다.

난 경복궁 페이지를 열어 보았다.

경복궁

조선 왕실을 대표하는 법궁이다. 하지만 임진왜란 중에 불
에 탄 후 270년 동안 폐허로 방치된 비운의 궁이기도 하다.

발견 보상: 지력 3, 매력 2, 행운 2

※원더 발견 공통 보상: 지도 개방 영역 확대

지도 개방 영역 확대?

난 바로 지도를 불러 보았다.

확실히 개방 영역이 늘어났네.

전에는 도성 정도였는데 지금은 경기도 전체가 보였다.

다만, 지도가 왜 있는진 아직도 의문이다.

지도에 표기되는 건 지명 정도가 전부다.

그 외엔 별다른 정보가 없어 있으나 마나다.

그래도 게임에서 맵은 언제나 1순위지.

여유가 있을 때 지도를 최대한 밝혀 놓는 게 게임의 왕도다.

"두석아."

"예, 전하."

"선전관청에 일러 백두산, 한라산, 금강산, 지리산, 묘향산, 이 다섯 산의 정상에 관원을 보내 지형을 확인하라고 해라."

"알겠사옵니다."

"잠깐, 전할 때 과인의 지시라는 점을 꼭 명확히 해야 한다."

"그리 전하겠사옵니다."

왕두석은 동행한 선전관에게 지시를 전했고.

지시받은 선전관은 바로 말의 기수를 돌려 대궐로 출발했다.

난 멀어지는 선전관을 보며 속으로 생각했다.

기다리면 저들이 내 SCV가 되어 맵을 밝혀 주겠지.

한반도엔 아쉽게도 원더라 불릴 수준의 유적지가 많지 않다.

그래도 일단 가능성이 있는 곳은 석굴암 정도다.

거기에 고찰과 신라, 백제, 고구려 왕릉 정도가 후보다.

아마 황룡사 9층 목탑이나 미륵사 정도면 원더 1순위겠지.

물론, 지금은 여러 사정으로 둘 다 터만 남아 있다.

처음엔 그런 유적지로 선전관을 보내려 했다.

근데 한반도에도 원더라 불릴 만한 게 많단 생각이 퍼뜩 들었다.

바로 산이다.

한반도 대부분은 산이다.

덕분에 외국에 자랑할 만한 경치를 지닌 산이 꽤 많다.

일단, 산에 먼저 보내 결과를 확인하고 유적지에도 보내야 겠어.

결과는 어땠냐고?

다 꽝이다!

한 서른 군데 넘게 보냈는데 로또처럼 한 군데도 안 터졌다.

안 터지니까 로또지!

그렇다면 가능성은 두 가지다.

조선에 원더가 경복궁 하나든지, 아니면 내가 직접 가야 하든지.

왠지 후자 쪽 같은데 지금은 한가하게 유람이나 할 때가 아니다.

다시 현실로 돌아와 경복궁을 구경하면서 조사를 병행했다.

전성기에 5천 칸이 넘었다는 경복궁의 현재는 참혹했다.

그나마 돌로 만든 영제교만 제 모습을 유지했다.

원래 영제교를 건너면 고루거각이 늘어서 있어야 한다.

근정전, 사정전, 강녕전, 교태전 등등.

근데 지금은 터만 있다.

아니면 불에 탄 흉한 모습으로 방치 중이거나.

무엇보다 교태전 왼쪽에 있어야 할 경회루가 없어 아쉬웠다.

원더로 불릴 만한 경회루도 불에 타서 날아간 거다.

빌어먹을, 왜놈들!

물론, 왜군이 입성하기 전에 경복궁이 불에 탔단 기록도 있다.

선조가 런하는 바람에 분노한 민중이 약탈했단 거다.

그래도 선조를 런하게 만든 이유가 왜놈들이다.

욕해도 괜찮다.

창덕궁에 후원이 있는 것처럼 경복궁에도 북원이 있다.

후원처럼 아름답진 않아도 왠지 딱딱한 느낌이 드는 경복궁에 그나마 생기를 불어넣는 곳인데 지금은 들판으로 변했다.

짐승들이 싸지른 똥과 발자국 같은 흔적이 널려 있었다.

난 들판 초입에서 눈에 힘을 주었다.

왠지 서늘한 기운이 들었다.

정말 당장 어디선가 범이라도 튀어나올 듯했다.

금군은 그런 내 주위를 철통같이 에워쌌다.

그 순간.

좋은 생각이 하나 떠올라 바로 실행에 나섰다.

"두석아."

"예, 전하."

"착호군이 평안도 임무를 마치고 내려오는 중이라고?"

"예, 전하. 곧 도착할 것이옵니다."

"착호군을 최대한 빨리 여기로 데려와라."

"범을 잡으시게요?"

"여기 사는 놈들이 뛰쳐나와 도성 백성을 공격한다는데 가만 놔둘 수는 없지. 근데 짐승들도 머리 큰 놈부터 무냐? 그러면 놈들을 유인할 때 네가 맨 앞에 서면 참 좋을 텐데."

"어, 선전관이 저기 있네. 얼른 갔다 오겠사옵니다."

마지막 말을 못 들은 척한 왕두석이 선전관을 찾아 달려갔다.

난 왠지 으스스한 느낌을 주는 들판을 슬쩍 보고 환궁했다.

착호군이 오길 기다리는 동안.

난 상참에 나가 신하들의 불만을 잠재워야 했다.

이번에는 서인, 남인이 오랜만에 꿍짝이 맞아 협공을 해 왔다.

"미신을 숭배하는 중들의 도성 출입을 당장 막아야 하옵니다."

내겐 당신들도 미신을 믿는 것처럼 보이는데.

"난폭하고 간악한 저 중놈들이 도성에서 어떤 사달을 일으
킬지 알고 무려 100여 명이나 머무르게 하신단 말이옵니까!"

중보다 너네가 더 무서워.

"명동에 저택을 여러 채 사들여 서유럽회사라는 이상한 도
당을 만드셨다고 들었사옵니다. 나라 재정이 어려운 이때에
그런 큰돈을 들여 사치를 부리는 행위는 군왕이라면 반드시
금해야 하는 일이옵니다. 부디 통촉하여 주시옵소서."

그건 사치도 아니고 나라 재정으로 한 것도 아니야.

다만, 자세히 밝히지 않는 건 히든카드여서일 뿐이지.

"요즘 바깥출입이 잦은 탓에 공부와 국사를 소홀히 하신단
소문이 파다하옵니다! 당분간 바깥출입을 삼가고 경연을 재
개해 성현의 주옥같은 말씀에 귀를 기울이셔야 하옵니다."

주옥같은 게 아니라, 조옷같은 거겠지.

이름도 알기 싫은 저자가 일컫는 성현은 공자나 맹자가 아
니다.

정확히 말하면 공맹의 책을 주석하고 편집한 주희를 가리

킨다. 정말이지 조선의 유학자들은 주희를 너무 과도하게 빤다니까.

인간의 본성과 이성, 본능에 대한 탐구는 과학과 철학의 몫이다. 임금은 나라를 수호하고 백성을 먹여 살리는 일에 충실하면 될 뿐이다.

이런 마음을 거침없이 토해 내고 싶었으나, 애써 눌러 삼켰다.

굳이 반론을 꺼내 봐야 잔소리만 길어지겠지.

그저 '녜녜, 알겠습니다'를 연발하며 이 또한 지나가길 바랄 뿐이었다.

반나절이 넘어서야 상참이 끝난 탓에 녹초가 되어 돌아왔지만, 운동을 쉬진 않았다.

관우정에서 몸을 키우고 후원을 달려 체력을 길렀다.

마지막으로 취규정에서 이상립에게 무예를 배우면 저녁이다.

저녁을 먹고 점호하고 문안 인사 올리고 상소 읽으면 밤이다.

그렇게 며칠 지냈더니 평안도에 있다던 착호군이 입성했다.

난 연락을 받기 무섭게 경복궁 북원으로 달려갔다.

북원 입구에 착호군이 동미참 예비군처럼 서 있었다.

내가 온단 말을 들은 듯 슬그머니 일어난 착호군이 정렬했다.

착호군은 확실히 포스가 있었다.

짐승 가죽을 몸에 두르고 창과 활, 조총을 든 모습이 당당했다.

눈빛도 일반 갑사보다 날카로운 것 같았다.

하긴 조선 최고의 특수부대니까.

조선에는 두 종류의 특수부대가 존재한다.

하나는 금군이고 다른 하나는 착호군이다.

착호군의 이 시대의 유해 조수를 처리한다.

현대의 유해 조수는 농작물을 망친다.

게다가 반격하는 종류도 그다지 많지 않다.

기껏해야 지가 하마인 줄 아는 멧돼지 정도가 전부.

반면 이 시대의 유해 조수는 목숨을 걸어야 한다.

괜히 호환마마를 조심하라고 하는 게 아니다.

대부분 사냥꾼을 사냥할 줄 알고, 자칫하면 잡아먹힌다.

그런 이유로 사냥 난이도는 당연히 지금이 훨씬 빡세다.

사냥 방식에도 차이가 조금 있다.

현대의 사냥꾼들은 사냥개를 풀고 원거리에서 총으로 조진다.

반면 착호군은 활, 조총을 쏘고 마지막에 창을 꽂아 죽인다.

물론, 지금 시대의 활과 조총은 성능이 조악하다.

원거리 공격이 빗나가면 결국 창과 칼로 싸워야 한단 뜻이다.

착호군은 그런 생사의 갈림길에서 살아남은 전사들이다.

괜히 특수부대 취급받는 게 아니다.

그런 생각을 하고 있을 때 한 중년 사내가 다가와 대표로 군례를 취했다.

"착호군 착호장 강대산이옵니다, 전하."

난 강대산을 훑어보았다.

덩치가 크고 흉터가 많은 게 산적처럼 보였다.

뭐 그러고 보면 착호군도 산적일 수 있겠네.

산적은 산에서 과객을 털고 착호군은 호랑이를 터니까.

"만나서 반갑군. 이번에 착호군은 몇 명이나 왔는가?"

"300명이옵니다."

"실력은 어떤가?"

"근래 들어 최고이옵니다."

"오늘 사냥이 더 기대되는군!"

"실망하게 해 드리지 않겠사옵니다. 그리고 이건 상감마마의 즉위를 경하드리기 위해 착호군이 준비한 진상품이옵니다."

강대산은 부하들을 시켜 짐승 가죽을 바쳤다.

호랑이, 표범, 늑대, 담비, 매화록 등의 가죽과 털이었다.

"그럼 과인도 선물에 대한 답례를 해야겠군."

내 말을 들은 왕두석이 바로 은자가 가득 담긴 보따리를 건넸다.

"도성은 오랜만일 테니 부하들과 회포를 풀게."

"성은이 망극하옵니다."

"겨울 해는 짧지. 빨리 시작하세."

"예, 전하."

강대산은 바로 돌아서서 휘파람을 불었다.

곧 착호군이 키우는 사냥개 수십 마리가 북원으로 들어갔다.

난 말을 타고 강대산 뒤를 따라갔다.

이상립이 승마를 가르쳐 주어 쪽팔리지 않을 정도로만 탄다.

"보통 이럴 땐 어떤 방식을 쓰는가?"

"주로 몰이해서 잡사옵니다."

강대산 말대로였다.

북원 안쪽에서 꽹과리, 북을 치는 소리가 들려왔다.

나무가 빽빽한 북동쪽으로 짐승을 몰아가는 모양이다.

곧 짐승들이 하나둘 눈에 띄었다.

코가 예민한 사냥개들이 침을 튀겨 가며 짖어 대는 순간.

개 짖는 소리에 짜증이 난 짐승이 튀어나와 개들을 공격했다.

가장 먼저 나타난 짐승은 다 자란 표범이었다.

쉭쉭! 탕탕탕!

화살이 날아가는 소리에 이어 조총의 총성이 울렸다.

표범은 개 한 마리를 물고 늘어지다가 화살을 두 대 맞았다.

곧 착호군 대여섯 명이 창을 들고 우르르 달려갔다.

"이 돈점박이는 내 거여!"

"그게 무슨 씻나락 까먹는 소리여, 숨통을 끊은 놈이 임자제!"

착호군은 연신 입씨름을 벌이며 창을 찔러 댔다.

곧 표범은 배에 구멍이 여러 개 뚫려 죽었다.

착호군 하나가 피 묻은 창을 들어 올리며 재빨리 선언했다.

"전주 사람 권범이가 돈점박이를 잡았다!"

권범이 선언하자 착호군들은 욕을 하며 다른 사냥감을 찾
았다.

난 희희낙락하는 권범을 가리키며 강대산에게 물었다.

"매번 저렇게 치열한가?"

"짐승의 숨통을 끊은 자가 공을 많이 차지해서 그렇사옵니다."

표범에 이어 여우, 담비, 삵 같은 작은 짐승들이 잡혔다.

호랑이가 나타나지 않아 약간 지루해졌을 때.

늑대 무리가 갑자기 공격해 와 사람들을 놀라게 했다.

곧 늑대와 착호군 간의 치열한 전투가 펼쳐졌다.

창을 든 착호군이 앞선에서 저지하는 사이.

활과 조총을 든 착호군이 풀숲에 숨어 측면에서 사격을 가했다.

늑대 무리는 용맹하긴 해도 지능은 그다지 높지 않았다.

앞에서 깐죽거리는 창에 너무 빡친 나머지 측면을 방치했다.

그 결과는 대패였다.

늑대 무리는 동료의 시체를 다수 남겨 놓고 도주했다.

착호군도 서너 명이 다쳐 치료받았다.

"어휴, 뚫리는 줄 알고 식겁했네."

한시름 놓고 수건으로 이마의 땀을 닦는 순간.

따당!

서브 퀘스트 7

사냥을 즐겨라!

-고대로부터 사냥은 군주가 즐기는 대표적인 유희입니다. 사냥으로 무예를 익히고 병법을 연습할 수 있기 때문입니다.

클리어 유무: 클리어

보상: 룰렛 1회 추첨권

별게 다 서브 퀘스트네.

뭐 준다는데 거절할 순 없지.

난 바로 룰렛을 돌리며 속으로 간절히 기도했다.

제발 스탯 포인트가 나와라!

나도 2레벨 좀 편하게 만들어 보자!

시발!

또 스킬 레벨 1 상승이 나왔다.

이거 룰렛이 좀 이상한 거 아냐?

처음에는 스킬 포인트만 나와 사람을 미치게 했다.

물론, 마르지 않는 샘이 나와 전화위복이 되긴 했다.

하지만 스탯 포인트가 절실하다는 덴 변함이 없다.

처음에는 쭉쭉 오르던 무력이 요즘엔 잘 안 올랐으니까 말이다.

아, 무력 1만 올려도 2레벨인데.

스탯 포인트만 있었어도 레벨 올린다고 개고생할 일은 없었을 거 아냐.

한숨을 내쉬며 마르지 않는 샘의 레벨을 올리려는 순간.

측면 풀숲에 튀어나와 있던 조총의 총구가 내 쪽으로 향했다.

어? 저게 이쪽으로 오면 안 되는데?

왕두석이 갑자기 내 몸을 잡아 말 등에서 끌어 내렸을 때였다.

탕탕탕탕!

총성이 어지럽게 울리며 말의 몸에서 피가 분수처럼 튀었다.

평소엔 오글거려 잘 안 쓰는 말인데 지금은 써야겠다.

이, 이거 진짜 실화냐?

이 시발 놈들이 지금 날 저격한 거야?

아니, 그보다 조선에서 임금한테 자객을 보낸 역사가 있었나?

아무튼 왠지 오늘은 하루가 엄청나게 길 거 같네.

조총 총알에 이어 화살이 날아왔다.

창을 든 착호군 몇은 돌아서서 금군을 찔러 갔다.

하, 미치겠네.

이게 대체 어떻게 된 거야?

〈2권에서 계속〉